文春文庫

拡散

大消滅2043

下

邱挺峰
藤原由希訳

文藝春秋

目次

拡散　大消滅２０４３　下巻

第12章　贈り物

イングランド東南　サリー州の某邸宅
二〇四〇年三月十五日

《タイムズ》紙　二〇四〇年三月四日

ティム・ベイカー財団――新世代の指標

著名な若きワイン評論家、ティム・ベイカー氏は昨日、自身の名を冠した財団と雑誌社を創業した。オックスフォードの高級ホテルで創業記念パーティが開催され、世界各地のワイン業界の名士たちが集まった。

ティム・ベイカー財団の目的は、ワインの飲用と教育におけるスタンダードを確立し、広めることだ。そのために財団独自の教育理論体系、W&Sを提案。全世界の主要なワイン飲用国に支部を設立することを目標に、世界中で広く提携パートナーを求めていく構えだ。

財団の創始者ティム・ベイカー氏は二〇三七年に英国ワイン協会の支援のもと、二十六歳でマスター・ソムリエの資格を、三十歳でマスター・オブ・ワイン[*1]の資格をそれぞれ取得した。百年近くの間、この資格の取得者数は宇宙飛行士より少なく、まして両方を取得した人物は極めて貴重だ。マスターの称号を得たのち、ベイカー氏は英国ワイン協会のアンバサダー兼顧問となり、イギリスワインの消費拡大に尽力している。若くて独身、容姿にも才能にも恵まれていることから、メディアやワインオークション会場、社交界で注目を集める時代の寵児として、ワイン業界でその名を知らぬ者はない存在となった。

ティム・ベイカーのワインに対する考え方は独特で奥深く、氏の魅力は磁石のように強く人を引きつける。さらに、時代や流行、最新の潮流をうまく掛け合わせ、ネットを通じて拡散することで、深遠すぎて近寄りがたいという型にはまった伝統的なワイン評論家のイメージを打破し、若者の間で圧倒的な人気を誇る。世界のワイン産業の新世代を代表する重要人物だ。

ティム・ベイカーがイギリスのワインを好んで飲むのは、自身が英国ワイン協会のアンバサダーを務めているからだけではない。イギリスのワインは新旧世界の趣を融合させた産物だと考えているからだ。彼は自身の愛飲するイギリスワインを、先週の「ティム・ベイカー財団」創業記念パーティでメインのワインに選んだ。パーティに参加した、記者を除く三十人のゲストは、いずれも英米のワイン分野の重要人物だ。

パーティは大成功を収めた。パーティのホストとして、ティム・ベイカーは愛飲する年代物のシャンパンの大瓶を開け、ゲストたちと共に楽しんだ。パーティのクライマックスはオークションだった。ワイナリーから寄贈された年代物のブルゴーニュワインが並ぶオークション風景は、さながらワインオークションで有名な慈善施設オスピス・ド・ボーヌのようで、オークションの売上は財団を通じて慈善活動に使われた。すべてのイベントが円満に成功し、少々飲みすぎはしたものの、ティム・ベイカーはやっとここまで来られたという喜びでいっぱいだった。この成功は、彼が生涯の野心を満たすための重要な起点となるはずだ。

財団設立から二日目の朝、一人の男が幽霊のようにティム・ベイカーのオフィスへと入ってきた。白いシャツに黒いベスト、手には金属製のトランクを持ち、姿勢がよく、髪は少し薄くなっている。四人のボディガードに付き添われた男は、トランクからオークション証明のついた一七八七年のシャトー・ラフィット・ロートシルトを取り出し、財団に寄贈した。ボトルには手書きの封書が添えられていた。手紙の内容はこんな感じだ。ティム・ベイカー氏のご活躍はかねがね伺っています。財団の設立をお祝いします。パーティへの参加が叶わず残念です。今後も世界のワイン業界で異彩を放たれることを期待します。こちらのワインを財団に寄贈いたします。もしお時間が許せば、来週サリー州で開催する私的なテイスティングパーティにお招きしたく存じます。封筒には、センサー式の返信用ボタンのついた薄型の電子招待状が同封されている。招待状にはプラトンの哲学書かペトラルカの詩集から引用したような言葉が記されていた。「ワイン、それは神が与えし最も美しく最も価値のある贈り物である」招待状の署名は――サー・ジョニー・リントンとあった。

男はジョニー・リントン卿の執事で、主人の代理で届け物に来たとだけ言い、ほかには多くを語らなかった。連絡先とトランクを置いて立ち去る際、男はティムに、このワインを「世話する」ために、手伝いとしてボディガードを残して行く必要はないかと尋ねた。ティムは突然現れたこの豪華なアンティークのようなワインに動揺し、考える間もなくうなずき、ありがとうございますと言った。そこで二人のボディガードがオフィスに残り、今も財団の入り口に立って例のワインを警護している。

男が去ったあと、ティムはオフィスのドアを閉めて、予想外の贈り物をつぶさに観察した。ボトルはやや背が低く、一般的なボルドーのいかり肩のボトルとは違っていた。ラベルはなく、大文字の「T.H.J.」の刻印と、こすったような傷がある。ボトルの口は赤い蠟で封印され、七割ほどのワインが残っている。二百年を超えたワインにしては、保存状態はかなり良好だと言える。ティムは何枚か写真を撮ると、アメリカのクリスティーズで働く友人に宛て、起きたらすぐにこのワインについて調べてほしいとメールを書いた。

午後のティータイムになる前に、友人から電話がかかってきた。

「財団設立おめでとう。まあ、長いつきあいなんだし、堅苦しい話はよそう」友人の声はどことなく興奮気味だった。「起きてメールを読んで、すぐに調べたよ。まだ歯も磨いてない」

「ありがとう」パジャマ姿の友人の立体映像を見る限り、ブルックリンのマンションの書斎にいるらしい。

「あのワインの来歴を知ってるのか?」友人が言った。

「ああ、ある英国のナイトからの贈り物だ」

「ふうん……そりゃあすごいな。あのワインがいくらするか知ってるか?」

「知らないよ、だから聞いてるんだ」ティムはテーブルの上に置かれた手錠のついた金属製のトランクを見ながら言った。

「一九八五年十二月、ロンドンのクリスティーズのオークションで、これと似たワインが落札され、世界で最も高価な標準サイズのワインとして、当時のギネス世界記録に認定された。落札者は《フォーブス》誌の発行人マルコム・フォーブスの息子クリストファーだった。そのワインは今も《フォーブス》のオフィスの展示室にあるはずだ。君がもらったのも同一ロットのうちの一本だろう」

「当時の落札価格は？」

「十万五千ポンド。当時のレートで十五万六千ドルだ」

「今の価格は？」

「分からない。もう六十年前の値段だからな。今となっては比べる対象もないし、値段のつけようがない」

「君でさえ予測がつかないってことは、とんでもない高値なんだな」ティムは興奮気味に言った。

「ハハ。まあ、喜ぶのはまだ早い。ニューヨークのアメリカ連邦裁判所では、同種のワインは偽物だという判決が出てる……だから……たぶん……税金の心配はしなくてよさそうだ」

「ああ……世界で最も高価なワインは偽物で、手錠もボディガードもただの茶番ってわけか」

ティムは少しがっかりして言った。

「それは分からない。文献の写真を見る限り、ボトルの形も細かいところも君のボトルとそっくりだ。ただ、君のボトルの『THJ』の三文字は大文字だろ。記録に残ってるのは真ん中が小文字の『ThJ』だから、少し違う」

「THJって何のことだ」

「T.H.J.は、かつてのアメリカ大統領トーマス・ジェファーソンのイニシャルだよ。それらのワインはジェファーソンの所有だったと言われてる」友人はワインという言葉にアクセントを置いて、ゆっくり発音した。

「ワインって……その言い方、何かあるのか?」ティムはさらに聞いた。

「俺が知ってるのは、かつてそのうちの一本を、君の業界の大先輩のロバート・パーカーとジャンシス・ロビンソン[*2]がテイスティングし、二人とも本物だと認めたらしいってことだ」

「分からないな。それで、プロである君の結論は、本物か偽物かどっちなんだ?」ティムもまた、アクセントを強めてゆっくり聞いた。

「どちらでもない。俺の経験上、これは信じる者は信じ、信じない者は信じない、そういう問題だな」

「うん。僕自身、今まで古いワインを山ほど飲んできて、百年を超えるものも少なくなかった。でも、このワインを見てしまったら、飢餓感すら覚えるよ」

「まさか自分で飲むつもりか? 飲む時は俺にも声をかけてくれよ。ニューヨークから飛んでいって鑑定してやるから」友人はからかうように言った。「こういう時、持つべきものは国際オークションのプロの友達だろ」

「悪いけど、わが友よ、このワインを開けて飲む気はない」ティムは言った。「このワインは僕に、世界には僕の想像を超えた力が存在すると感じさせる。そのことに飢えと渇きを覚えるんだ。僕が言ったのはそういう意味だ」

「それはそうさ。二百年もの間、完璧な状態で保存されてきたんだ。そのワインそのものが奇跡だよ」

「その通り！　でも、こんなに古いワインが飲めるなら、たとえ腹を壊したって記念になるね」ティムは自虐的に冗談を言った。

「ハハハ。その時はギネスワールドレコーズに連絡して、君がトイレに入ってるところに立ち会ってもらえよ。悪名ならぬ悪臭を後世に残せるぞ」友人は笑った。


二〇〇七年のギネスブックの記録によると、世界で最も高価な赤ワインは一七八七年のシャトー・ラフィット・ロートシルト。一九八五年十二月、ロンドンのクリスティーズでのオークションで落札された。最も高価な白ワインは一七八四年のシャトー・ディケム。一九八六年六月、ロンドンのクリスティーズで落札された。落札価格は五万六五八八ドルだった。

クリスティーズが公表したところによると、この二本の貴重なワインはいずれもトーマス・ジェファーソンが所有していたもので、ボトルにはTh. J. のイニシャルが記されている。アメリカの建国の父として知られるトーマス・ジェファーソンはアメリカ独立宣言の起草者の一人であり、第三代大統領。アメリカ史上最も有名なワイン愛好家でもある。ジェファーソンは、駐フランス公使を務めていたフランス革命前の五年間で、ボルドーで数多くのワイナリーを訪ね、ボルドーワインに個人的な評価をつけていた。その評価の上位四銘柄が、一八五五年のナポレオン三世の格付けで第一級に選ばれた四シャトーと一致していたため、「最もワインを理解するアメリカ大統領」と称賛された。

アメリカの作家ベンジャミン・ウォレスの著書『世界一高いワイン「ジェファーソン・ボトル」の酔えない事情　真贋をめぐる大騒動』によると、このTh.J.と刻まれたワインはいずれもドイツのワイン収集家、ハーディ・ローデンストックが発見したものだという。パリの老人宅のレンガ壁の奥で見つかり、当時は未開封の小包の中にあった。

当時、オークションを主催したクリスティーズのワイン部門のディレクター、マイケル・ブロードベントは、その後の調査結果を「ワインボトルには何の問題もない。また、長時間かつ高い費用をかけた検査の結果、コルクも中身も本物と証明された」としている。しかし二〇〇五年八月、Th.J.のイニシャルのあるボトルを四本保有していた別の収集家が、ニューヨークの連邦裁判所に対し、ハーディ・ローデンストックが偽物を出品したとして訴えを起こした。本件に関して何度も裁判がおこなわれ、二〇一〇年、ついにドイツの収集家ハーディ・ローデンストックの敗訴が確定した。ローデンストックは一度も出廷しなかった。

この事件はさらなる事件を呼んだ。オークションを主催したクリスティーズのマイケル・ブロードベントは、イギリスで、『世界一高いワイン「ジェファーソン・ボトル」の酔えない事情　真贋をめぐる大騒動』を出した出版社を名誉毀損で訴え、その後和解している。それにより、この本はイギリスでの販売ができなくなった。他国での販売に制限はない。

だが、この本の著者、ベンジャミン・ウォレスが本に書いた次の言葉は正しかったのかもしれない。「もし偽物のワインがテイスティングされて、誰も気がつかなかったとしたら、それが本物かどうかなど関係ないのでは？」

クリスティーズの友人から電話があった日の午後、ティムとアシスタントたちはあちこちに電話をかけ、この先一週間の予定を大幅に変更した。オーストラリアでの休暇をキャンセルし、予定されていた東京、上海、香港、シンガポールのアジア歴訪も一週間延期した。一連の連絡と謝罪を終えた夜、ティムは招待状のボタンを押し、パーティへの参加を表明した。アシスタントに頼んで例の謎めいた執事に連絡させ、当日の送迎を依頼した。あの神秘的で謎に満ちたワインこそが自分への招待状だったのだと、ティムには分かっていた。

サリー州はロンドンの西南に隣接し、美しい田園風景の中に豪華な邸宅が並ぶ。イギリス政府の大々的な推進と支援のもと、地元の農家は次々にブドウ栽培を始め、多くの新しいワイナリーが作られた。さまざまな様式の建物が軒を連ねる沿道の風景はナパ・バレーを彷彿《ほうふつ》とさせ、伝統的なイギリスの農村風景とは明らかに趣を異にする。地球温暖化の影響で、この土地は少しずつブドウ栽培に適した気候へと変化している。市場戦略の成果もあり、数々の名品や人気ワイナリーが生まれた。毎年、この地のワイナリーと友人たちを訪問しているため、ティムはここの風土にも環境にも詳しかった。

招待状に記されていた家は、古い豪邸だった。白壁のビクトリア様式の外観で、築二百年は経っているだろう。ティムはこの邸宅の門の前を通ったことが何度もあった。邸宅はロンドンのM25モーターウェイ近く、ワイナリーが集中するエリアに通じる主要道路のそばに建っていたのだ。つまり、ロンドンのへりだ。自然豊かな景観が楽しめると同時に、ロンドンへ出る際の交通も便利な場所だった。

ティムを迎えに来たのはクラシカルなベンツの黒いリムジンで、キングス・クロス駅に近いオフィスから出発した。ティムは黒のタキシードに白いシャツ、黒のネクタイを締め、いつものようにTBのイニシャルを刺繡した白のチーフを左胸のポケットから覗かせた。運転手は物静かなスコットランド人で、ティムが迎えの相手であることを確認すると、礼儀正しい態度で前後の座席の間の仕切りを上げ、後部座席にティム一人を乗せた。

車内は非常に静かで快適で、ティムがふだん乗っている小型車との差は歴然だった。あまりに静かすぎて、なんだか窓の外の風景が幻のように思えてくる。ティムは口笛を吹いたり、ウエアラブル端末をいじったり、パーティの情景を想像したりして、眠ってしまわないように必死だった。

ティムが先週の財団設立記念パーティに招いたゲストたちに比べると、今日の参加者たちはみんな上品で穏やかだった。質のいい礼装を、まるで体の一部分のように自然に着こなしている。気品と自信に満ちあふれ、ヨーロッパの貴族の宴会のようだった。「ただの金持ちじゃない、権力を持った人たちだ」と、ティムは思った。ほとんどが欧米各国からの客で、中でもイギリス人とアメリカ人が最も多かった。見覚えのある顔も何人かいた。アメリカの前国務長官を見かけたような気もする。

ティムはこの手の集まりに参加するのが苦手だった。こうしたプライベートのテイスティングパーティに参加するたび、いつも深い無力感に襲われるのだ。一緒にワインを味わうゲストたちの九十九パーセントは、いわば素人で、ティムと同程度のワイン通は一パーセントしかいない。皮肉なことに、その九十九パーセントの者たちは、何の苦労もなしに貴重な名酒を手に入れ、水のように飲むことができる立場にある。一方で、一パーセントの者、いや時には自分一人だけが、そうした財力を持たない。何かの雑誌に書いてあった「価値を知る者には買えず、買える者は価値を知らない」という言葉そのままに。

ティムが独り立ちした頃は、多くの裕福な友人がいた。当時は若く、またマスター・ソムリエとマスター・オブ・ワインという二つの称号を手に入れたばかりだったため、メディアの注目を集め、時代の寵児ともてはやされていた。富豪たちと親しく交流し、兄弟と呼び合った。友人たちもティムを慕い、一緒に飲もうと誘った。ワインの購入、パーティでのワイン選び、ワインの先物取引、ワイナリーの買収など、折々にティムの意見を求めた。

こうした日々の中、格式の高い場所や邸宅に出入りする時には、いつも高級車での送迎つきだった。一本二千ドルもするワインをミネラルウォーターのように飲み干し、食事もワインもファーストクラスの航空券の代金も、すべて友人が払ってくれた。言い寄ってくる女性も後を絶たなかった。

友人たちはティムを「マスター」とか「先生」と呼び、気を使ってくれた。口と舌をちょっと動かすだけで、簡単に望みが叶った。いつしか彼は錯覚を起こしてしまった。社会的にもビジネス的にも成功し、人々に認められ、金も権力もある友人に囲まれている自分は、最も優秀な成功者なのだと。

ある時、ティムは政府関係の資金に関して小さなトラブルに見舞われた。裕福な友人たちに助けを求めようとした時、彼ははっきりと悟った。富豪たちと自分の関係をつなぐものは、ワインだけだったことを。友人たちにとって、彼はワインを評価し選ぶための「ツール」であり、パーティに花を添える「小道具」でしかなかった。「友情」だと思っていたものは、実は「仕事上のつきあい」でしかなかったのだ。敬意を込めた尊称も、タダで飲ませてくれる高級なワインも、「業務上の付加価値」の一つにすぎなかった。

この事実にティムは打ちのめされた。それ以来、「仕事上のつきあい」と「友情」を極力分けて考えるようになり、仕事を通じて生まれた友情をとても大事にした。そして心に誓った。必ず成功し、さらなる高みへと上《のぼ》り詰め、真に影響力を持つ成功者になろうと。独自のワイン教育理論体系「W&S」の構想が芽吹き始めたのはこの頃だ。

その日、サリー州の邸宅でのパーティで飲んだワインは、いずれもオレゴン州の小さなワイナリーで作られたピノ・ノワールのカルトワインだった。どれも申し分のない味で、楽しさと上品さ、美しさと奥深さが感じられた。やや甘みは強いが、飲み疲れする感じはない。パーティのクライマックスは、カリフォルニアから来たベテランのマスター・オブ・ワインが、二〇三〇年のスクリーミング・イーグル、三リットルの大瓶と、同年のスタッグス・リープ・ワイン・セラーズのカスク23、十五リットル樽二つを、参加者全員にふるまった時だ。アメリカのマスターが自らの評価を語ると、みんながうなずいて賛同し、そのあとは順番にワインとマスターと一緒に写真を撮っていた。

宴もたけなわとなった頃、ティムはパーティの主催者であるジョニー・リントン卿に感謝の意を伝えた。ジョニー・リントン卿は簡単に歓迎の意を表し、型通りの挨拶をしただけで、特に何も語らなかった。自分とあのワインとは何の関係もないかのように。ティムは少しがっかりして、少し腹が立った。休暇を取りやめ、仕事のスケジュールを調整してまでここへ来たのは何のためだったのか。部屋の隅で悶々とワインを飲みながら、さっさと帰ろうと考えていた。パーティがお開きに近づく頃、例のワインを届けに来た執事が、また幽霊のようにティムの目の前に現れた。「少しお時間をいただけますか。主人があなたとお話ししたいそうです」そう言って、執事はティムを階上へと案内した。華やかなカーペットが敷かれ、手すりに彫刻が施された階段を上り、古い時代の貴族の肖像画と鹿の角がずらりと並ぶ廊下を進む。階下の喧噪と熱気と比べると、階上は非常に静かで、かすかな足音さえも分厚いカーペットに吸い込まれていくようだ。薄暗い照明に照らされた、音のない廊下。鹿の角が、生い茂る森のように密集している。ティムは、まるで未知の世界へと向かっているような感覚に陥った。

執事は突き当たりの部屋のドアをノックすると、戸を開けてティムに中へ入るよう促した。そこは豪華で快適な書斎だった。大きな机と背の高い書棚、やや黄みがかった白地に金の模様の壁紙、古いクリスタルのシャンデリア、青いペルシャ絨毯。部屋の隅には座り心地の良さそうな革張りのソファが二脚、その間に置かれたティーテーブルには読書灯が灯る。壁には歴史を感じさせる暖炉があり、暖炉の上には錆びた金づちとノミが置かれている。上方には大英帝国の巨大な手書きの地図が飾られていた。

ソファでは一人の老紳士が葉巻をくわえてバイオリンの演奏を聴いていた。座っていても、かなり背が高いことが見て取れる。上質なコーヒー色のノーフォークジャケットに、白いシャツと黒いネクタイ、髪は白く、顔にはしわが刻まれているが、獲物を狙うボクサー犬のように眼光は鋭かった。

ティムが入ってきても、老紳士は立ち上がろうともしなかった。左手に杖を持ったまま、右手を伸ばしてティムと軽く握手をして、歓迎の意を示した。

「申し訳ないが、体の調子が悪くて立ち上がれない。座って話をさせてもらえるだろうか」老紳士は言った。「葉巻はどうかね?」

「葉巻は吸いません。ありがとうございます」ティムが手を振る。

「味覚が鈍るから?」

「はい。去年、風邪をひいたあと、味覚がより敏感になったようで、タバコを吸うと気分が悪くなるんです。それで思い切ってやめました」空気中には明らかに高級そうな葉巻のにおいが漂っていた。

「私は吸っても構わないだろうか」

「構いません。私が吸わないというだけです」

「ここの主は私の若い友人でね」老紳士は新しい葉巻を取って火をつけた。「私は引退して久しい、無名の男だ。私の名を聞いても、恐らく君は知らないだろう」

「ご謙遜《けんそん》を」引退した首相のような威厳ある態度に、ティムは本心からそう言った。

「あのワインはどうだった? お気に召したかね」

あのワイン、あのワインの贈り主は階下のナイトではなく、目の前の老紳士だと、この時ようやく気づいたティムは、慌てて言った。「財団をご支持いただきありがとうございます。心より感謝します」

「遠慮は要らない。我々からの挨拶代わりだ」

「我々？　挨拶？」ティムは言った。「何のことです？」

「それについてはあとで話そう。その前に」老紳士は言った。「このワインをテイスティングして、意見を聞かせてくれないか」

老紳士が手招きすると、あの執事がまた幽霊のようにどこからともなく現れ、棚から褐色のボトルを取りだした。ラベルはなく、銀色のペンキで「Ｌｏｔ＃４２３」と手書きの文字がある。同一ロットのうちの一本らしい。

ティムはボトルの口とボディを見て、ためらいなく言った。「シェリーですね。スペインの」

「ご名答。さすが専門家だ。飲まなくても分かるとは」

執事は隣の低い棚から、精緻な花柄の彫刻が施されたボヘミアガラスのショットグラスを二つ取り出してシェリーを注いだ。一杯をティムに、一杯を老紳士に手渡すと、蒸発したかのように音も気配もなくどこかへ消えていった。

ティムが口をつける。鮮やかで豊かな香り、しっかりしたボディ。グラデーションのように広がる味わい。これまでに飲んできた、ただの辛口や甘口のシェリーとはまったく違う。シェリーには上品で気高い紳士のような魅力があるが、このシェリーはそうした上品さと気高さだけでなく、あふれる才気のような鋭さを持ち合わせている。土や動物の香りも感じるが、妙に人を引きつける力がある。フィノに間違いない、という確信はあった。一方で、不思議な才能を持つ神童がタルティーニの《悪魔のトリル》――夢と幻の中にだけ存在するあの曲――を演奏するのを眺めているような、うたた寝をしながら夢を見ているかのような、そんな感覚もあった。

「これはシェリーですか？」飲む前は少しも疑っていなかったが、飲んでみると迷いが生じてきた。

「もちろん、そうだよ。ヘレス・デ・ラ・フロンテーラのシェリーだ」老紳士はおどけるように笑った。「私の友人がヘレスにワイナリーを持っていてね。試しに作ってもらったものなんだ。どうだったね？」

「すばらしいです！　フィノよりもっと上の、別物のように感じてしまいました」

「そうだろう。スーパー・フィノとでも呼んでくれ。味はどうかな？」

「ナチュラルで、豊かで、アルコール度数も高い。バイオ熟成や酸化熟成を経たものなのかどうか、非常に興味があります」

「このシェリーは売れると思うかね？」老紳士は、専門用語には微塵も関心を示さなかった。

「もちろんです。とても画期的です。どうやって作っているのか、実に興味深い」ティムは言った。「魔法の粉でも入れたんですか？」

「なかなか鋭いね。惜しいよ」老紳士は言った。「モンテスキューの名を聞いたことは？」

「さあ。あのモンテスキューのことですか？　ボルドー出身の政治学者の」

「ハズレだ。残念だな」老紳士は言った。「これには遺伝子操作した酵母を使っている。この酵母はアルコール耐性が非常に強い。だからこのシェリーのアルコール分は百パーセント、発酵によるものだ。アルコール添加はしていない。この酵母はフロール（シェリーを熟成させる際に表面にできる酵母の膜。産膜酵母）の生長を促し、酵母分解後の風味を強くする働きもある」

「そうでしたか」ティムは納得したような顔をする。

「機会があれば、これを推進するため、君に力になってもらいたい」

「このシェリーを広めるということですか？」

老紳士は首を振り、何も答えなかった。暖炉の上の錆びた金づちとノミと無言で会話しているかのように、黙ったままじっと見つめている。しばらくして、葉巻を手に取って吸うと、静かに言った。「この世界に神は存在すると信じているか？」

「当然です」

「当然とはどういう意味だね」老紳士がさらに切り込む。

「私は神の存在を信じます」

「ふむ。仲間の数人が君を推薦しているんだよ。我々のさほど長くはないリストの上位に君の名が挙がっている」老紳士は言った。「君に我々の仲間になってほしい」

「我々？」ティムは言った。「とおっしゃると？」

「我々は千年以上の歴史を持つ団体だ。メンバーは多くない。活動も地味だ。全世界のメンバーを合わせても数百人程度だろう。我々はいにしえの知識と奥義の守護者だ。我々が存在するこの世界の、物事の本質を理解して掌握し、共によりよい世界を創造したいと望んでいる」老紳士は言った。「君をしばらく観察させてもらった。ワイン分野における君の才能を、我々は買っている。自ら門戸を構え、全世界のワイン市場の評論と教育を統一しようという試みも、高く評価している。我々も微力ながら君の目標達成の一助になりたいと思っているんだ」

「一助とは？　資金ですか？」ティムが問う。

「いや、もちろん違う。資金の問題など大したことではない。蛇口から出る水のようなものだ」老紳士は葉巻を陶製の大きな四角い灰皿に置き、ゆっくり話を続けた。「君が我々の一員になってくれたらの話だが……私が言う一助とは、世界各地での我々の影響力を使ってもいいということだ。さまざまな事業を進める上で求められる、本質的な需要も含めて」

「本質的な需要？」

「気がつかないか？　ワイン界の巨匠の多くは自分だけの力で戦い、一生かかってもごくわずかな影響力を持つにとどまる。先ほどのアメリカ人のマスター・オブ・ワインのようにね」老紳士は少し腕を曲げ、燃えつきた葉巻の白い灰を見ながら言った。「君が夢を実現したければ、大量の資金はごく基本的な問題にすぎない。各国政府との関係、政策の動向、メディア報道、世論誘導、関連産業、ネットワークの力といった、本質的な物事は、君の才能や金銭では解決できないのだよ」

「あなたがおっしゃる本質的な物事について、具体的な例を挙げてくれませんか」ティムは強く興味を引かれた。

「そうだな。たとえばメディア関係で言うと、我々は君を《タイム》誌の〝世界で最も影響力のある百人〟に選ばせることができる。君を今年の表紙に載せることだって難しくはない」老紳士は一瞬言葉を切り、さらに続けた。「世界の主要なワイン消費市場の政府に働きかけて、君のW&S教育体系の創設を承認させ、その国のワイン業界で唯一のオフィシャルな認証基準にさせることもできる」

「本当に？　それは願ってもないことです。もしそんなことができるなら、すごいことだ」摩訶不思議な話に、ティムは驚いた。

「我々の影響力と君の才能とが相まって生み出される価値の大きさを、我々はよく理解している。我々は完全に——何と言ったらいいだろう、つまり世界のワイン市場を支配することができるのだよ」

　ゆっくり話す老紳士の声は低く、言葉の一つ一つにある種の威厳があり、でたらめを言っているようにはとても思えなかった。ティムは恐る恐る言った。「では、あなた方の要求は何ですか？　私の株式を譲渡しろとでも？　それとも私の……魂とか？」

「ハハ、我々はエンジェル[*3]ではないからね、君は投資の対象じゃない。そして我々は悪魔ではないし、君もパガニーニ[*4]ではない。何も特別なことはないよ。大事なのは、君と我々とが互いに認め合い、信念を共有できるかどうかだ」

「信念とは？」

「信念とは何か。そうだな、古い詩にはこう書かれている」老紳士は水で口を潤すと、フランス語で語り出した。「星は夜空で静かにきらめく。星は空より大地を眺め、人の群れを見下ろす。目に映る空には常に太陽と月が輝き、この世界を照らしている。だが知る者はない、人々の暮らすこの世界で、太陽と月を輝かせているのは誰なのか。世界をより美しくしているのは誰なのか」

　古い詩は優雅だが漠然としていて、フランス語に通じたティムでも、そこに込められた意味を読み取るのは難しかった。ワイングラスを取ってひと口飲むと、黙って考えを巡らせた。老紳士は何も言わず静かに葉巻をくゆらせている。

「私があなた方に加われば、世界はもっと美しくなるという意味ですか」

「君は頭がいい。君なら理解してくれるはずだ」老紳士は直接的な返事を避けた。

「その《団体》には名前があるのでしょう？」

「もちろんだ。君が加入して我々の兄弟となった時、その名を知ることになる」

「違法な団体ですか？」

「いや、もちろん違う」老紳士は葉巻を持ち上げ、まるで芸術品を鑑賞しているかのような表情で、燃えて灰になった部分をしげしげと見つめた。そして、葉巻を置くと、こう続けた。

「正反対だよ。規則を定め、法を作る、合法的な団体だ」

「分かりました。では今すぐ加入させてください」ティムは目を見開き、真顔で言った。「私は何をすればいいですか？ 加入申込書に記入しますか？」

「驚いたな。君は意外とユーモアがあるね」老紳士はやや皮肉めいた口調で言った。「私はこの《団体》の門番《ゲートキーパー》だ。君に提案と要求がある」

「拝聴します」

「君には将来、宗教の教祖のように、多数の信徒と絶対的な影響力を持つ人物になってもらう」老紳士は言った。「君が提唱する教育内容と制度は世界のスタンダードになる。イギリスやアメリカだけでは足りない。つまり、全世界の潮流と需要を君が動かすのだという視点で考えてほしい。ワインに対する君の評価は絶対的な権威と一貫性がなくてはならない。もし君が今年の右岸は左岸より出来がいいと言えば、教祖の追従者にとっては、今年は右岸がベストな選択となる」

「それは可能だと思います」心なしか緊張してきて、ティムは唇をなめた。

「ハハ。チャーチルはこう言った。『立ち上がって話すのには勇気が要るが、座って話を聞くのにもまた勇気が要る』。どうやら私には勇気が足りないようだ。だからずっとこうして座って話をしている」老紳士は独り言のようにつぶやいた。

老紳士の話が何を意味しているのか、ティムにはよく分からなかった。なんとなく気まずくて、力なく愛想笑いをした。

「今日のことは始まりにすぎない。ここで話したことは内密に頼む。我々の《団体》の存在について誰かに話したり、記録に残したりすることも控えてくれ。いいか、誰かとは私と君以外の第三者すべてのことだよ。私の執事が連絡係になる。我々は陰で君を見ていて、定期的に連絡する。同時に君を評価する」老紳士は厳しい顔で言った。「最短で半年、最長では無期限。評価に二十五年もかかった兄弟もいる。双方に忍耐力が必要だ」

「構いません。待ちます」ティムは言った。

「もちろん、君の自由と意思は尊重される。原則として、すべては君の同意が前提となる」老紳士は言った。「つまり、加入して我々の兄弟となるかどうかを決めるのは、君自身だということだ」

「分かりました」

老紳士は黙ってうなずいた。まるで頭の中で考えていることをすべて見透かすような目つきで、ティムの目をじっと見つめる。

「ワインの世界は今後数年で天地がひっくり返るような大変動に見舞われるだろう。君の知識はすべてが無になり、君の中の常識は完全に覆される」落ち着いた口調で老紳士は言った。

「これは君にとって生涯最高のチャンスかもしれない……我々にとっても君にとっても、手遅れにならないことだけを祈るよ」

「大変動？　手遅れ？　何のことです？」

「時が来れば君にも分かる。星はいつだって夜空で静かにきらめいている、それさえ知っておけばいい」老紳士は話を逸らし、グラスを掲げた。「今日はここまでにしよう。話せてよかった。また会えることを願っているよ。ティム・ベイカー君」

「ありがとうございます」ティムはうやうやしく礼を言った。グラスを掲げ、少しためらってから、摩訶不思議な魔法のシェリーを飲み干した。

原註

＊1　マスター・オブ・ワイン：イギリスのマスター・オブ・ワイン協会が認定する資格。ワインに関する最高水準の専門知識を有することを認めるものであり、多くのワイン愛好家や事業者にとって憧れの資格である。

＊2　ジャンシス・ロビンソン：一九五〇年、イギリス・カンブリア州生まれの著名なワイン評論家・作家。ロビンソンの二十点満点の採点方法は、世界の重要な評価基準の一つとなっている。ロビンソンが編集執筆した『ワールド・アトラス・オブ・ワイン』と『オックスフォード版ワイン事典』は最も重要なワイン本と称されている。

＊3　エンジェル：投資業界では個人投資家（とくに創業間もないベンチャー企業に投資する者）を俗に

エンジェルと呼ぶ。

＊4　ニコロ・パガニーニ：十八世紀イタリアのバイオリニスト。あまりの演奏技術の高さに、悪魔に魂を売り渡して手に入れた才能だと言われた。

第13章　総長《グランド・マスター》

二〇五四年二月十三日
パリ　オペラ座付近

この小部屋はまだ動いているはずだ。だが、下に向かっているかどうかは定かではない。ここへ来て、もう十分以上は経っている。誰かが私を監視していることは間違いない。完璧な平静を装わなくては。うろたえたり慌てたりする姿を見せてはならない。

手首のウェアラブル端末の通信は途絶えている。どれだけ移動したのか知るすべはない。数十メートルの深さだろうか、あるいは数キロメートルか。この部屋には何の説明も指示もなく、監視カメラやトランシーバーの類いも見当たらない。四方の壁も天井も床もすべて、光線を発し音を伝える、光沢のあるナノ材料でできている。

ここにいると、閉所への恐怖というより、純白の無限の空間に身を置いているような錯覚に陥る。四方に何も存在しない、白い地獄。空間の至る所に光源と音源があり、床にも私の体にも影が映らないせいか、だんだんと五感が混乱してきて、光線も音も幻のように思えてくる。

思わず手を伸ばして壁に触れてみた。バカバカしい。四方に壁があることは間違いないのだ。ただ目には見えないだけだ。私は目を閉じてその場の空気を感じようとした。心拍数が上がったり呼吸が速くなったりしている様子はない。空気中には何のにおいもなく、体にかかる圧や湿度もちょうどいい。遠くからショパンの《マズルカ》のピアノ演奏が耳に響いてくる。部屋はごくわずかに振動しているだけで、移動によって生じる慣性は感じられない。私の両足は確かに重量を感じていて、地球の引力がその機能を忠実に発揮していることが分かる。

「足が地に着いている時だけ、足の存在を感じられる」昔どこかで聞いた言葉を急に思い出したが、誰の言葉だったかは忘れてしまった。

私は、いつものトレーニングをやることにした。目をこらして純白の空間を見つめ、手首の端末でロワール渓谷の産地の立体地図を投影したと想像する。まずは上流右岸のプイィ・フュメ、左岸のサンセールとメヌトゥー・サロンから川を下ると、コトー・デュ・ジェノワ、オルレアン、シュヴェルニーの三地区が続く。上流のロワール川の支流には、ルイィとカンシー。シュヴェルニーの北側にはジャスニエールとコトー・デュ・ロワールの二地区。ただし、サンセールとプイィ・フュメという二つの有名な産地を除き、その他の産地の知名度はさほど高くない。さらに上流のコート・ロアネーゼやコート・ドーベルニュなどの産地に至っては、一般人は聞いたこともないだろう。

ロワール渓谷上流の主要な産地の分布はだいたいこんなところだ。産地の名を暗唱していると、なぜか歌を歌っているような感じになる（イタリアの産地はどこもスパイスの名前に聞こえる）。私はいつもアンダンテ・カンタービレくらいの速度で、頭の中で産地名を読み上げるのを習慣にしている。少し長ったらしくはなるが、こうしないと暗唱が続かないのだ。

ロワール渓谷の上流・中流・下流の産地とサブリージョンの地図を頭の中で描くと、主要産地の「骨組み」が完成する。そのあとは「産地の骨組み」に基づいて、「産地の内容」をそれぞれ分類しながら埋めていくと、「産地の風土の特徴」を示した完璧な地図ができあがる。複雑そうに聞こえるが、実のところは生物の「個体」「部位」「骨格」と「肉」との関係と同じことだ。「骨格」に異なる「肉」をはめていくことで「部位」になる。すべての「部位」が完成すれば「個体」になる。

　それぞれの産地の地形を改めて思い浮かべる。どこに山があり、川や湖があるか。森や市街地はどのあたりか。続いて、産地ごとの土壌の種類、分布状況、肥沃《ひよく》度、深度レベル。各地の気候形態、年ごとの気候の差異、「微気候」の変化。これには日照の多寡、昼夜の気温差、湿度や水分、生長期の雨量と気温、収穫期の雨量と気温などが含まれる。そして、各産地で栽培されるソーヴィニヨン・ブラン、ピノ・ノワール、カベルネ・ソーヴィニヨン、シュナン・ブラン、ミュスカデ、および現地品種それぞれの特性。さらに、訪問したことのあるワイナリーの醸造責任者の話や、その栽培・醸造方法。各地の風景、食事、歴史、風習、空気のにおい。気が変わりやすい地元の人の性格。最後に、各地で自分が飲んだ、銘柄もヴィンテージも異なるさまざまなワインの口当たり、香り、色、グラデーション、ストラクチャー、味などを、〈ベイカー・ホイール〉に当てはめてみる。これらのパーツをすべて組み合わせると、私の頭の中には、複雑だが立体的かつ具体的な「産地の風土と味」のマッチングデータが表示される。

私はこれらの「マッチングデータ」を、頭の中の、ある特定の「部屋」にしまっておく。「ロワール渓谷の産地と風土」と名づけられた「部屋」だ。形も大きさも異なる無数の「部屋」が組み合わさり、巨大な「思考の宮殿」ができあがる。この「思考の宮殿」は、すなわち「私のワイン世界」だ。暇になると、私はいつもこの内容を復習し、知識を強化する。私はまた、系統的に整理され、私を守ってくれる「記憶の宮殿」も持っている。異なる倉庫から異なる展示品を順番に取り出してきて眺めたり、拭いたり磨いたりするようなものだ。

ああ、まだまだ時間がかかりそうだ。ポケットに手を入れ、ロンドンから持ってきた「私の人生にとって意義を持つ重要な品」に触れて、その存在を確認すると、再びワインのトレーニングを続けた。さらに五分ほどの時間が過ぎた。部屋の中は依然として柔らかい明るさに満ち、何の変化も見られない。ロワール渓谷の上流から復習を始め、中流のブルグイユとシノンまで来た頃、高酸度の刺激によって生じた唾液が私の口の中を満たし始めた。

腹が減ってきたのだ。ここからは夕食に何を食べるかを考えることにしよう。

ピンポンという音が聞こえた。壁には細い隙間が音もなく現れた。純白の空間が切り裂かれたかのようだ。ドアが開く。夕日のような暖かい光が背後から差し込み、足元に淡く細長い影が伸びた。

「辰星會《マーキュリー》へようこそ」ドアの横に立っていた顧問が私のほうへ手を伸ばす。黒の燕尾服を着て、ワインレッドの柄入りのネクタイを締め、革靴はぴかぴか光っている。

「こんにちは」何を言うべきか迷い、私も手を伸ばした。

「マーキュ……私たちはパリの地下にいるんですね？」私は言った。

「いや、ここはパリじゃない。ランスだよ。歴代フランス国王の戴冠式がおこなわれた町だ」

驚く私を気にも止めぬ様子で、顧問は私のネクタイを直すと、ついてこいとジェスチャーで合図した。エレベーターを乗り換えて階上へ行き、ドアが開くと長い廊下を進む。ここの装飾は、先ほどのエレベーターの現代的な内装とは趣がまったく異なっていた。何もかもが見るからに古風で品がある。カーペットが敷き詰められた廊下、木製の装飾が施された壁にはロマン主義時代の絵画が飾られている。どれも、かなり昔からここにあったことを思わせる。唯一、現代の技術が使われているのは天井に塗布された電子光源だけだ。

過去の時代への回帰を求める者にとって、光源や空調は決して克服できない障壁に違いない。ネットのない、ランプと松明《たいまつ》の時代には、人類は決して戻れない。クレオパトラが優雅にブドウを食べられるのも、ギリシャの哲学者がエーゲ海の海岸で思考にふけることができるのも、彼らに仕える奴隷がいたからだ。奴隷が風を送り、松明を掲げ、ブドウを採り、住居を建て、酒をついでくれたからこそ、美貌の維持に努めたり、宇宙の真理についての思考に没頭したりして、後世に名を残すことができたのだ。

「もうすぐ君の儀式を主宰する方がやってくる。辰星會での彼の立場は『総長《グランド・マスター》』だ。君があの方を呼ぶ時は『尊崇すべき』とつけて呼ばなくてはならない」

「総長？　尊崇すべき？」私はぎこちないフランス語で復唱した。

「わが組織の最高指導者だ。あらゆる重要事項の意思決定に責任を負う。祝典と儀式の主宰者だ。今日の《啓蒙の儀式》はあの方の主宰でなくてはならないのだ」

角を数回曲がると、廊下の右手に古めかしい木製の扉が現れた。左手には、幅十メートルはありそうな古い油絵。世界の歴史をテーマにした絵のようで、エジプトからギリシャ、ローマ、中世、大航海時代までの情景が細かく描かれている。足を止めてゆっくり眺めることは叶わず、私は顧問のあとを追うしかなかった。

「着いたよ」顧問が言った。「目の前の絵を見ていてくれ。あちこち眺めたりせず、扉を背にしたまま振り向くな。まもなく始める」後ろの扉が開く音がした。廊下の上方の明かりが徐々に暗くなり、背後からかすかな光が差す。壁に映った私の影が、力なくゆらゆらと揺れている。まるで、私ではない別の生物の影のようだ。

「よし、ゆっくりと後ろに下がってくれ。自分の影と足元だけを見て。決して振り返ってはいけない。影が自分から離れていかないようにな」顧問の口調は厳しく、まるで振り返ったら塩柱にでもされてしまうかのようだった（旧約聖書に、ロトの妻が神に振り返るなと言われたのに振り返ったため塩柱にされたという話がある）。

誰かが階段を上がってくるような音が聞こえた。続いて、ガサゴソと顧問が服を着ているような音。それから顧問は私の黒いネクタイを引っ張って後ろに立ち、上がってきた人物と一緒に私の体を軽く引いた。「《十三段の後ろ歩き》だ。君の後ろに階段がある。これを後ろ向きに下りていくんだ。転ぶなよ」顧問の声だ。

「気をつけてください。千年来、ここから転げ落ちた者はいませんよ」こちらは先生の声に聞こえる。

階段の下から漂う空気のにおいを感じる。わずかにべたついた感じはするが、不快ではない。目の隅に自分の足を捉えつつ、石段に揺れる自分の影を見つめながら、心の中で子供のようにフランス語で段数を数えた。六段目からはドイツ語、十段目からはスペイン語で数えながら、そろりそろりと階段を下り、十三まで数えてようやく足が地面に着いた。

地面には石のレリーフが見える。揺らめく光は依然としてほの暗い。太陽と月、大地、王冠、盾、書物、人の群れが刻まれているのがかすかに見て取れる。階段の上の廊下から顔を覗かせるあの絵画を別にすれば、私の目の前はほぼ漆黒の闇だった。

空気は非常に冷たく、凍った土のにおいがした。氷河の脇の避難小屋にいるかのようだ。私は思わず体を縮めた。今にも震えだしそうな気がした。

「何者だ」抑揚の強い、しゃがれた男性の声がした。顧問がひじで軽く私をつついた。答えろ、という意味だろう。

私は出身地と姓名を答えた。ごく平凡で、目立つ要素は何もない。

「推薦人は？」しゃがれた声が続けて問う。

「ニューイングランド、マサチューセッツ州、フュッセン家のジョン・スタンリー・フュッセンです」顧問が言った。

「それから？」

「イングランド、ヨーク郡、ベイカー家のティム・クリスチャン・エドワード・ベイカーです」先生が言った。

「よかろう。推薦人は手を離しなさい」しばしの沈黙が流れた。私は一人残され、その場に立ち尽くしていた。思わず拳を握り、手のひらに爪を食い込ませて、自分が存在することを確認した。背後からまた声がした。「若者よ。水星のもとに、神の存在を信じるか」

「はい、信じます」私は言った。背を向けた相手に向かって返事をするのは、何とも奇妙な感じだ。

「そうか。辰星會に加入し、我々の規律を守り、我々の兄弟となる意思はあるか」

「はい……あります」あまりに寒く、またあまりに緊張していたせいか、聞こえてくる声が自分の声ではないように感じる。

「いいだろう。こちらを向きたまえ」

私は振り返った。面前の地面に三つの炎が並び、正三角形を形づくっている。その前に、赤いマントをまとった、痩せて背の高い老人が立っていた。背後から光を受け、その視線は鋭く力強い。手には深緑色らしきマントを持っているのが見える。両側には顧問と先生が立っている。灰色のマントを着ているようだ。さらに十人ほどが私の周りを囲んでいた。

暗さに目が慣れてきたのだろう、ここが天井の高い大広間だということが分かってきた。地面には石刻が敷き詰められている。アーチ状の天井にはめ込まれた、水晶などの石の装飾が、炎を映して星のようにきらめいている。雰囲気も服装も、映画で見た、騎士が国王に忠誠を誓う儀式のようだった。

「水星のもと、今日、汝を啓蒙《けいもう》せん。これよりのちは星のごとく、天にあって常に輝き、事物の本質を窺《うかが》うべし」言い終えると、総長は深く息を吸い、ゆっくりと息を吐きながら続けた。

「私のあとに続けて。Ma-La-Bi-EnVa-La-Ii-S, Ma-La-De-Ta, Ku-Lu-Mo-Gu-Ii-S」

歌のようでもあり、お経のようでもあった。ルーマニアあたりの方言のように聞こえる。「Ma-La-Bi-EnVa-La-Ii-S…Ma-La-De-Ta…Ku-Lu…Mo-Gu-Ii-S」私も慎重に繰り返した。私の声は震えていて、音の高低も不安定だった。これでいいのかどうかも分からず、きっとやり直しさせられるな、と思った。

沈黙が流れる。音のない中で炎だけがゆらゆらと揺れていた。

「辰星會へようこそ。君は我々の兄弟だ」総長がついに口を開いた。私の前へ進み出て、緑色のビロードのマントを自ら肩にかけてくれる。マントをまとうと、寒さが和らいだように感じた。

私は人生の中で数回、奇妙な大冒険を経験している。幼年期で最大の冒険は、動物園の壕《ほり》に落ちたことだ。そこにいたのはトラやライオンではなく、三頭のカバだった。泥まみれになった私は、三十分もそこで泣いていた。三頭のカバは泥水につかったまま、ひたすら泣き続ける私を見てはうるさそうな顔をしていた。それからしばらくの間、私は決して動物園へ行こうとせず、《アニマルプラネット》を見ては悲鳴を上げた。両親は私をカウンセリングに連れていくべきか悩んだそうだ。

青少年期で最大の冒険は、初めて女の子の服を脱がせた時だ。女の子が身につけている服は非常に複雑で、精密で煩雑で繊細な手順を踏まなくてはならない。高まる興奮を抑えつつも愛情を持って接する必要があり、中央銀行の金庫破りより難易度が高い。少しずつ慣れていったが、腕が上がるにつれ冒険という感覚は薄れた。

今回の謎めいた啓蒙の儀式も、奇妙で華麗な冒険と言えるだろう。先生、オーナー、長老、顧問、総長といった、ただならぬ人物たちとの出会いのあとに訪れたクライマックスシーン。これに比べると、拉致されたことなんて大した問題じゃない。こういう事態にすっかり慣れてしまったのかもしれない。どんなことでも、いつかは慣れるものだ。

「その眼鏡型デバイスを君のウェアラブル端末とペアリングさせて、装着してくれ」顧問が言った。隣には、痩せて背が高く、禿頭で、耳の横にわずかな白髪だけを残した黒衣の執事が、銀のトレイを手に立っている。部屋の隅のテーブルの上には――私の見間違いでなければ――メルキゼデク*1の巨大なシャンパンボトルが置かれていた。トレイにはいくつかのシャンパングラスと眼鏡型デバイスが置かれている。

この種のホログラフィ解読グラスは、暗号化された立体投影情報を解読することができる。これはある意味余計な、実に奇妙な発明に思える。人類がやっとの思いでホログラフィック技術を完成させ、３Ｄ投影された映像を裸眼で見られるようになったのに、それを暗号化しようとする者が現れ、再び眼鏡型の装置をつけなければ映像が見られなくなった。もっとも「余計な」というのは私だけの偏見かもしれない。昔の恋人か誰だったか忘れたが、私は偏見が多いと言われたことがある。

ペアリングした眼鏡をかけると、周りを囲む三十人ほどの人物が浮かび上がった。それぞれ異なる色のマントを着て、眼鏡型デバイスを装着している。手には銀のトレイに乗っていたのと同じ、口が広くて浅いシャンパングラス*2を持っていて、中にはシャンパンらしきものが注がれている。

顧問は老執事から受け取ったグラスを私に手渡した。グラスにはほんのひと口分の酒が入っている。私はいつものようにグラスを回し、香りを嗅いだ。ここは暗すぎて色はよく見えないが、柑橘とエーデルワイス、そしてパンやクッキーの繊細な香りがする。間違いなく、これはシャンパン、しかも年代物のシャンパンだ。

「この酒は……」こっそり先生のほうへ近づき、このシャンパンについて話そうとした時、先生が手を振って私を制止した。話をするなということらしい。総長が炎の奥にある高い台に上がり、台の中央にある椅子に座った。その右側の椅子には顧問が座る。左側の椅子には顔に傷のある男性が背筋をぴんと伸ばして座った。

総長は座ったまま「加入を歓迎する」といったお決まりの挨拶をすると、グラスを掲げて一気に飲み干した。私はいつもの習慣で、グラスを回し、香りを嗅ぎ、少しなめて味を確かめてから、ようやく飲み干す。周囲の者たちがグラスをあおった時、私と先生だけはまだ香りを嗅いでいて、私たちがグラスをあおる頃には、みんなとうに飲み終えていた。私たちだけが、リズムについていけないダンサーのようだった。

大勢の人に声をかけられた。男性が多く女性は少ない。大半がイギリスかアメリカ、あるいはヨーロッパ人だ。内閣の官僚、保守政党の院内幹事、ヨーロッパの王族、背筋の伸びたドイツの士官、アメリカの前国務長官、さらに数人の億万長者と、ラテン系移民らしき姿もあった。「辰星會入会の手引」のような本がないため、どうふるまえばいいのかさっぱり分からなかった。間違えて別の飛行機に乗ったか、あるいは女性用トイレに入ってしまったかのように気まずい。仕方なく、シャンパングラスを持ったまま立ち、誠実で真面目な表情を無理やり作って、いかにも自信に満ちた微笑みを浮かべた。決して、来る場所を間違えてうろたえている人物には見えないように。

こういう笑顔や目つきを、鏡に向かって練習したことは何度もある。そして、こういう表情が他人の目にはどう映るかも、よく分かっている。文明社会にはこの種の偽りの儀礼と笑顔が必要なのだろう。年を取るにつれ、こうしたふるまいが求められる機会が増えていくことに、私は気づいていた。私の直感では、これから先、この場でのあらゆる活動において、私はずっとこうして微笑んでいることしかできないのだろう。バカみたいにただ笑い続けるのだ。

それでも私は黙ってバカなふりを続ける。うかつに口を開いて、自分は本当にバカだと証明するようなまねもしない。

「上流社会は大変だな」私は思った。ただ、これはある意味――オーナーが言っていた――世の不条理に対する憎しみなのかもしれない。

ワイン界の頂点に立つ先生でも、これほどの権力者が集まる場では、特別に光り輝く存在ではない。大勢の人の輪の中で、珍しいワインについて話し込んでいる。百年間、海底に沈んでいたシャンパンは飲めるかどうか、ヒトラーがモーリッツブルク城の地下に隠していたワインが開栓されたこと、去年宇宙ステーションで飲んだボルドーの味、今年トルコで開かれるクリスティーズのオークションではホログラムによるリモートオークションが実施されるかどうか、といった類いの話だ。

顧問も忙しそうにあちこち回って誰かと挨拶を交わしたり、何やら耳打ちをしたりしている。国会議員から法案への支持を取りつけようと走り回る大統領のようだ。当分、私に構っている暇はないだろう。

ふと気づくと、さっき台上に座っていた顔に傷のある男性が、隣に立ってこちらを見ていた。落ち着かない様子で、私に何か言いたげにしている。眼鏡の奥の二つの目が、それぞれ別人が動かしているかのように、せわしなく動く。笑っているのか、怒っているのか、あるいは笑いながら怒っているのか、よく分からない顔だ。この世にこんな表情が存在するなんて思ってもみなかった。

「いいシャンパンですね。かなりの年代物でしょう?」試しにこちらから話しかけてみた。

「どうも。イグナシオ・アギラール・デ・ボーモンです。イグナシオと呼んでください」顔に傷のある男性はさわやかに手を伸ばし私と握手した。その手が温かく力強かったので、彼がホログラムでないことは間違いなかった。こういう暗い場所は厄介だ。誰もが本物の人間にも、立体映像にも見えてしまう。

「これは年代物のシャンパンだよ。ＲＭ[*3]の品だ」イグナシオは言った。「隣のワインカーヴから私が選んできた。ここにはすばらしい年代物のシャンパンがたくさんあるんだ」

「ここはシャンパンを貯蔵する蔵だったんですか」スペイン人には英語のＲをＬの音で発音する人が多い。イグナシオが話すのを聞いて、スペイン人だとすぐに分かった。

「そう。ここはかつてシャンパンを貯蔵する白亜の蔵だった。地下道でこことつながっている。隣の部屋には数万本のシャンパンが貯蔵されている」

「ここはランス市内?」

「いや、違う。ランスとエペルネの間の地下だ。表向きは大して目立たない邸宅だよ。かつては伝説のシャンパン醸造家が所有していた。辰星會の総長だった人物だ。彼の奇跡のようなシャンパンの調合《アッサンブラージュ》はすべてここで行われたと言われている。シャンパンの調合過程を見たことはあるかい？」

「ありません。すごく難しいとは聞いています」

「その通り。シャンパーニュ地方は寒冷で、ブドウの酸度が高い。非常に酸度の高いブドウを数十種、時には未熟なブドウから取った果汁も組み合わせて調合する過程は、とても複雑で困難だ」

「調合する人たちの歯のエナメル質は酸でボロボロでしょうね」私は冗談を言った。「ここの歯医者は儲かるだろうな」

「ハハ。でも仕方ない。各シャンパンの銘柄独自の味を作り出す作業は、いまだに電子舌[*4]では不可能なのだから」イグナシオは言った。「以前、ある有名ブランドがイギリスのロメルサとかなんとかいう電子舌のメーカーに、シャンパンの調合を電子舌でおこないたいと相談したらしい。三年間の研究で、数万の味覚因子を特定し、何万通りものブレンドをテストしたんだが……」

「結果は？」私は興味津々だった。聞いたことのない話だ。

「こういうのは、公式を見つけたり味の指標を定めたりすれば解決する問題じゃない。私たちの研究でも、味を作るのは香りよりずっと困難だった。その研究者は最後には毎日酔っ払ってバーからホテルへ戻るだけ、何の成果もあげられないまま研究は中止されたそうだよ」

「ハハハ。毎日シャンパンが飲めるなんて最高じゃないですか」私は先ほどの冗談をまた蒸し返した。「NHS[*5]で歯の治療を受けるよりずっとマシだ」

「そうだね。何事もやりすぎはよくないが、シャンパンは飲みすぎくらいがちょうどいい[*6]。ここにはいい酒がたくさんあるから、ランスでのミーティングはいつも楽しみなんだよ」イグナシオは静かに笑った。

「でも、シャンパーニュでは昔から戦乱が絶えません。我々……辰星會の本部がランスにあるのは危険ではありませんか？」シャンパーニュは世界で最も多難な産地だと、どこかで聞いた記憶があった。

「シャンパーニュは過去から現在まで、あらゆる戦争で戦場となった。ランスはヨーロッパの南北と東西の動線が交わる交通の要所で……」いつの間にか、総長が隣に立っていて、質問に答えてくれた。「……英仏の百年戦争、宗教戦争、スペインの王位継承争い、ナポレオン戦争、普仏戦争など、この千年で大小さまざまな戦争を経験した。第一次世界大戦はここで始まり、第二次世界大戦はここで終結した。チンギス・ハンさえもこの地の征服を目論んでいたとか」

　イグナシオは総長を見ると、ゆっくりとうやうやしく頭を下げた。口元には何とも言えない複雑な微笑を浮かべている。そこに何らかの意思が示されているのかどうか、私には判読できなかった。

「どれほどの戦乱に遭っても、十八世紀以降、ここのワインカーヴはどんな軍隊の略奪をも受けていない。第一次世界大戦では激しい戦火に見舞われたが、この近辺には爆弾は一つも落ちなかった。第二次世界大戦では、シャンパーニュはナチスによって容赦ない略奪を受けたが、ここのワインカーヴには一人のドイツ兵も来なかったし、一本のシャンパンも奪われていない」総長は続けた。「むしろ、ほかの蔵のシャンパンを受け入れたことで、貯蔵数が増えたほどだ」

「それは……すごいですね」この感情をどう表現していいか分からず、ただすごいとしか言えなかった。

この時、顧問が私たちのそばへやってきて、総長に向かって頭を下げ、こうつけ加えた。

「ヒトラーの第三帝国がこの地を占領していた時も、この邸宅はあえて見ぬふりをして、部隊を踏み込ませなかった。戦争が終結するまで、ドイツ、フランス、ロシア、イギリス、アメリカ、どの軍隊もこの邸宅には一歩も足を踏み入れなかったという」

「各国の将軍と元帥が時折ここへ来て、シャンパンを飲みながら談笑していたとも」イグナシオが続けた。

私たち三人は大笑いした。三人とも立体映像ではなく、間違いなく本物の人間だから、笑い声もちゃんとリアルだった。

「ありがとうございます。このシャンパンは本当においしい」何を話せばいいか分からないので、酒の話題に持っていくしかない。こんな時、たいていのイギリス人は、皮肉めいた口調で天気の話をするのだが。

「このシャンパンは生産量が少なくて、めったに手に入らないのだよ。私が若かった頃はどこにでもあって、ワインカーヴが満杯だったものだが、いつの間にか貴重な宝物のようになってしまった」愚痴っぽい老人の口調で総長が言った。「……言っておくが、シャンパンを作ろうという若者は年々減っている。個性的な酒を飲みたければほかの産地へ行ったほうがいい」

「確かにそうですね」総長がRMの話をしているのは分かった。ただ、具体的な論点は何なのか測りかね、分かったような顔でうなずいて話を合わせた。

「……年代物のRMシャンパンは私のワインカーヴにいくらでもある。置き場所に困るほどだ。だが、新しいものは少ない」総長は手振りでワインカーヴの大きさを表現してみせた。その手つきを見る限り、ワインカーヴはエミレーツ・スタジアムほどの大きさがありそうだった。

「これからはもっと手に入りにくくなるでしょうね」私はそんなふうに言ってみた。

「まさに。どういうわけだか、世界の人口は減っているのに、こういったシャンパンを求める者は増えている」総長は言った。まだRMシャンパンの話をしているらしい。

「時代の潮流、あるいは流行なのでしょうね。これだけ世界中にアルコールがあふれている中、一部の人間は頭一つ抜け出して、より独特で、風土性があって、高価で、味わい深い品を求めるようになります」私は一般論を持ち出して総長の観点に同調した。「それが必ずしもおいしいとは言えなくても」

「確かに。やはりブドウ農家がブドウ栽培に真摯に取り組むことが重要だ」イグナシオが続けた。

「まさにその通り。だが、近頃の苦労知らずの若者のことが、私にはどうしても理解できないのだ。自分のブドウ農園を、まるで不動産のように簡単に売ったり買ったりする」誰に対する愚痴なのか、総長はブツブツとつぶやくように言った。

「ええ、本当にそうです。スペインの若者も同じです」イグナシオも調子を合わせた。「私たちの所では……いえ、やめておきましょう」

総長はイグナシオをちらりと見て、それでいい、という表情をした。それから私のほうに手を伸ばして言った。「まあ、とにかく、君の加入を歓迎するよ」総長は力強く私の手を握り、私の顔を見た。その目は鋭い光を放ち、計り知れない深みを感じさせた。まるで一瞬にして数十歳も若返ったかのようだった。そして総長は言った。「プロとしての君の中立な意見が、私には必要だ」

「できる限りの力を尽くします、尊崇すべき総長」私は深い敬意を込めて言った。

この時、あの痩せて背の高い黒衣の執事が一本の杖を持ってきた。総長は、私たち全員についてくるよう手振りで合図した。杖をついているせいだろうか、総長の歩く姿はずいぶん背が低く感じられ、赤いマントをまとったごく普通の老人に見えた。尊崇すべき総長の歩みがあまり遅いので、私たちも総長の速度に合わせ、魚の群れのように一列になって、ゆっくりと進むしかなかった。

私たち四人は比較的明るい地下道を進んでいった。両側には奥まった部屋がいくつもあり、入り口は錆びて茶色くなった柵で覆われているが、大半は施錠されていない。部屋の中にはほこりをかぶったシャンパンボトルが何層にも積まれて保存されている。廊下の端までボトルがずらりと並ぶ様子は非常に壮観だ。総長の先ほどの手振りの意味が分かった気がする。

地下道を進むと、壁の所々に、小さな彫刻とランダムな番号、文章の一部のような文字が現れた。「泡さえあれば……わけではない、汝らは……ビールを飲む愚劣な者たちよ」壁に刻まれた謎めいたフランス語を読み上げてみた。プロイセンの軍隊のために書かれたものだろうか。

「シャンパンはとても重要ですよ。覚えておいてくれ。我々はシャンパンのために戦っている

[*7]のだ！」先生が冗談めかしてささやいた。
私たちは細長い白亜の会議室に着いた。緑色の壁紙に木の床、部屋の中央にはマホガニーの長机と五脚の椅子がある。3Dホログラムでの会議を想定しているのか、椅子の並べ方は無秩序で非対称的だ。総長が部屋の正面の真ん中に座り、その右側に顧問、左側にイグナシオが座った。先生は向かいの一番左の席に座り、私は先生に促されて、先生の側の一番右の席に座った。椅子の後ろにはそれぞれハンガーがあり、目の前には一杯ずつ赤ワインが置かれている。眼鏡をかけると、机についている人たちの姿が現れた。全部で二十八人。先ほど広間で会った、立体映像の出席者たちだ。全員きちんと正装しており、それぞれの前にはグラスが置かれ、みんな静かに座って総長を見つめている。

顧問とイグナシオが交互に司会を務める会議は一時間ほど続いた。みんなは今後のヨーロッパ情勢や、起こりうる地域紛争について討論し、エネルギー、農業、化学工業、気象コントロール、金融などの業界の発展について報告、さらにほかの産地の天災や今後の成長について説明した。一見すると、映画に出てくる長老会議の場面のようだが、一つ奇妙な点がある。討論や報告をする時、誰もが現在形や未来形の時制を使って話しているのだが、どうも未来のことを語っているようには聞こえず、計画された事柄やすでに起こった出来事を語っているように聞こえるのだ。しかも、示される事柄はすべて、その期間や影響の範囲について明確な説明が加えられる。その上、紙やデータや映像といった資料は一切なく、すべて口頭で話し合われる。オリンポス山の神殿に集まった神々が人の世で起きる出来事について討論しているかのようだった。

彼らはシナリオを作っているのだ、これらの事柄は必ず発生する——私にはそう思えた。

話すべきことが何もなかったため、私はまたあの愚かな微笑を浮かべ、机に置かれたワインを飲むしかなかった。熟成を経て濃縮された味わいで、アルコール度数は高い。地中海一帯のビオディナミ農法で作られたワインに似ている。酸味は弱く、わずかに苦みを帯びていて、口当たりは柔らかい。上品な爽やかさがあり、かすかにスパイスの風味を感じる。特徴的なのは、ほのかに磯臭さのようなものを感じる点だ。海風と潮の香りがするアイラ島[8]のウイスキーのように。この味の余韻がいつまでも口の中にとどまり、舌を刺激して、唾液を誘う。

もちろん、アイラウイスキーのように泥炭の味はしない。泥炭の味がするワインを、私はまだ飲んだことがない。

飲み終えた先生は、空になったグラスのにおいを嗅ぐと、私のほうを見て、口を開くなというように静かに首を振った。私は先生に、これはラングドックの酒精強化ワイン[9]ではないかと言おうとしていた。実のところ、確信はなかったのだが。

最後に総長が合図して、ここからはグループに分かれて討論してほしい、皆さんの参加に感謝する、と述べた。そして私と顧問、イグナシオに、一緒に白亜の会議室を出るよう促した。扉私たち四人は先ほどとは別の地下道を通って、マホガニーの扉のある部屋の入り口にきた。扉にはヘブライ語で「בית השכחה」と刻まれ、その下にラテン語が書かれた木のプレートが打ちつけられている。その言葉とは——Domum oblivionis[10]（忘却の家）。

痩せて背の高い執事がシャンパンとグラスを乗せたトレイを持ってきた。またしても貴重なヴィンテージのRMのロゼだ。私はワクワクしてきた。この会合に参加すると付加的なメリットが実に大きい。

「ここが《忘却の家》だ」総長が言った。「入ってもらう前に、少し休もう」

　顧問にシャンパンのグラスを手渡された。イグナシオもグラスを持ってきて、私たちは入り口のソファに座った。どこかから風が入るのか、新鮮な空気が流れている。

「どうかな。辰星會に加入してみて、何か疑問はないか？」顧問が言った。

「入る前に、いわゆる重要な品について確認しておきたいのですが」と私。

「君にとってかけがえのない物のことだ」総長が言った。「君はこの部屋に、君にとっての重要な品を置いてこなければならない。そして中から重要な品を一つ選んで持ってくるのだ」

「何を選んでもいいのですか？」

「そうだ。何を選んでもいい」総長が言った。「ただし、持ち出す品は君にとって意義のある物でなくてはならない。君は永遠にそれを守る。命を懸けて、そう誓うのだ」

「はい。分かりました」時空を越えてクリスマスプレゼント交換をしに行くような感覚だ。

「物事の本質を一秒で見抜く者と、一生かかっても分からない者は、おのずと異なる運命を歩む」顧問が密かに私にささやいた。「だから、君が直感で選んだ物こそが最も重要な品なんだ」

「君がこれだと感じた物を選ぶんだ。あまり考えすぎてはいけないし、頭を使ってもいけない」イグナシオも厳粛な面持ちでつけ加えた。

　私はシャンパンを一気に飲み干した。このシャンパンの酸味には絶妙な深みがある。パリのエッフェル塔とニューヨークの自由の女神をつなぐコンコルドや、虹や、友好の架け橋のイメージが浮かぶ。味はグラデーションを描くように変化していくが、喉を通ってしまうと何の余韻も残らない。明かりの消えた遊園地のようで、少し寂しい。

私はグラスを置き、立ち上がってマントを直すと、一人一人に頭を下げ、振り返らずに扉の中へ入っていった。

そこは美術館の展示室のような巨大な長方形の部屋だった。白亜の地質を掘って作られた空間で、その細長い形から、小型飛行機が出入りする秘密基地のような雰囲気があった。部屋には柱が一本もなく、ほこり一つ落ちていない。天井には電子光源が塗布され、均一で柔らかな光を発している。並べられた品々は、潔癖症の海賊が奪ってきた戦利品のよう、いや、FBIの証拠品の陳列室と言ったほうが近いかもしれない。ざっと数えると、ここには六列のテーブルが置かれ、三千件から五千件の品が「収蔵」されている。あらゆる品が木製の台と棚に整然と並び、すべての列が部屋の端まで続いている。クリスマスプレゼント交換のために来たと思えば、ここの景色は実に壮観だ。

二列目の真ん中に空席を見つけ、ポケットの中の「私の人生にとって意義のある重要な品」を取り出した。壊れかけたトゥールビヨンの懐中時計だが、私にとっては大きな意味を持つ品だ。私はテーブルの空席に懐中時計をまっすぐ縦にして置いた。少し離れて見ると、なんとなく違和感を覚え、時計を横向きに置き直した。頭を傾けてじっくり見ると、やはり今ひとつしっくりこない。そこで懐中時計の鎖を横に伸ばしてみた。やはり気に入らない。最後は鎖を伸ばして縦に置いた。

これならほぼ完璧だ。ふう！　共和国の爆弾処理の志願兵のように息をついた。

巨大な部屋を隅から隅まで歩いてみる。ヘッドが木製のゴルフクラブ、銀のカフスボタン、金色のタロットカード、翼のあるスフィンクスの彫刻、柄の長い銅製の鍵、ローリングボールクロック（金属の玉が転がって時を刻むからくり時計）、鉛の活字母型のセット、海賊の宝の地図、金の装飾が施されたルガーP08、東洋風の青銅の獅子、OWC[*11]の一九四五年のロマネ・コンティ、本物そっくりのゴッホの「耳を切った自画像」、木製のカップ、巨大な玉《ぎょく》の印章、びっしりサインが書かれた手書きのプロビデンスの目、アンティークのステレオカメラ、一枚の銀コイン。紙の本も多い。仏典、グーテンベルク聖書に似た聖書が数冊。ショートヘアの彼女がつけていたような赤いビー玉のペンダント、そして見るからに古そうな絶版本。

　ここにあるのは、金額的にも希少性の面でも、とてつもなく価値のある物ばかりだ。どこにあっても、極めて貴重な秘宝あるいは芸術品として扱われるだろう。私のトゥールビヨンの懐中時計など、ここの品々と比較したら紙飛行機とコンコルド機ぐらいの違いがある。

　私は一九四五年のロマネ・コンティに強く惹かれていた。ボトルが私に向かって目くばせしているようだ。私はその傍らに立ち、何度か深呼吸をして、慎重に優しくボトルをなでた――この件はあとでショートヘアの彼女に話したが、もちろん辰星會については触れていない――これは世にも珍しい極めて貴重な一本だ。この年の生産量はごくわずかで、しかもドイツ軍が撤退して最初の年という、平和を象徴する逸品なのだ。もはや世界に数本しか残っていない。ペーパーバッテリーを使った専用木箱は、十年から二十年もの間ワインを完璧な状態で冷蔵保存することが可能なので、ワインの品質にも問題はないはずだ。考慮すべきは、このワインを「永遠に保護する」のは至極簡単だという点だ。日を選んで開栓して飲んでしまえばいいのだから。

思わず、深く息をついた。これじゃない！　確かにこのワインにはとんでもなく魅力を感じるが、これは単なる酒飲みのコンプレックスにすぎない。長年、私はこの類いの希少な名酒、特に、特定のヴィンテージのワインには手を出さないようにしてきた。財力の問題だけでなく、大きな遺恨を残すことを恐れているからだ。遺恨には二つの意味がある。一つはワインの質が落ちてしまっていて、期待したほどの味ではなかった時。ひどく落胆し、大海原に降る霧雨のような、物悲しい気分になる。もう一つはあまりの美味に驚嘆し、忘れられなくなってしまうことだ。これは違った意味での厄介な遺恨だ。いわば、百点満点の美女との情熱的な出会い。その翌日、目が覚めたあとは、死ぬまで美しい記憶を胸に抱いて生きるしかないのだ。

強い意志を持つ者や厳しい修行を経た者でない限り、人類はこうした挑発や誘惑と対峙すべきではないと、私は思っている。ドストエフスキーの大著を読み終えた時に抱いた感想だ。人生には突破しがたい難関があまりに多すぎるのだから、わざわざ増やす必要はない。世界にはおいしいものがあふれているのだから、一本のワインに縛られる必要はないのだ。

五列目の端に錫でメッキされたトルココーヒー用のポット、イブリックがあった。三人から四人用の大きさだ。木製の柄と、形の美しいフタがついている。私にはこのテーブルが光を放ったように見えた。私に向かって目くばせしているだけではない。私はこれの一部であり、これもまた私の一部だと感じた。私はこれを探していたし、これもまた私を待っていた。私が生まれるずっと前から、私が来るのを待ちわびていたのだ。なぜそう感じたのかは分からない。ある日突然、自分の素性が偽りだったと知ってしまったかのような、そしてこの世のどこかにいるもう一人の自分と一つになるために、彼を探す旅に出なければならないような、そんな感覚だった。まるで魔物に心を惑わされたかのように、私にはこのコーヒーポットの中身が《忘却の家》にあるすべての秘宝よりもずっと大事だと感じられた。

　これだ、と私は思った。

　私はポットを手に取って眺めた。表面の模様は非常に精緻で、上部にはくねくねとした中東の文字が刻まれている。文字はいくらか薄くなっていて、底にもこすれたような傷がある。長年どこかで使われてきた骨董品だろう。ペルシャの王家に代々伝わる家宝だろうか？

　私は慎重にポットを持ち上げた。冷たい感触が手に伝わり、ずっしりした重みを感じる。それはまるで興奮しているかのように細かく震え始め、カラカラという音まで立て始めた。私は驚いて手を開いたが、その瞬間、ポットは引力があるかのように私の手に吸いつき、落ちることはなかった。

　ポットを揺すり、フタを開ける。中から白と黒の石が一つずつ転がり出た。

　ゴルフボールを少し平らにしたような二つの石の表面はつるつるしていて、これといって変わったところはない。河原で拾ってきた、大きさのそろった丸石のようだ。黒い石は真っ黒で、白い石は真っ白だった。どちらの表面にも模様は一切なく、また、歴史や年代の手がかりとなる傷や文字などもなかった。

　突然、数年前にサン・テステーフとポーイヤックで拾った石を思い出した。ひどく暑い午後だった。大地の霊気を宿したようなブドウの古樹の下で、「ピレネー山脈の砂利」と「ジロンド川の砂利[*12]」を拾ったのだ。

私は注意深く白と黒の二つの石をポットに戻し、ためらうことなく木製の扉を開けて外へ出た。

《忘却の家》を出た時、顧問と総長が入り口のソファに座り、私を待っていた。まだシャンパンを飲んでいたが、細長いフルート型のグラスに変わっている。総長の声はいくぶん興奮気味で、その表情は小惑星が地球に衝突する直前のウィンストン・チャーチルのように険しかった。顧問の顔はひどいものだった。ハンカチで額を拭う姿は、まるで低軌道衛星レーザー砲を壊してしまった不運な大デュマだ。イグナシオは顔の傷の左右でそれぞれ違う顔になっている。一方は偽のモンゴメリー、もう一方は本物のモンゴメリー。だが、どちらが本物でどちらが偽物かは見分けがつかない。

私が出てきたのを見ると、三人は話をやめた。総長は私の手のコーヒーポットを見て、顧問と目を合わせた。二人とも失望したような顔をしている。厨房から出てきた私が間違ったメニューを運んできたかのように。イグナシオだけがかすかに目を細めて微笑んでいた。

「何かが持ち出されるのを待っていたのだろう。だが、これではなかった」そう思った。

顧問はテーブルから茶色い無地の麻の手提げ袋を取り上げ、私に手渡し、ポットを入れさせた。私の肩を叩き、丁寧で穏やかな口調で、先にロンドンへ戻りなさい、なるべく早く連絡するから、といった類いのことを言った。

私が持ち出したのは、彼らが求める物ではなかった。失望させてしまったかもしれない。顧問の言葉からは、参考になりそうな情報は何一つ得られなかったが、顧問がこういう口調になった時は逆らってはいけないことを、私は知っていた。尊崇すべき総長とイグナシオと別れの握手をして、来た通りの道を戻った。イグナシオに手渡された茶色い手提げ袋には、ほこりまみれの古いシャンパンが二本入っていた。ほこりの奥に、ボトルの首に記された生産年が見える。一九九〇年頃の品らしい。

「尊崇すべき総長から君への贈り物だ」イグナシオは私に目くばせして笑った。

長い長いシャンパンの道を進み、啓蒙の儀式をおこなった広間に戻ってきた。三つの炎がまだ燃えているが、広間はがらんとしていて人の姿はなかった。顔を上げると、天井にきらめく星が、かすかな光を放ちながら私を見下ろしていた。部屋の空気はもうあれほど冷たくはない。独り寂しく十三段の階段を上っていると、急にショートヘアの彼女を思い出した。名画が飾られた廊下でウェアラブル端末を見たが、電波が通じていないので、当然、メッセージは何も届いていない。オフシーズンのグランド・ブダペスト・ホテルか、雨が降る冬の夜の有頂天ホテルのように物寂しかった。

「時は来た。決断せよ」男の声がした。

暗号化3Dホログラム映像だろうか？　ほんの一瞬だった。白いひげに白いガウン、胸元から巨大な正方形の金色の金属板を下げた老人が目の前に立ち、その言葉を発したような気がした。私には聞き取れない言語だったのに、なぜか、話している意味は分かった。

老人の声は少し遠くに聞こえたが、音の一つ一つがはっきりと脳にしみ込んできた。まるで幽霊に乗り移られたかのように、首の後ろにしびれを感じた。思わず身震いし、慌てて眼鏡型デバイスの自動デコード機能のスイッチを入れた。あたりを見回しても、そこには何もなかった。

原註

＊1　メルキゼデク：容量三十リットルのシャンパンボトル。古代の王の名がその名の由来。

＊2　この種の浅いシャンパングラスは、ルイ十五世の公妾だったポンパドゥール夫人の乳房を模して作られたと言われる。夫人は「シャンパンは、女性が飲んでも美を保つことのできる唯一のお酒」という名言を残している。

＊3　RM：レコルタン・マニピュラン（Recoltant manipulant）。独自にブドウ園を所有し、栽培・醸造・瓶詰めを一貫して行う生産者のこと。異なる風味の製品を比較的自由に作ることができる。この種のシャンパンの生産量は少ない。近年、風格と個性を追求する一部のシャンパン愛好家の間でブームとなっている。

＊4　シャンパンは銘柄ごとに毎年独自の「定番の味」を作るため、異なる畑・品種・生産年のベースワインを調合する。時にはほかのワイナリーの原液と交換する場合もある。調合に使用するベースワインの種類は、多い時で七十種類にも及ぶという。

＊5　NHS：National Health Service。イギリスの国民保険サービス。世界最大の公的医療サービス制度。

＊6　マーク・トウェインの名言。原文は「Too much of anything is bad, but too much Champagne is just right.」（訳者註　通常はF・スコット・フィッツジェラルドの言葉として知られる）

＊7　ウィンストン・チャーチルの言葉。チャーチルは生涯で二万本以上のシャンパンを飲んだと言われるほど、シャンパンを愛飲していた。「諸君、覚えておいてくれ。我々はフランスのために戦っているのではない。シャンパンのために戦っているのだ！」

＊8　アイラ島：スコットランド西部の島、ウイスキーの聖地と呼ばれている。アイラウイスキーは磯の香りや泥炭の香りがすると言われる。

＊9　ラングドック・ルシヨンのランシオのこと。

＊10　「בית השכחה」の発音は「ベイト・ハ・シュヘハ　Beit ha'shiheha」。ラテン語は「domum oblivionis」。いずれも意味は「忘却の家」。

＊11　OWC：Original Wooden Cases。シャトーのオリジナル刻印のある専用木箱。

＊12　この二種類の砂利は、ボルドー左岸メドック地区の土壌の重要な一部となっている。光を反射し保温性の高い砂利が、カベルネ・ソーヴィニヨンの良好な生長を促す。ジロンド川の砂利はピレネー山脈の砂利よりさらに効果が高いため、この地では「川が見えるブドウ畑がよい畑だ」と言い伝えられている。

第14章　ファミリーの集会

二〇四三年五月一日
フィレンツェ
サンタ・マリア・デル・フィオーレ大聖堂付近

「パリで開発された迅速検査キットですが、昨日、さっそく取り寄せました。今日の使用分として六セット用意しています……内部情報によると、アメリカではすでにワクチン開発が間近で……」エドモンド・ビオンディ・サンティは朗読するように言った。

「でも長老、これは何かの陰謀だと思いませんか？」リカーゾリ男爵はエドモンド・ビオンディ・サンティに向かってうなずくと、長老にこう尋ねた。

「分からない。だが可能性はある」長老が言った。

「ＥＵは遺伝子操作食品を認めていないし、消費者も買いたがらない。この数十年で、アメリカの遺伝子操作食品のメーカーでは、遺伝子操作した作物が一体何トン廃棄されてきたことか」リカーゾリ男爵は言った。「だから、これはアメリカの仕業に違いない。アメリカ人が開発したワクチンなど信用できるものか」

「そうだ。私もアメリカの会社が作ったワクチンは信用しない」アンジェロ・フレスコバルディが言った。

「首謀者が特定されたら、必ず代償を払わせる」誰かが大きな声を出した。

「そうとも。こういう壊滅的な手口に対抗するには、報復以外に方法はない」リカーゾリ男爵が叫んだ。ほかの者たちも机を叩きながら大声で騒ぎ立てた。ガラス窓がガタガタと揺れ、天井に吊された照明からほこりが舞うほどの大きな音だった。

　ここは数百年前に長老の一族がメディチ家から買い受けた邸宅だ。風格のある立派な建物で、内部の装飾も美しい。広間と階上の部屋の天井にある保存状態のよいフレスコ画は、この邸宅の特徴の一つだ。かつてメディチ家が積極的に芸術振興を支援したことで、イタリアのルネサンスが花開いた。ここのフレスコ画も当時の名画家の手によるものだろう。

　長老は幼い頃、ここで暮らしていた。この邸宅の建築と、宗教色の強いフレスコ画の神秘的な雰囲気は、彼を強く魅了した。夜中に部屋を抜け出し、広間で天井画を見ながら眠ってしまったことが何度もある。長老のポゼッコ家では代々、この邸宅に重要な客人を招いた。それゆえ、長老を筆頭とした「イタリアワインの名門」のファミリーの集まりも、ここでおこなわれることがあった。

「報復？　誰に報復する？」両手を挙げ、静かに、と合図したあと、長老が言った。「今は正義を語っている場合ではない。責任の追及だの報復だのは、今やるべきことじゃない。『怒りの葡萄《ぶどう》』とは違うんだ、そんなことはクソほども重要じゃない」何も考えられないほどいらついた長老は、ピエモンテ地区のロンバルド語で悪態をついた。だが、先の見えない情勢と、ファミリーの若い代表たちの憤怒を目の当たりにして、自分は冷静を保たねばならないと感じていた。

「長老、だったら重要なことって何です?」若いマルケーゼ・アンティノリが冷めた口調で言った。

「一番重要な問題は、この期に及んでも今の状況が明確でないということだろ。ブドウ樹が恐ろしいウイルスに感染したのかどうかさえ、まだ分かっていない」アンジェロ・フレスコバルディが口を挟む。

「そんなのは簡単だ。今の時点で葉も花も開いている樹は健康、少し生長しただけの樹は軽い感染、発芽すらしていないのはもうダメだ」アンティノリ侯爵が即座に答えた。「そんなことは誰にでも分かる。まずは黙って長老の答えを聞こう」

「そうかな。あんたんとこのティニャネロの畑も全部……」アンジェロ・フレスコバルディは怒った口調で言った。

長老が再び手を上げて二人を制止すると、立ち上がって二人をにらみつけて憎々しげに言った。「顔を合わせるたびにケンカするのはよせ。例の件以来、お前たちの家は何十年もにらみ合ってるじゃないか」

そう言うと長老は深く息をして、窓の外に顔を向けた。今日はいい天気だ。五月のフィレンツェは美しい。遠くにサンタ・マリア・デル・フィオーレ大聖堂とポンテ・ヴェッキオが見える。大聖堂の前ではどこかの学生のグループがダンスを踊っている。長老はまた深く息をつくと、自分の話を待つ九家の代表たちのほうへ向き直った。

「今、最も重要な問題は、この事態をどう解決するか、そして解決する力が我々にあるかどうかだ」長老は続けた。「もし力がないなら、どうすれば損失を最小限に抑えられるか」

「どうするんです？」某家の代表が発言した。

「考えてはいる」長老は言った。「だがその前に、代表各位には私の話を聞いてほしい。我々がなぜここにいるのかを」

「聞きましょう」マルケーゼ・アンティノリが大きな声で言った。「皆さん、お静かに」

「ローマ帝国の時代を除き、千年来、わがイタリアがワイン醸造の歴史に大きく貢献することはなく、また進歩もしてこなかった。品質が飛躍的に向上したのは、イタリア統一運動、いわゆるリソルジメントよりあとの話だ」長老は二度咳払いをして、心を込めるように語った。

「イタリアのワイン界は業界全体で団結することなく、ばらばらに発展してきた。それでもこの二百年間、イタリアワインの品質は向上を続け、常に新たな技術が生まれてきた。これは我々のようなファミリーが各自で努力し、かつ互いに競争を続けてきた結果だ。リカーゾリ家が生み出した〝リカーゾリ男爵の公式〟から、アンティノリ家が起こした〝スーパータスカン〟ブーム、〝ブルネッロの生みの親〟であるビオンディ・サンティ家、〝ヴェネトの試金石〟を生み出したボスカイニ家、〝イタリアワインの最高峰〟を生み出したインチーザ・デッラ・ロッケッタ家、〝バルバレスコの父〟ガヤ家……それから……〝国際化を目指す〟フレスコバルディ家、みんなそうやってきたのだ……」

長老は家宝を数え上げるように、名門一家の功績と歴史を列挙していき、各ファミリーの代表たちもいちいちうなずいて賛同した。最後に長老はバローネ・リカーゾリのほうへ視線をやって、こうつけ加えた。「特に、君たちリカーゾリ家が生み出した〝リカーゾリ男爵の公式〟があの時代にもたらした影響は計り知れない。ベッティーノ・リカーゾリ男爵は故郷を大切にし、さまざまな異論を排して、業界に多大なる貢献をした。彼は私が最も敬愛するイタリア人だ。

だが、ワインの醸造は一般的な飲料の生産とは異なり、機械のボタンを押せば出てくるようなものではない。一族の精神を堅持することで世代を超越できる。年々、あらゆる意志を保ち続けなければならない。ナパ・バレーのワイナリーがどれだけ規模を拡大しても、対外的には家族経営という立場を守り続けてきたのも同じ道理だ。一族であって企業ではない。株式を多く保有する者の意見が通るとかいう話ではない。一族の精神は決して金では揺るがないのだ。アメリカ人だってこの道理が分からないわけではないが、実践するのは難しい。米英の文化の骨幹にこういう価値観は備わっていないからだ。ナパ・バレーの多くのワイナリーでは、かつては一族のワイナリーと称していたものの、ひとたび規模が大きくなると、その息子や孫がハリウッドやシリコンバレーから国道一〇一号線[*1]を北上してきたスターやベンチャー企業と手を組み、大きく方向転換を始めた。資本運用に手を染め、金にまみれた世界で、ワイン作りの原点をすっかり忘れてしまったのだ」長老は続けた。「アングロサクソンは資本運用と利益を重視しすぎる。儲けるだけ儲けていなくなる。家族の精神といった概念は彼らの中にはない。だから《プリムム・ファミリエ・ヴィニ》[*2]のメンバーはいまだにヨーロッパのワイナリーのみに限られ、アメリカ人は加盟できないのだ」

ここまで言ってから、長老は左手で無意識に、右手の薬指の金の指輪に刻まれた《オオカミと星の盾》の紋章をそっとなでた。幾度となく触れてきたその手触りが心を和ませる。長老は深く息を吸うと、穏やかで自信に満ちた表情を浮かべた。

「多くの新世界のワインは、いくら味がよくても、そこには個性も魂も感じられない。一族の精神が欠けていることが、重大な原因の一つだ」長老は毅然と言った。「一族の精神に欠けたワインは、バニーガールのようなものだな。一夜限りのステレオタイプな美しさはあるが、目覚めた瞬間に忘れてしまう」

「一族の精神の重要性はここにある。そして、我々がここに集まる理由でもある」長老が言うと、ファミリーの代表たちは拍手して同意を示した。リカーゾリ男爵は立ち上がって拍手し、喝采を送った。

「だから私は思うのだ。このような存亡に関わる危機に直面した我々は、ばらばらの現状を自ら変えなくてはいけない。持てる資源を集中させ、団結して……」言葉を切った長老は、アンティノリ侯爵とアンジェロ・フレスコバルディに目をやり、それから威厳ある態度で言った。

「たとえ団結せずとも、イタリア人は愚かではない。イタリア人は一族の精神を重視するが、それは古いしきたりに固執したり、イノベーションを否定したりすることではない。《スーパータスカン》ブームは、一族の精神、団結と協力、それにイノベーションが結びついた好例だ。君たちは、他人のワイナリーを買い取り、それをすぐさま隣人に売り渡すような愚かなまねをしてはいけない」*3

「はい、長老、肝に銘じます」比較的年長のインチーザ・デッラ・ロッケッタ侯爵は左右で頭を下げるフレスコバルディ家とアンティノリ家の代表たちを見やりながら、一同を代表して答えた。

「今回は、私の基本的な考え方と提案について、みんなで話し合いたい」長老は右手を上げ、そろえた人さし指と中指を遠くへ向けて、こちらへ来いというジェスチャーをした。「あの子を呼べ」

会議室の中央の空間に、二十歳に満たない少年の姿が3Dホログラムで投影された。ハンチング帽をかぶり、うつむいて、緊張した様子で入ってくる。左手の甲に赤い火傷の跡がくっきりと残り、右足を少し引きずっていて、歩き方はぎこちない。

「この子の一族には昔からブドウ樹と対話する能力があった。彼らはブドウ樹の思いを感じ取り、それを言語化することができた。言葉が明確ではない場合も多く、時には神の啓示のように難解だったが、ブドウ畑の状況をおおむね理解するには十分だった」ひと呼吸置いて、長老は続けた。「彼らの一族には、各世代ごとに、この能力を持つ子供が一人か二人生まれた。彼の父親が他界したのち、この能力を持つ者は、世界で彼と二人の叔父だけになった」

「なあ君、私たちが見えるかい？」長老は少年の映像に話しかけた。「ファミリーの代表たちに、君が畑で見たことを話してやってくれないか」

会議室は静まりかえった。各ファミリーの代表たちは疑うような目で少年を見つめた。少年は見るからに緊張した顔で、十秒ほど黙りこくったあと、口ごもりながら話し始めた。

「標準イタリア語で話すんだ。方言は使わないで」すぐさま長老が遮った。

少年は首を横に振った。長老のほうを見て、再び強く首を振った。

「分かったよ。いい子だ。そのまま話を続けて」長老はやむなく少年のロンバルド語を自ら標準イタリア語に通訳した。

少年はかすれた声で、時々つかえながら長い話をした。その口調には恐れと緊張がにじんでいた。怯えたように両腕で包んだ体はかすかに震えている。腕には指の食い込んだ跡がついていた。

「畑のブドウ樹の状態は深刻なようだ。最悪の事態を想定しておかねばならない」長老はため息をついた。

「では……ブドウ樹は……何と言ったんです?」アンティノリ侯爵はそう言いながらアウグスト・ガヤのほうを見た。彼もピエモンテ人なので、少年の話す方言が分かるはずだった。

「言葉は少なく、しかもあいまいだ。心が深く傷ついた時のように口が重い。ひどく怯えて助けを求めている」長老が言った。

「どういう意味です?」ロベルト・ボスカイニが口を挟む。

「暗闇、果てしない暗闇、呼吸ができない、体が縛られている、噛みつかれる、痛い、そういった類いの言葉を話しているらしい」アウグスト・ガヤが通訳を引き受ける。

「こういう状況は、以前にもあったのかい?」アンティノリ侯爵が少年に尋ねた。

「僕は六歳の誕生日からブドウ畑に出ていて、もう十年以上になるんだ。今まで、ブドウ樹の黒痘病、うどんこ病、白腐病《しろぐされびょう》、それからアオクサカメムシ、カイガラムシ、ヨコバイ、コガネムシなんかの害虫の被害が出た時にも、少しだけこんな感覚になった」こうした専門用語は方言では言い表せないのだろう、少年はここだけ標準イタリア語で言った。「でも、こんなに全面的な絶望を感じるのは初めてだ。まるで地獄の門が開いて、魔物が一斉に飛び出してきたみたいだよ」

「それで、君はどうした？」アンジェロ・フレスコバルディが言った。

「満月の翌日に、芽胞の付近に銀針を刺して、木質部に牛骨粉を塗った。それから太い針で畑の西南の方角にいくつか穴を開けた。畑の土地に鍼《はり》を打ったんだよ。二日後にはブドウ樹の何本かが少しだけ回復してて、それでやっと、息も絶え絶えだったけど、ブドウ樹の声を聞けたんだ……これは誰も知らない疫病だよ。ブドウ樹が怯えているのは病気が広がっているからだ」

「待て、ブドウ樹が怯えたりするか？」リカーゾリ男爵が言った。

「そういうことじゃない。人間の言葉に翻訳して言っているだけだ」長老が説明する。「《根の日》には陰陽五行《いんようごぎょう》の暦を取り入れて、それぞれのブドウ株の西側に杭を打ち、《葉の日》には芽胞の上方に銀針を刺した。根には三十分間の撹拌《かくはん》強化をおこなった５０４番のプレパラシオン（ビオディナミ農法で使用される調合剤）に、煎じたトウゴマを混ぜた水を加えたものをかけた」

「《根の日》とか《葉の日》とかのビオディナミ農法*4は分かるが、陰陽五行とは？　一体何なんだ」インチーザ・デッラ・ロッケッタ侯爵が疑問を呈した。

「マルコ・ポーロが連れてきた従者*5の子孫が伝えた方法で……天気と地気の変化と、時のめぐりの力を借りて、ブドウ樹を育て、治療する。僕たちはその従者の一人の子孫なんだ。うちの一族は昔からそのやり方は知っていたけど、原理は知らなかった」少年が解説した。

「天気と地気、時のめぐり？　何だ、それは」インチーザ・デッラ・ロッケッタ侯爵が再び疑問を投げた。

「古代中国には自然と万物の体系だけを基礎として生まれた学問があった。この学問の最も表面的な部分だけ見ても、我々が知るビオディナミ農法の最も深遠な部分よりもはるかに奥が深い。ひとまずは古代東洋のビオディナミ農法とでも考えておけばいい——宇宙世界は一つの大きなシステムで、土地と風土はそのサブシステム、ブドウ樹自身は個別のマイクロシステムだ。ブドウ樹のマイクロシステムは土地と風土というサブシステムの中にあり、我々の宇宙世界のシステムに影響を与えている」大きく息をついて、長老は続けた。「私はミラノ大学農学部の教授と共に三年も研究を続け、その後は中国から数人の専門家を招いて研究に加わってもらい、二年後にようやくこの原理の一端を理解した。だが、この場で手短に説明できるような内容ではない」

「それで、君の『治療』の結果は？」アンティノリ侯爵がさらに質問を重ねた。

「僕は必死でやったよ。毎日が時間との戦いだった。みんな、僕よりずっと年上の老木だからね」少年は言った。「みんな最後には必ず死んでしまう、それは避けられないことだって、僕にも分かってる。僕がやったのは『治療』じゃない。天地と太陽と月と星の力を借りて、ほんの少しだけ病気の症状を抑え、ブドウ樹の免疫力を高めて、寿命が尽きるまでの期間をできる限り延ばしただけだ」

「君の一族にも、ブドウの病気を治す方法はないのか？」アンティノリ侯爵が尋ねた。

「古代の中国には陰陽五行の力で万物の病を治す方法があったって、僕の祖父が言ってた」少年は言った。「僕の一族は、かつては確かにブドウ樹の治療法を知っていた、ただ……伝承が途絶えてしまったんだ」

各ファミリーの代表者たちはざわめいた。ひそひそと耳打ちするような声が聞こえた。

「ここ数年の研究によると、こうした学問はもはや中国でも伝承が途絶えつつあり、農業分野に利用する者はいなくなっているらしい。まして、ブドウ栽培といった専門的な分野ではなおさらだ」長老が続けた。

「寿命を延ばすと言ったね」アンティノリ侯爵が尋ねた。「どれくらい延ばせる？」

「分からない。長くても二年か三年だと思う」少年が答える。「生産量は期待しない前提で」

「君の一族はどうしてブドウの言葉が分かるんだ？」誰かが言った。

「それは僕も知らない。父に言われた。毎日ブドウ樹をじっくり見て、心から理解しようと努めろ。時が来れば、ある朝、目が覚めると自然にブドウの言葉が分かるようになっている」

「どれくらい見続けた？」

「丸十年。毎日ただひたすら、ブドウ樹を見つめ続けた」

「とても考えられないのだが……我々がこんな……呪術……いや、神秘的な手法に頼るしかないなんて」リカーゾリ男爵が言った。

「ビオディナミ農法の学説も、当初は占星術の一種と考えられていた。だが、そこで語られる『宇宙の力』の多くが、今では科学的に実証されているじゃないか」エドモンド・ビオンディ・サンティが言った。

「百聞は一見に如かずだ。こうしよう、この子の最近の実績をまずは見てくれ」

会議室のテーブル上の空間に、等高線が引かれた畑の映像が３Ｄ投影された。畑の上には写真が浮かび、一枚ずつに座標と日時が示されている。左側に並んだすべての写真のブドウ樹は発芽しており、一部は開花も始まっている。とはいえ、ブドウ畑が見渡す限りの緑で埋めつくされる例年五月の風景とは明らかに違う。畑の緑はまばらで、発芽してすぐに枯れ始めているブドウ樹もある。それでも、右側の写真、つまり「治療」を施さず、まったく発芽していないブドウ樹と比べると、その差は一目瞭然だ。

「ミツバチの体に超小型カメラを取りつけて撮影し、直近の七十二時間分の映像を合成した。我々の所から数キロの範囲内のブドウ樹と畑の3D映像だ」

各ファミリーの代表たちは、自分たちの畑の今の状況を知っていた。会議室にしばしの沈黙が流れる。誰一人、この信じがたい事態にどう反応していいのか分からずにいた。

「つまりこれが、杭とか、銀針とか、水薬の効果なのか?」口を開いたのはリカーゾリ男爵だった。「じゃ……それじゃ……私たちのブドウ畑でもできるんだな?」

「それぞれの畑、それぞれの樹によってやり方は変わる。しかも、数日ごとに何度も調整する必要がある」長老が言った。「中国医学の医者の診察を受ける場合と同じだ。医者は患者ごとの病状の違いに合わせて異なる薬を処方し、鍼や灸《きゅう》を施す。『人に応じて術を施し、症状に応じて投薬する』。伝統を大事にする中国人は今もそんなふうに病気を治すのだよ」

「では長老閣下……彼らに頼んでもらえますか……我々のブドウ樹を治療して……寿命を延ばしてほしいと」アウグスト・ガヤは少し声を低くして、みんなが思っていることを代弁した。

このひと言のあと、急に場が静まりかえった。長老の答えがいかに重要か、ここに集まったファミリーの未来の存亡と生計にどれほど影響を与えるか、分かっていたからだ。

「うん。イタリアに『どんな悪ガキもママンが大好き』という言葉があるように、私は何を飲んでもやはりイタリアのワインが一番好きだ。イタリアワインが二度と飲めなくなるなどということはあってはいけない。ブルネッロ、アマローネ、サンジョヴェーゼ、ネッビオーロ、ドルチェット、バルベーラ、アリアニコ、ネロ・ダヴォラ、コルテーゼ、ガルガーネガ、ヴェルメンティーノ、トレッビアーノ……」長老は、まるで自分の子供の名前のように、三十種近いブドウの品種とワインの銘柄を一気に並べた。それから少し黙ると、また指輪の紋章に触れ、意を決したように言葉を続けた。「どうだろう。各ファミリーがそれぞれ土地と品種を選び、彼ら三人に順にブドウ樹の治療と延命の処置をしてもらう。今後数年以内に、この問題を解決するワクチンや薬が完成するかどうかは分からない。が、今の我々にできることはこれしかない。できることをやりながら一歩ずつ進むしかないのだ」

「ありがとうございます、長老。わが子を死なせずに済むなら、どんなことでも従います」インチーザ・デッラ・ロッケッタ侯爵はブドウをわが子と呼んだ。その物言いには侯爵の感謝の意がにじみ出ていた。

ほかのファミリーの代表たちも次々に立ち上がり、長老に謝意を示した。長老が彼らのブドウ畑を救う代償として、自身の一族の畑の治療をあきらめざるを得ない可能性があることを知っていたからだ。長老は私心を捨て、苦しくも寛大な決断を下した。

長老が少年に手を振り、ピエモンテの方言で称賛の言葉をかけた。少年は子供っぽい笑顔を見せると、ファミリーの代表たちに挨拶した。少年の立体映像は消えた。

「我々がしているのは『ワインのラッダイト運動』ではない。反科学や迷信でもない。生きるためならどんな可能性も捨てない、ただそれだけだ」長老が言った。「今回の危機に際し、我々はもはや他国や他人にばかり頼っていてはいけない。君たちの団結と力量が必要なのだ。我々はあの少年の一族の方式を基礎として研究を続ける。イタリアの偉大なる一族の一員として、我々にはこの問題を背負う責任がある。我々はイタリア、イタリアの道をゆくのだ――イタリアとしてのこの問題の解決法を我々自らの手で見つけねばならない」

「そうとも……イタリア、イタリアの道、それが我々だ。団結してイタリアの道を歩もう……」数人の代表たちがテーブルを叩き、大きな声で口々に賛同した。

長い会議は空が暗くなるまで続いた。各ファミリーの代表たちが去ると、長老は疲れ果てた様子で階上の書斎へ向かった。矢も盾もたまらずウェアラブル端末を起動させ、午後の少年に再び連絡を取った。長老が少年にピエモンテ方言で語りかける。数秒後、書斎の本棚の上方に、少年が長老に送ったあの農園の３Ｄホログラムが浮かび上がった。投影されたブドウ園は緑豊かで、十三列のブドウ樹が整然と並ぶ。どれも生き生きと葉が茂り、一部はすでに開花している。今日はとても天気がいいようだ。数匹の白いチョウがひらひらと舞っている。何の異変も発生していないかのようだ。

「今日はすべてが正常でした。ブドウ樹はどれも健康で、病害は出ていません。長老閣下、どうかご心配なく」少年はうやうやしい口調で言った。

心の重荷を一つ下ろした長老は、ウェアラブル端末の接続を切った。ワインを抜いて低いテーブルに置く。今日、届いたばかりの贈り物――二〇〇四年のビオンディ・サンティ、ブルネッロ・ディ・モンタルチーノ・リゼルヴァだ。長老はグラスにワインを注ぐと、ソファにもたれてグラスを揺らした。まだ開ききってはいないものの、すぐさま麗しい香りが部屋を満たした。

「二〇〇四年……フランコ・ビオンディ・サンティが健在だった頃か?」長老は心の中でつぶやいた。

目を閉じて、懐かしい香りを嗅ぐ。ふいに、少年時代に年老いたフランコと一緒に、カシワの森の小道を散歩した日を思い出した。すがすがしい空気のにおいと、石畳の道を歩く靴の音。帽子をかぶり、杖をついて、一歩ずつ進むフランコの後ろ姿。その頃の長老はまだ二十歳前後の未熟な若者で、ひたすらワイン界の巨匠のあとをついて歩き、その話を聞くだけで精一杯だった。フランコはゆったりした語り口ながら、時折、強い意志のこもった鋭い目つきを見せた。芸術家と哲学者が融合したような雰囲気で、伝統を重んじるワイン醸造家には見えなかった。散歩のあと、フランコは若き長老の肩を優しく叩き、長老の父親に賛辞を送った。長老の父親は鼻高々で、それからしばらくの間は見るからに機嫌がよかった。

「いい時代だった!」巨匠の風格を思い浮かべ、長老はそう独りごちて、ため息をついた。

半世紀を経た名酒の香りが開き始める。熟成した美しくも複雑な味わいと、堅固ながら遊びのあるストラクチャー、波のようなグラデーション、その中に、やがて活力を失うであろう老いの気配をわずかに感じさせた。赤い果実とアルコールの力により、フレッシュで力強いボディを保ってはいるものの、黄昏《たそがれ》へと向かう歩みを止めることはできない。

長老はカーテンを開けて窓の外を見た。フィレンツェの夜景は昔と変わらず美しい。市内の主要な建築物を照らす黄色いランプの光が、見慣れた静かな地平線を形づくる。あの建築物たちは、ずっとそこに存在している。創世記の時代からそこにあり、この先も永遠にそこにあるかのように。

「何が起きたって構わない。とにかく重要なのは<u>あの</u>農園を守ることだ」長老は考えた。自然と手を合わせて祈り始める。恐怖に怯え、助けを求める人が思わずするように。

「慈愛に満ちた父なる神よ。我々の罪をお許しください。邪悪なものに抗う力をお与えください。あなたのために酒を醸し、あなたの新たな永遠の盟約の血をこの大地に広めることをお許しください。あなたの民に、この先もあなたにお仕えする機会をお与えください」

原註

＊1　アメリカ西海岸を走る国道。ハリウッド、シリコンバレーとナパ・バレーを結ぶ。

＊2　プリムム・ファミリエ・ヴィニ：PFV（Primum Familiae Vini）。一九九二年に設立された生産者団体。世界各地の十二軒の家族経営のワイナリーによって構成される。それぞれのファミリーが、独自の風土の特長を生かしたブドウ農園と、世界クラスのワイナリー、世界的に有名な銘柄を持つ。イタリアワインの王「サッシカイア」、スペインワインの王「ベガ・シシリア」、ドイツワインの王「エゴン・ミュラー」などが加盟し、これほど世界的な影響力を持つワイナリーが集まる組織はほかにないと言われている。

＊3　一九九九年にアンティノリ家が「オルネライア」のワイナリーをロバート・モンダヴィに売却した

のち、二〇〇四年にはロバート・モンダヴィがアンティノリ家のライバルであるフレスコバルディ家に売却した件を指す。その後、アンティノリ家の当主ピエロ・アンティノリはこの件についてたびたび「奇妙な偶然」という言葉を使い、不満の意を表明した。
＊4　オーストリアの思想家、ルドルフ・シュタイナー博士が提唱した学説。有機化学の理論を基礎とし、畑全体を一つの生命体とみなして、天体、季節、自然などの法則に従い計画的な耕作をおこなうこと、またホメオパシー療法の原理によって土壌自身の力とブドウ樹の免疫力を呼び覚ませると唱えた。このビオディナミ農法の学説が発表されて以来、一部の識者からは「ブドウ畑の占星術」と揶揄されたものの、世界中でビオディナミ農法を導入するワイナリーは年々増え、そのほとんどが高級ワインの生産者だった。
＊5　一三二四年、マルコ・ポーロがヴェネツィアで死を迎えた際、タタール人の奴隷を解放した。中国から連れてこられた十五人のタタール人奴隷はイタリアで子孫を残し、イタリアの一部となった。

第15章　天才

二〇五四年四月三日
タスマニア島　アルバーストン

「アイリス・ステーションへようこそ。ここはモンテスキュー社のＡＡ４ラボ。私はＮプロジェクトのスペシャルアシスタントです」アジア系の女性とロボットが入り口の外に立っていた。かなり待たせてしまったようだ。女性が手を伸ばして私と握手をすると、隣のロボットも男性の声で私に言った。「ようこそ。私はＰ７２３、あなたの《タスク・アシスタント》です」それから金属の手を差し出した。少しためらって、私も手を出して軽く握手をした。

「先生、こんにちは。お噂はかねがね」Ｐ７２３はエネルギーを節約するためか、差し出した手はそのまま、体の向きだけを変えて先生と握手をした。先生は少し面倒くさそうな顔で握手を返した。

アジア系の女性は年齢不詳だった。三十歳前後だろうか。だが二十歳にも四十歳にも見える。黒縁の眼鏡をかけ、ベージュ色のスーツの上に、ゆったりした白衣を羽織っている。耳にはひし形のイヤリング、胸元にはペンダント型の小型ホログラム投影機を下げている。

女性はスリムだが色っぽい体つきをしていた。胸元のファスナーの下げ具合が絶妙で、肌を露出するかしないかのギリギリの線を保っている。乳房の上部のすべらかな皮膚がわずかに覗く様子が、自然と人目を引く。スカートの長さも計算されている。膝上七センチ前後という長さは、彼女の長く美しい足をほどよく露出しつつも、ひけらかすような印象は与えない。

アジア系の女性の多くは体毛が薄い上に、年を重ねても未成年の少女のようになめらかな肌をしていることに驚かされる。長身にハイヒールで廊下を闊歩《かっぽ》する彼女は、『スーパーレディ・リアリティショー』でナオミ・イノウエが演じたセクシーな医師のように、全身から誘うような色気を放っている。

成熟したセクシーなアジア系女性が、白衣から肢体を見え隠れさせながら、ロボットを連れてラボを歩き回る姿は、ある種のポルノ映画のワンシーンのようだ。このラボの男性たちは毎日ボーナスが増額されたような気分だろうな、と思った。

P723と名乗ったロボットは、柱形の《タスク・アシスタント》だった。高さは一・二メートルほど、主に磁力で回る車輪で移動する。フタのついたキノコ型のゴミ箱のような体に二本のアームがついている。頭部のフタの部分を開くとディスプレイになっていて、体中の引き出しに各種のツールが収納され、側面に二つの移動用の車輪がついている。人型のヒューマノイドや流線形のロボットとは違い、美しさは微塵《みじん》もない。頑丈さと耐久性のみを追求した実用的な設計で、R2D2よりもはるかに不細工だ。緻密なチタン合金の外殻と継ぎ目のない完璧な溶接技術を目にしなければ、このロボットはゴミ箱を改造して作ったのかと疑ってしまいそうだった。

《タスク・アシスタント》の仕事は、タスクの実行に伴うあらゆる作業内容とデータを記録し、同時にクラウドに保存していくことだ。《タスク・マネージャー》はどこのラボからでも、これらのデータを同型のロボットにダウンロードすることができる。データをダウンロードされたロボットは《タスク・マネージャー》の《タスク・アシスタント》として、引き続き任務を手助けする。

ロボットがアップロードやダウンロードをするのはデータと記憶に限られる。幸いにも心はその対象ではない。やはり心は肉体の中に収まっているべきで、むやみに引っ越したりしないほうがいい。最近、一部の科学者がおこなったという実験は恐るべきものだった。なんと、肉体から肉体へ心を移植するという。それはもはや呪術ではないのか。

「ここはモンテスキューにとって最も重要なラボの一つです。第一世代のKN100はここで開発されました」アジアのスーパーレディがスタスタ歩きながら私に説明した。つま先のとがった白いハイヒールが人工石の床に響かせるカツカツと甲高い音は、私を少しばかり緊張させた。

「第一世代？　KN100は一種類しかないと思っていました」私は言った。

「対外的にはすべてKN100と呼んでいますが、実際にはアルファ、ベータ、ガンマなど異なるバージョンが存在します。BBCの『ワインと科学』という番組でも紹介しましたよ」

「今は第何世代ですか？」女性の黒い瞳を見つめながら、私は質問した。

「KN100は第何世代？」振り返ってP723に尋ねる。

「現在のバージョンはシータ、KN100 X8、第八世代です」P723は男性の機械音声で答えた。

「なぜそんなに複雑なんです？」

「GV9ウイルスの変異の発生率は低いですが、それでも環境に応じて一定の変異が生じます。ですから、今後数カ月で起こりうる変異を予測して、ワクチンの成分を改良し続ける必要があるんです」女性は言った。「十四カ月から二十八カ月ごとにブドウ樹にワクチンを打たなければならないのも、それが理由です」

「突然変異の予測は困難なのですか？」女性がそこまで理解しているかどうかは怪しかったが、構わず質問をぶつけた。

「お待ちください……」女性は眼鏡型デバイスの情報を読んで眉をひそめ、一瞬ためらってから答えた。「予測自体は難しくありません。モデリングとビッグデータによるシミュレーションをおこなっていますから、比較的簡単な計算で結論が得られます。大変なのは、対応するワクチンの開発と、新旧ワクチンの互換性の問題です」

「なるほど」来年の秋冬に流行するファッションを予測するのとはわけが違うようだ。

「ここのスタッフはみんなバイオテクノロジーを学んでいるのですか」女性のすらりとした美脚を盗み見ながら、私は質問を続けた。

「もちろんです。私も大学で植物病理学を学んだあと、コーネル大学でブドウの交雑を専攻しました」アジア系の女性は目を細めて笑うと、私と先生を見て話題を変えた。「行く先々でいろいろなワインが飲めるのは素敵ですね。私もワインが好きなので」

先生は興味がないといった様子で、考え事をしながらただ私たちのあとをついて歩き、会話に加わろうともしなかった。白い廊下を進むうち、窓のついたドアが両側に現れた。中を覗くとバイオケミカル関連の実験機器が見える。部屋のいくつかは陰圧隔離室のようだ。二重ドアの向こうにオレンジ色の隔離服を着たスタッフが作業する姿が見える。

「GV9ウイルスは人間には感染しないのに、なぜ隔離服を着ているんです?」少し不安になって、私は聞いた。

「ああ、ラボの規定なんです。ここでは以前からBSL-4の基準に従って作業をおこなっています」女性は買ったばかりのエルメスのバッグを自慢するかのように、少し得意げに言った。

「このモンテスキューのラボでは主に二方面の研究、つまり二つのプロジェクトを進めています。どちらも同じ一つの課題を解決するためですが」

「GV9ウイルス」私は反射的に答えた。ほかにあるまい。

「そうです。一方はワクチンからのアプローチ、つまりKN100ワクチンをアップグレードさせるプロジェクトです」

「もう一方は？」

「ブドウ樹自身からのアプローチです。遺伝子操作や交雑などの方法でGV9ウイルスに抵抗する力をつけます」

アジア系の女性はスロープになった白くて長い廊下を進んだ。角を三回曲がり、番号のないドアの前で止まった。

「こちらです。どうぞ中へ」真っ赤な美しいタッチパネル式マニキュアを施した手で、なでるように掌紋認証器に触れ、ドアを開けた。

会議室には長机が一つ置かれ、その上に十二本×十列、計百二十本のワインボトルと三百六十個のグラス、十二個のスピトゥーンと六本の水が整然と並んでいる。きらきらと光を放つグラスはすべてISOグラスだ。ワインはすべて赤ワイン、すりガラス製の黒々としたボトルが行儀よくテーブルに並んでいる。ラベルはなく、白のペンキで半分にH1021からH1081、もう半分にはN0908からN0968と、連番で番号が記されている。

私たちが席に着くと、アジア系の女性が手を振り、何もない空間に話しかけると、3Dホログラム映像の顧問が私たちの向かいの席に現れた。今日の顧問はスポーティな服装をしている。半袖にスタンドカラー、赤地に蛍光色ドット柄の、温度コントロール機能つきシャツに、形のきれいなカジュアルなパンツを合わせている。顧問の映像の色温度や色彩、明度は私たちがいる会議室に合わせて調整されているので、この会議室の背景色にごく自然になじんでいる。とはいえ、顧問の服の色のコントラストの強さから、顧問がやや強い光の当たる場所にいることが見て取れる。

日差しの強いゴルフ場のクラブハウスあたりか。私はそう推理した。

最初に顧問が、この場に同席できなかったことについて私たちに詫び、３Ｄホログラムでのコミュニケーションに問題がないことを祈る、と言った。これは３Ｄホログラム会議を始める際の常套句《じょうとうく》だが、実のところ、性能のいい機材を使っていれば、人が集まって会議をするのと大きな違いはない。ただし、握手や抱擁、頬へのキスによる挨拶はできない。これはテクノロジーにとって永遠の課題だろう。

顧問は先生と、プライベートジェットの購入や最近の天気を話題に時候の挨拶を交わした。続いて私に、モンテスキュー社に入ってチームの一員となったことを歓迎する、会いにいく時間がなくて云々、と言葉をかけた。さらに、スペシャルアシスタントのアジア系女性に、来週のアメリカでの会議について指示を出した。

一見すると会議でのありふれた会話のようだが、顧問が女性に向かって話す時の表情がややこわばっていることに、私は気がついた。あえて目を合わさず、焦点距離が定まらない様子で、女性の肩のあたりに視線をやっている。アジア系の女性は顧問の鼻を見つめ、最近のラボのプロジェクトの進捗について事務的に説明しているが、時折、顧問の名を呼ぶ時の態度がどことなく不自然だ。

「この二人は他人じゃないな。このアジア系の女性は顧問と……親しい間柄だ」私は思った。私は直感した。顧問のアシスタントだったアジア系女性は〝魔法のブラ＋Ｖネック〟の法則に従い、直属の上司を何人もすっ飛ばして、顧問からチャンスと情報をもぎ取ったのだろう。顧問も彼女の若く魅惑的な肉体をむさぼるため、多大なる便宜を図った。だが、その後は関係がもつれ、女性につきまとわれることを嫌った顧問は、彼女を遠くタスマニアへと追いやり、スペシャルアシスタントとしてこのラボの研究を監視させる役目を与えたのだ。

二人が来週マイアミでの会議に参加したあと、ホテルで密会している場面を想像した。海に面した掃き出し窓は開け放たれ、雲ひとつない青空と大海原との境界線が見えている。白いレースのカーテンがかすかに揺れ、けだるい暑さが漂う。ワインクーラーにはテタンジェ・ブリュットのヴィンテージ・シャンパーニュが二本。緑色のボトルにはアルミの大きなキャップシール。ステンレス製のワインクーラーの表面には細かい水滴。ボトルのラベルは氷に隠れて見えない。部屋の空気には女性の体特有のにおいが満ちている。

「テイスティングを始めよう。いいかな？」顧問に名前を呼ばれ、現実へと引き戻された。

「ええ、もちろんです」慌ててマイアミの部屋を頭から追い出す。空想の中で密会を続ける二人を残して。

「サビーナ、君は部屋を出てくれ。あとはＰ７２３が手伝ってくれる」顧問が言った。アジア系の女性は少し驚き、戸惑った様子で顧問の顔を見ている。

「サビーナ、ありがとう」柔らかく丁寧な口調で顧問が言った。これは「言う通りにしろ」という意味だ。サビーナと呼ばれたアジア系の女性は立ち上がって出ていった。美しいヒップとすらりと長い脚の後ろ姿を残して。印象的なハイヒールの靴音が、まるで感情を持っているかのように、会議室と廊下にいつまでも響き渡っていた。

なぜラボでつま先のとがったハイヒールを？ アジア系の女性がラボの廊下をランウェイにしてキャットウォークするのは正当な行為なのか、などと考えていると、再び顧問が私を現実に引き戻した。

「ドアを閉めて」顧問に言われ、私は慌ててドアを閉めに走った。

「これで、ここにいるのは中の者だけになりました」そう言いながら先生はポケットから音声と通信を遮断する黒い箱を出した。「で、これは何か特別なワインなんですか？」

「まあ、待ってくれ」顧問は手を上げ、私に向かって話しかけた。「君はワイン作りに詳しく、研究機関にいたことがあって、バイオ関連の知識もあり、ワインのテイスティング能力も高い。いずれも、我々の二つの重要プロジェクトとの関連性が高い。君には先生の力になってほしいと望んでいる。先生とバイオテクノロジーとを結ぶ架け橋となり、プロジェクトの迅速な改善に努めてほしい。君のように、総合的な能力の高い人材は、モンテスキューにとっても貴重だ」

「分かりました」私は言った。

「我々がルペストリス種、食用ブドウ、交雑種でそれぞれ醸造したワインだ。そのほかに……」顧問が右側を指しながら言った。

「ちょっと待ってください」先生が遮った。「交雑種で作ったワインが悪いとは言いません。アメリカ、日本、中国、タイ、アフリカなどの産地で作った数々のワインを見てもそれは明らかです。でも、どうしたって時間と労力のムダですよ。いい結果が出るとは思えない。ワイン醸造に使えるブドウの栽培地域を拡大することはできても、作れるのはせいぜい地方の特産品とか土産品のレベルです。こういうものは……たまに飲む分にはいつもと違う気分を体験できますが、いつも飲んでいると人生が変わってしまう」

「つまり、君が言いたいのは……」いぶかしげな顔で顧問が言った。

「私はもう交雑種ワインの試作を手伝う気はありません。このプロジェクトは中止されたはずでしょう？」先生は声を荒らげた。「そうでないなら、納得のいく説明をお願いします」

「ただのテイスティングだよ。ラボではさまざまなワインを試飲する。君も分かっていると思っていたが」顧問の言葉はどことなく、うわべだけのように聞こえた。

「ＫＮ１００が完成しているのに、なぜ食用ブドウでワインを作る方法を研究する必要があるんです？」私の頭に浮かんだ疑問を、先生は完璧に代弁してくれた。「要するに、一つ目のアプローチはすでに打つ手がない状態ということでは？」

「一つ目？」

「ＫＮ１００ワクチンですよ」先生は怒っていた。「あの天才がいなくなったから、ワクチンはもう作れないのではないですか？」

「それは違う。正確に言うと――我々はまだ努力を続けている」顧問が言った。

「遺伝子操作、ワクチン、遺伝暗号、アルゴリズム、そういったテクノロジー的なものは、私にはよく理解できません。でもブドウ栽培のこと、ワインのこと、味のことなら分かります。神が人類に与えしブドウを味わうチャンスは一年にたった一度です[*1]。そして現代のワイン醸造方式はここ数百年の模索によって完成したもの。ということは、わずか数百回の実験を経ただけということです」先生は言った。「私には科学は分からない。でもブドウとワインは分かります。科学がどれだけ進歩しても、遺伝子操作がどれだけ素晴らしい技術でも、新たな醸造方式を作り出すには長い長い時間がかかるはずです」

「それは我々も承知している」顧問が息をついた。「引き続き、天才氏が設計したＤＮＡ遺産の解読を試みているんだよ」

「話の途中ですみませんが、『天才』とは誰です？」私は言った。

「ＤＮＡをレゴのように組み立てることのできる天才ですよ」先生が答える。

「その方は今どこにいるんですか？」と私。「私たちの力では捜し出せないような人なんですか？」

「彼は去った……正確に言うと失踪したんだ」顧問が言った。「ある日、飛行中のプライベートジェットから忽然と姿を消した」

「えっ？　まさか、そんなことがありえますか？　映画のワンシーンじゃあるまいし」私は言った。「どうやって消えたんです？」

　顧問が手を振ると、Ｐ７２３の頭上のディスプレイに天才の写真が映し出された。一見するとユダヤ人のようだ。黒い巻き毛にひげ、年齢は三十代くらいだろうか。見た目はごく普通で、パティシエのようにこざっぱりしている。手には細長い巨大なビールグラスを持っているが、中身はシャンパンのようだ。脇に高級シャンパンのボトルが何本も見える。続いて３Ｄホログラムが投影された。天才が生物の遺伝暗号の概念について説明している。

「天才氏はタバコを吸いに機内の喫煙室へ行ったきり、煙のように姿を消したそうです」先生が冷ややかな声で言った。

「何なんです、それは？　マジックですか、瞬間移動ですか」私はさらにたたみかける。「それともパラシュートで飛び降りた？」

「着陸後、飛行機を解体してくまなく捜したが、影も形もないどころか、手がかりすら何ひとつ見つからなかった」Ｐ７２３のディスプレイには、燃え尽きたタバコのアップと、喫煙室の内部、格納庫に入れられ捜索のため解体される機体が映された。

「超高精度の３Ｄホログラムだったのでは？」私は言った。「その天才氏が何らかのシステムやサーバーの中に入り込み、３Ｄホログラムとなって現れ、それでみんながだまされたんでしょう」

「その可能性は我々も考えた。だが機内のあらゆる箇所で彼の実体ＤＮＡの痕跡が確認されている。燃え残っていたタバコにも、飲みかけの二〇三二年のヴュー・テレグラフにも」顧問は言った。「搭乗後に彼は機長と肩を組んで写真を撮っている。こうした実体での接触や痕跡がある以上、３Ｄホログラムではありえない」

「彼が消えたからって、それが何なんです？　私には理解できないんですよ、なぜそこまで彼を必要とするのか」先生が言った。

「いいかい」顧問が言った。「モンテスキューはこのラボでの交雑種の研究をプランＢとして進めつつ、イギリスやアメリカの六つの研究室でＧＶ９変異ウイルスとＫＮ１００ワクチンの研究をおこなってきた。ボストンのデータラボでは彼が残したアルゴリズムの分析を、またデュッセルドルフと京都のラボでも彼が残したＤＮＡ暗号ロックの研究が進められている」

「この数年、モンテスキューは膨大な労力と資源を費やして、天才が残した『遺産』と戦っているんだ」顧問は言った。「彼を失ったことは、我々にとっては多大なる損失なのだよ」

「結局のところ、その天才氏は一体何をしたんですか？」

「GV9 X1をゆるやかに絶えず変異させ、非常に強い感染力を持たせた。その後DNA暗号ロックを使ってGV9 X2に変異させた。そして、異なるバージョンのワクチンを作るためのアルゴリズムを設計した。このアルゴリズムを使えば、第232世代までのワクチンのタイプを予測できる」

「彼によると、すべてのウイルスは三十カ月前後で同時に次世代のウイルスへと変異する。次世代のウイルスはすべて極めて似通った変異株で、ほぼ同一と言っていい」顧問は言った。「彼の資料によると、生産可能な232世代分のワクチンによって、この先七千カ月、つまり六百年近くもの間、GV9 X1からX232各世代の変異ウイルスに対抗できる」

「そんなこと、不可能でしょう？　世界中のGV9ウイルスが、それぞれ異なる環境下で、極めて似通った次世代ウイルスに変異するなんて。それじゃまるで……ソフトウェアのアップグレードみたいだ」と私。

「その通り。定期的に追加費用を払って、ワクチンを最新版にアップグレードする必要がある。これが天才のすごいところだ」顧問は言った。「我々は全世界のGV9ウイルス量に基づいて、異なる環境下でそれぞれシミュレーションをおこなった。二十六カ月から三十二カ月ごとに次世代の変異ウイルスが発生することを確認したよ。変異ウイルスが発生するまでの時間と変異の結果は、天才の設計と不思議なほど一致した」

「ウイルスの変異がそれほど規則的なら、何ら問題はないのでは？」先生が問う。

「問題は、作ったワクチンが効かなくなったことだ」顧問は手に持っていたブランデーグラスを置いて言った。「アルゴリズムに従って作ったKN100 X9は、GV9 X9に対して効果がなかったんだ」

「アルゴリズムに問題があったんですか？　それとも生産過程に？」

「今回は状況が少し違っていてね。ウイルスはこれまで通りのペースで、三十カ月程度で変異したんだが」顧問はまたあの不運な大デュマの顔になった。「同時に七十九種類の異なる変異をした。つまりGV9 X9ウイルスが七十九種も誕生したんだよ」

「しかし、KN100 X9はそのうち九種にしか効かなかった。そこで我々は生産可能な二百三十二種類のワクチンをすべて作り、残りの七十種のウイルスに対する効果を一つ一つ実験して確認した。言い換えると、全世界のラボで、ウイルスとワクチンのマッチング試験を一万六千回以上おこなったわけだ」

「結果は？」私と先生が同時に聞いた。

「全部で二十九種のウイルスにしか効果がなかった。最初の九種と合わせても、七十九種の半分にも満たない」

顧問がリアルタイム解説モードを起動すると、すぐさまP723のディスプレイに枯死した大量のブドウ樹とオレンジ色の隔離服を着た作業員の映像が映し出された。

「それで、今後は？」

「引き続き分析に努める。いずれ解決策が見つかるはずだ」微妙な笑顔で顧問は言った。「だから、二つ目のアプローチが必要なのだよ」

「交雑種ですか？」私が言った。

「交雑種だけに限らない。一旦中止したプロジェクトを再び進めることになるわけだ。当時のブドウ樹がまだすべて残っていたのは幸いだ」顧問はごく自然に、触れられるはずのないボトルの上に手をやり、私たちに示すような仕草をした。「右側の六十本は交雑種のワインだ。交雑種にさまざまな手を加え、味の向上に努めた。左側の六十本は欧亜種のブドウ。交雑種のウイルス抵抗性遺伝子を、欧亜種のブドウに直接導入したものだ」

「《大消滅》のあと数年間は交雑種のワインが流行しましたね。私は飲んだことがありませんが」

「ヴィダルとヴィニョールは飲んだことがあるでしょう？　有名な交雑種ですよ」先生が言った。

「アイスワインですね、それなら飲んだことがあります。交雑種だとは知らなかった」

顧問が手を振ると、P723が音もなく近づいてきた。コルクスクリューを手に持ち、ワインボトルを開ける。ロボットがワインを開けるのを初めて見た。すでに何度も経験があるのだろう、動作は完璧に調整されていた。P723のアームが三百六十度回転すると、コルクが自然にするりと滑り出る。昔の工場の生産ラインのような、味わい深いリズムを感じさせる。P723は交雑種ゾーンの六十個のコルクを手早く抜き取ると、濡れた面を上にして、寸分の狂いもなくボトルの前に並べた。

続いてワインを注ぐ。P723はてきぱきとボトルを持ち上げてはグラスについでいく。片手にボトル、片手にグラス、あっという間にきっちり同じ分量だけ注がれた百二十個のグラスが並んだ。グラスの側面には一滴のしずくも流れていない。物差しや計量カップでも、これほど正確には量れないだろう。ソムリエの世界大会の出場者たちの誰よりも優れた腕前だ。しかも、それをひけらかすそぶりは微塵も見せない。

この場面にピアノの伴奏をつければ、立派なサイレント映画ができあがりそうだ。

「うちにもよく似たロボットがいますよ」先生が私のほうを向いて言った。「そいつがワインをつぐ様子を見ていると、なぜか心が晴れる」

「なぜヒューマノイドを使わないんですか」

「落ち着かないんですよ。あまりにも人間らしい機械に家の中を動き回られるのは気味が悪い」先生がそう言うと、私たちは苦笑いした。Ｐ７２３は黙っている。ユーモアを理解する機能は搭載されていないのだろう。

始めよう、と顧問が言った。いつの間にか、手には火のついた葉巻を持っている。だが、私たちに煙のにおいは届かない。この会議室にはワインの香りが充満しているが、先ほど私が嗅いだような、女性の体特有のにおいも感じられる。顧問にはこのにおいは届かないだろうが。

私がＨ１０２１と書かれたボトルの前のグラスを取ってひと口飲むと、先生もひと口飲んだ。私がスピトゥーンにワインを吐き出すと、先生も吐き出した。二人とも苦々しい顔になる。

「どうだ?」顧問が言った。

「これ、品種は何ですか」私は怪しむような目で顧問を見る。

「品種は何だ」顧問がＰ７２３に尋ねた。

「マスカット・ベーリーA[*2]が六十パーセント、デラウエアが四十パーセントの割合です。いずれも六年目の果実です」P723はそう言うと、ディスプレイに二つの品種名のスペルと学名、写真を表示した。

「スーパーでしか見かけない品種だ」私はため息をついた。

「H1021からH1081には、交雑種だけでなく、食用ブドウ品種とルペストリス種で作ったワインもございます。これらの品種は糖度も酸度もワイン用品種には及ばないため、シャプタリザシオン、[*3]つまり補糖をおこなって発酵後のアルコール度数を上げています。こちらのデラウエアはアメリカや日本で一般的な食用ブドウです」P723が男性の声で解説する。

「交雑種は、大半が欧亜種とアメリカ種を親としたものです。これらの品種で作るワインは一般に、ストラクチャーがしっかりしていて酸味も甘みも十分ですが、フォクシー・フレーバー、つまり狐臭《こしゅう》と呼ばれる不快臭があり、ブドウの味も重いです。セイベル、ヴィラール・ブラン、イェーガー70、セイヴァル・ブラン、シャンブルサン、マスカット・ベーリーAなどが該当します」

「セイベル以外は完全に私の知識の範囲を超えています」つくづく、ため息が出る。

「味はどうだね?」顧問が言った。

「はっきり言っても構いませんか?」私は先生のほうを見た。先生がうなずく。

「もちろんだ。プロの意見を聞きたい」

「H1021はかすかに動物のにおいがします。味は濃厚ですが、とがった酸味で骨格が弱い。乾いた藁《わら》、ブドウ果汁、干し梅の味に加え、かすかに不快な雑味があります。保存状態が悪く雑菌が入ったせいかどうかは分かりませんが、専用の酵母を使えば雑味は消せるはずです」私はまた先生のほうを見て、続けて言った。「〈ベイカー・ホイール〉に従って説明すると、甘辛度はドライ、アルコール度数は中の上、タンニンは中等、酸度は中等、ボディはミディアム、強さは中等、余韻の長さは中等」

「品質レベルはどの程度だ？」

「言いにくいですが、全然ダメですね」先生が答える。「これはとてもワインとは呼べません」

「と言うと？」

「フォクシー・フレーバー、つまり獣のようなにおいは、食用ブドウやルペストリス種のほとんどが抱える問題です。樽熟成の風味もないし、調味や加酸をした感じもしない。ボージョレ・ヌーヴォーと同じようなコンセプトで作られた、試飲用のワインですね。ですから……その……何て言うか、これまでに飲んだことのある交雑種のワインの中では、それなりの水準に達しているとは思いますが、現実世界のワインとは比べ物になりません」先生はこちらに顔を向け、私に言い聞かせるように言った。「〈ベイカー・ホイール〉での説明を少し修正させてください。酸度とボディは中等ですがやや高め、そのほかはすべて同意します」

「ありがとう。私にもよく分かったよ、このワインがどの程度の水準か」

「六年目の果実を使っているという点は別として、一定の醸造熟成技術を駆使すれば、運がよければですよ、よくて一般的な新世界の大規模産地の水準くらいにはなるでしょう」

顧問はしばらく黙っていた。少し落胆したらしく、その表情は無表情な大デュマから憂い顔のバルザックへと変化した。それから私たちは数十種類のワインを試飲したが、品質はどれもいまひとつだった。味に深みがなかったり、酸味がとがりすぎていたり、味がぼやけていたり、明らかな獣のにおいを残すものもあった。時間がたつにつれ、会議室には生のマッシュルームのような汗臭いにおいが充満しはじめ、どんどん濃くなっていった。それは、体を重ねる時の女性のにおいに少し似ていた。

Hシリーズ六十本の試飲を終え、つばを飲み込むと、耳の奥でごくんと音がした。炭酸の強い酒を飲みながら、辛いパスタが食べたい。先生はぐったりと椅子にもたれ、胃が痙攣しているかのような苦悶の表情で、ナポレオンの肖像画のように胃のあたりを手でさすっている。ワインのテイスティングでこんなに苦しんだのは初めてだ。

「このワインは……どんな特別な手法を使った？」私はP723に尋ねた。

「いくつかの手法があります。1、多重交配。2、ブドウ樹への遺伝子操作。3、遺伝子操作した菌種による乳酸発酵。4、少量栽培による……」P723は説明の内容を傍らの空中に投影しながら、技術的な解説を加え、実際のデータを示した。

顧問が手を振ってP723を停止させ、私に尋ねた。「ここまで見てきて、君ならどう対処する？」

「真面目な方法ですか？」

「不真面目な方法とは？」先生がすかさず聞いた。

「SOEのロジック[*4]で対処すれば比較的簡単です」私は言った。

「偽ワインを作れと言うのか」顧問が言った。

「そういうわけではありません。化学合成を利用してワインを作るということです。交雑種のワインで基礎的なストラクチャーと口当たりを構成し、ほかの味わいはすべて合成調味で作る。現在の電子舌と調味技術の進歩はすごいですから、どんな味でも作り出せます」私は言った。「たとえば、ドミニオ・デ・ピングスのワインに似た……ピングス風味のワイン飲料を作れます。これは偽ワインではない」

「ああ。で、真面目な方法は？」

「私のワイン作りの経験上、恐らく……」咳払いをすると、口の中に獣のにおいを感じ、慌てて水を飲んだ。「遺伝子操作をしない場合、二つの段階に分けて考えます。早摘みのブドウを使えば、酸度は保てますが味の複雑さは犠牲になります。深みは足りないが、いくらか……雑味のないワインが作れる。厳格な温度管理による発酵で、不要な味わいの出現を避けられます。さらに、加糖と混醸。品種ごとの味の特性を見極め、一定の割合でブレンドし……」

「それは飲みやすいテーブルワインの作り方ですね」先生が言った。「その作り方だとワインの味に深みが生まれない。成功例もないわけではないですが」

続いて残りのＮ０９０８からＮ０９６８のワインを試飲した。ウイルス抵抗性遺伝子[*5]を導入した欧亜種のブドウで作ったワインで、どれもかなり出来がよかった。七大国際品種の味の違いもはっきりと分かる。樽熟成を経ていなくても、その味は一定の水準に達していて、先生に至っては醸造方式やテロワールまで識別できた。

「この方向性はすばらしい。半分以上のワインがあるべき水準に達しています。かなりおいしいものもある」先生はホッとした様子で声を弾ませた。

「でも、ウイルス抵抗性遺伝子を導入した欧亜種で、例の七十九種のウイルスに対抗できるんですか？」私には、まだ安心はできなかった。

「まだ断定はできない。今も実験中だ」顧問は無表情で答えた。

「なんてことだ、それじゃこのNシリーズも役に立たない可能性があるってことですか？ これだけの時間と金を使って、問題は何一つ解決していない。振り出しに戻ってるじゃないですか」先生はいらだった様子で顧問をにらみつけた。

　このひと言に急所を突かれたのか、顧問はつらそうな顔になった。「現在、順に結果を確認しているところだ。まだ完全にダメと決まったわけでは……」

「ふん！」顧問の答えに、先生は明らかに不満そうだった。グラスを手に取って飲もうとしたが、香りを嗅いだ瞬間、顔をしかめてグラスを置いた。

「要するに、ラボで確認された各世代のウイルスは、現実世界でも発生することは間違いないんですね？」私は話の方向を変えた。

「その通りだ。七十九種のウイルスが発生した第九世代を除くと、これまでの発生率は百パーセント。ラボで発生したものは必ず現実世界でも発生している」顧問が言った。「単なる予測や予言のように聞こえるかもしれないが、実際そうなる確率は非常に高いと思っている」

「なるほど。第九世代のウイルスの拡散まで、あとどれくらい時間がありますか？」先生が言った。

「感染症が爆発的に広がるまでの時間という意味か？」感染症という言葉を口にする時、顧問は険しい顔をした。「八カ月から十三カ月」

「必ず世界中に広がるんですか？ 限られた地域だけにとどまる可能性は？」と私。

「何通りものシミュレーションをおこなった。ウイルスの変異と拡散は気温が比較的高い地域から始まる。たとえば南アフリカ、南イタリア、チリの北部などだ。だが、どこで発生しても結果は同じだった」顧問が言った。「ウイルス発生から三カ月程度で拡散が始まり、一年後には世界中に広まっているだろう。その時にワクチンがなければどうしようもない。感染したブドウは十八カ月以内にすべて枯死する」

顧問が手を振ると、P723が会議室の照明を落とした。横の大きな壁に世界地図が映し出される。南北緯三十度から五十五度のいわゆるワインベルトに線が引かれ、その範囲内の地域には鮮やかな緑色のブドウの葉と紫色のブドウの房が描かれている。それ以外の地域は、陸が灰色、海が水色だ。北アフリカ、南カリフォルニア、イスラエル、スペイン南部、どこを起点としても赤い斑点がすばやく広がり、毎回最後にはワインベルトの範囲がすべて赤く染まった。私と先生の顔も服も、会議室内のすべてがディスプレイの光を映して徐々に赤くなっていく。繰り返される急速な拡散を見れば、感染症の発生源がどこであれ、爆発的に広がり最後には全世界を真っ赤に染めることは明らかだった。

真っ赤な画面は怖かった。まるで目の前で何度も世界が滅亡したかのようだ。

私たちは恐ろしさに言葉を失っていた。胃がきりきり痛み、何も目に入ってこない。眼前でちかちかと赤い光が揺れる。頭が痛くなってきた。ディスプレイから目を離し、隣を見ると、先生はもっと激しいショックを受けていた。うつむいてスピトゥーンを抱え込み、嘔吐していたのだ。

「未来永劫、*6打つ手なし……」思わず、そんな言葉が漏れた。本当は声には出していなくて、頭の中で響いていただけかもしれない。

「もう一度聞きます。残された……時間は……どれくらいだと?」先生が、私の言葉など聞いていなかったように、スピトゥーンを持ったまま聞いた。

「感染爆発までの時間だね?」顧問が質問を繰り返す。「八カ月から十二カ月だ」

「ほかに対策は……ないのですか」先生は吐きそうなのを無理やりこらえているようだった。

「私たちが進めている方法を除けば、唯一の可能性は……」顧問は最後まで言わなかった。

「可能性は、何です?」先生が食い下がる。

「清く正しく慈悲深き聖母マリアよ、憐れみたまえ……」顧問は深く息を吸って、言った。

「ブドウ樹自身の力でウイルスに打ち勝つことだ」


　帰路は先生が所有するガルフストリームのプライベートジェットで一緒にニューヨークまで飛び、私はそのままロンドンまで乗せてもらった。先生の飛行機はまるでホテルのようだった。ペルシャ絨毯の上にはウォールナットのテーブル、牛革張りのダイニングチェアには安全ベルトがついている。機内にはキッチンからワインセラーまで完備。飛行による揺れに耐えられるよう、食器の底はすべて磁性ナノ素材で加工されている。このプライベートジェットはW&S誌で大々的に紹介されていたことがある。機内には百種類以上のワインが常備され、十二人が同時に食卓を囲むことができる。確か、妙にカッコいい呼び名がつけられていた。「空中のテイスティングルーム」とか「フライング・テイスティングルーム」とか、そんな感じだったと思うが、あまりよく覚えていない。

　交雑種のワインを飲んだ時にヴィダルとヴィニョールの話題が出た影響だろうか、先生はフインガー・レイクスAVA[*7]のリースリングと、同じ産地のピノ・ノワールで私にブラインド・テイスティングをさせた。どちらも大変おいしく、生き生きと元気のいい味わいで、新興産地の生命力を感じさせる。リースリングは酸味と果実味が鮮明で分かりやすい。アンズや柑橘、カリンのような風味がある。だが、私はこれをリースリングではなくカリフォルニアのセミヨンと答えた。国とヴィンテージは正解したので、点数は三点だ。ピノ・ノワールは繊細でバランスがよく、青臭い若々しさとレッドベリーの風味がある。私はこれをニュージーランドのマーティンボローのピノ・ノワールと答えた。品種は正解したがヴィンテージは不正解だったので、四点を獲得した。二問で七点。正解率はたったの三十五パーセントだ。W&Sの試験なら完全に不合格だろう。しかも私はベイカー・ホイールの描写を使わず、スイスの鉄道の風景や、ゴルフの聖地セント・アンドリュースのオールドコースにあるスウィルカン橋などについて語った。先生の顔は怒りで青ざめ、恐ろしい形相になっていった。これ以上、余計なことを言ってはいけないと悟った私は、密かに窓の外の満月に目をやりつつ、先生の発言を静かに待った。

「このままでは世界が終わる」先生は私を見て言った。

「ええ……顧問もはっきり言ってましたね」

「君の考えは？　最終的にはどうなると思いますか？」

「ウイルスの原始株を手に入れなければ、モンテスキューは第九世代のウイルスに対するワクチンを開発できないでしょう。そうなると、感染爆発が起きて……本当の大消滅がやってくる」

「原始株があったら？」

「それなら望みはあります。ただ、極めて困難なことには変わりないでしょう。タイムリミットは迫っているし、ウイルスはめちゃくちゃに変異している。成功する確率は低いと思います」少し考えて、私は続けた。「トンネルのずっと先にようやく光が見えた時に大地震が起きて、出口に着く前にトンネルが崩壊してしまうようなものです」

「つまり、今回の……《大消滅》が……もし起こったら、解決策はないのだろうか」先生は、《大消滅》と言う時に声を小さくした。まるでそれがとても不吉な言葉で、口にしたら現実になってしまうかのように。

「人類は食用ブドウからGV9に対抗できるDNAを見つけられるかもしれない。そして、それを現在の醸造用ブドウ品種に導入できるかもしれない。スヴァールバルの終末プロジェクトに含まれる有名ワイナリーのブドウ樹のDNAを改変して、もとの小さな原種に戻して、複製して接ぎ木して、ブドウ畑を作れるかもしれない。それで作ったワインの品質も優れているかもしれない。そして、ウイルスは二度と変異しないかもしれない」ここまで言って、私はため息をついた。かもしれない、が多すぎる。状況はあまりに未確定だ。「ウイルス抵抗性遺伝子の発見から、まともなワインが作れるようになるまで、少なくとも数十年はかかるかもしれないと、私はそう考えています」

「それは最も楽観的な見通しですよね？」

「はい。すべての『かもしれない』が順調に実現して、運がよければ、全世界のワイン生産は三十年から五十年の中断で済むでしょう。状況はかつての《大消滅》の時に似ていますが、何倍も厳しい」

先生はうなずいて理解を示し、再び私に聞いた。「順調でなく、運が悪かったら？」

「今後、『ワールド・アトラス・オブ・ワイン』は『ワールド・ヒストリー・オブ・ワイン』に変わるでしょう」ずっと考えていたことを口に出した。

「それはつまり……」先生が険しい顔をしたので、意地悪で遠回しな回答を後悔した。

「世界からワインが消えてなくなるという意味です」私は先生をまねて小声で言った。そして、思わずこうつけ加えた。「先生が……今日飲んだあれもワインであると認めない限りは」

先生は驚いて十秒ほど動きを止めた。それから急に立ち上がってワインセラーへ向かい、隅のほうから二〇〇八年のペトリュスを取ってすぐに戻ってきた。ソムリエナイフで栓を抜く際、手が滑ったのか、コルクが半分ボトルに残ってしまった。先生は少しいらだった様子でスプーンの柄を持ち、残ったコルクをボトルの中に押し込む。それをラリック社[*8]が先生のためにデザインしたという伝説のティム・ベイカー専用グラスに濾過《ろか》もせずに注いだ。あまりに興奮しているせいか、あちこちにぶつかって音を立てている。それから震える手で、私の前に置かれた気球のように薄いザルトのグラスにワインを注いだ。ウォールナットのテーブルにも少しこぼした。

「悪いね、どうしても飲まずにはいられなくて」失態を言い繕うように、先生は言った。

「当然です」私は答えた。交雑種のワインとフィンガー・レイクスでは、先生にとっては飲んだうちに入らないようだ。

二つのグラスの中では、赤黒いワインの液面に暗い色のコルクの破片が浮かんでいる。かすかに濁っているようにも見えて、あまり魅力的ではない。先生が気にもとめず、スワリングもせずに、私に向かってグラスを掲げ乾杯の仕草をした。そして、私の給料数カ月分の液体を、コルクの破片と共に腹の中へと一気に流し込んだ。

　私はまず軽く唇をつけると、すぐにグラスを回し、ほんのひと口だけすすった。破片が気になるが、吐き出すのは惜しい。このひと口だけで給料半月分だ。ペトリュスはストラクチャーもアルコール度数も酸度も申し分なく、美しく神秘的で複雑な味わいの奥に、強い生命力が隠れている。ひっそりとたたずむ謎めいた古い大邸宅に放置された、摩訶不思議で精密な永久機関のように、時間とエネルギー保存の法則の制限から解放され、はるか昔から黙々と回り続け、地球の磁力を少しずつ消耗していく。

「私たちはとんでもない災いを招いたのではないだろうか？……この事件は……人類の歴史を一変させかねない」先生は言った。私たち、とは先生と私を含む辰星會のことだ。

「君は……どう思いますか？」あの真っ赤な世界地図の中で思考停止したままの私に、先生が問いかける。

「ええ、本当に深刻です」我に返った私は慌てて答えた。「本当に、もう終わりかも」

　先生は機内の仕切り壁に飾られたパオロ・ヴェロネーゼの絵を見つめ、不意に言った。「お神よ……これから先、人々は『カナの婚礼』[*9]を見てもワインの味わいを思い浮かべることすらできないのですか。ワインを失った人類は、神の存在をどうやって称えればよいのですか。まさかビールで？　最悪だ！」

　この絵は高級なレプリカだろう。昔、ルーヴルで『カナの婚礼』の本物を見たことがあるが、これよりずっと大きかった。迫力のある、偉大な作品だ。戸外の中庭のような場所で、中央に座るのはイエス・キリスト、それを取り囲む百人以上の人物は、繊細で美しいヴェネツィア風の衣装を身にまとっている。オペラか芝居の舞台のように、巨大で華やかな一枚だ。

この絵が真っ赤に染まっていく情景をつい想像してしまう。

「ならばマスター・オブ・ワインはマスター・オブ・ビールになるね。次の世代はビールしか飲めなくなるのかもしれない。未来の世界は、ヴァイツェン、ラガー、エール、ラオホビア、IPA、ピルスナー……」私もだんだん気分が落ち込んできた。先生はビールの話を続け、私もドイツ語で恨み言をつぶやいた。それから給料二カ月分のペトリュスを喉に流し込んだ。

先生はしばらくの間、黙って考え込んでいる。顔面の筋肉は引きつり、その表情はイスタンブールの交差点に浮かぶデジタル交通指示パネルのように複雑で読み取りにくかった。私の給料三カ月分のワインを自分のグラスに注ぐと、私のグラスにも給料三カ月分をついでくれた。グラスを持ち上げ、またもや一気に飲み干すと、君も飲めと言うように私のグラスを指さした。

私もやけくそになってグラスのワインを飲み干した。もうすぐ世界が終わると思うと、この美酒を心ゆくまで味わおうという気分には到底なれない。まして、給料数カ月分を飲み干す暴挙に快感を覚えることもない。今すぐショートヘアの彼女に電話して、こう伝えたかった。

「急いでワインを飲むんだ！　世界が終わるぞ」

大きなグラスで何杯もペトリュスを飲んだ先生は、むしろ夢から覚めたようにすっきりした顔で言った。「こんな言葉があるでしょう……『最初に君が酒を飲む。それから酒が酒を飲む。最後に酒が君を飲む』[*10]。きっと私たちは知らないうちに酒に飲まれていたんですね」

「知ってます、何度も映画化された小説（『華麗なるギャツビー』のこと）です。でも、それは確か酔っ払いについての描写でしたよね?」先生がなぜそれを言いだしたのか、私には分からなかった。「目覚めた瞬間から酒のことを考え、昼から飲み始める。シャンパン、白ワイン、赤ワイン、デザートワイン、ロゼ、酒精強化ワイン。時にはそれらを何種類も。友人関係、ウェアラブル端末のログ、SNS、網膜に焼きついた記憶、すべてワインに関することばかり。夜、眠っていてもワインの夢を見る……こんな私ですよ……酔っ払いと何が違う?」先生は続けた。「違いがあるとすれば、私たちがヴォーヌ・ロマネやクロ・ド・ヴージョやグラン・エシェゾーやシャサーニュ・モンラッシェで酔っ払うことくらい……普通の酔っ払いはバーボンやウオッカですからね」

その通り。的を射た指摘だ。私は思わずうなずき、ボトルを持って二つのグラスについだ。「酒は人の欲望をむき出しにさせる。飾りを取り払い本来の姿に戻す。成功に導いてくれることも、すべてを失わせることもある。もしも……もしもワインがなくなったら、何がそういう役目を果たすのでしょう」先生は壁の絵を見つめながら独り言のようにつぶやくと、私に目を向けた。

「ええ、まさに。汝を失えば、何によって塩味がつけられよう?[*11]」頭に浮かんだ聖書の言葉らしきものをつぶやいてみたものの、私の頭の中も混乱していて、どうすればいいのかまるで分からなかった。

私と先生の頭に浮かんでいたのは、世界が何度も真っ赤に染まって滅亡していく映像だった。未来永劫、取り返しのつかない悪夢が、目に焼きついて離れない。オーマイゴッド。なんと恐ろしいことだ。この先ずっと、私はこの悪夢にうなされ続けることになるだろう。今でも思い出すだけで吐き気をもよおしてくる。一度メンタルクリニックを受診するべきかもしれない。その時、私の手首のウェアラブル端末が振動した。ウェンズデイからの電話だった。WED.の文字を見た時、頭の中にぼんやりと、あるアイディアが浮かんだ。世界が滅亡する寸前、すべてが崩壊していく中で、パンドラの箱の底に残ったかすかな希望の光のように。

プライベートジェットといえど、通常は通信機器の使用制限を順守し、飛行中は電話に出ないことにしている。でも、この電話だけは出ても構わないはずだ。ただの通話とは違う。くそったれ。構うもんか。違うんだ。

「奇跡だ!」その瞬間、頭の中でそう叫んでいた。間違いない。これは一生のうちで最もタイミングのいい電話だった。

原註

＊1　一般にブドウの収穫は、温帯では年に一度、亜熱帯と熱帯の大部分では年に二度。

＊2　マスカット・ベーリーA：日本のワインの父と呼ばれる川上善兵衛（一八六八〜一九四四年）が日本の気候に合わせて作ったブドウ品種。ベーリー種とマスカット・ハンブルグ種とを交配したもので、日本で広く栽培されている。川上善兵衛はこのほかにもブラック・クイーンという品種を作ったが、現在、台湾ワインの多くにこの品種が使われている。

＊3　シャプタリザシオン：補糖。名称は、この手法を開発したフランスの化学者ジャン・アントワーヌ・シャプタル（一七五六〜一八三二年）の名に由来する。ブドウ果汁に糖分を添加してアルコール度数

を上げること。

＊4　SOE：Songs of Earth。偽ワインで暴利を得た犯罪集団。二〇三三年、九十七パーセントのブドウ果汁に三パーセントの化学物質を合成した「スーパー・ロマネ・コンティ」を大量生産した。この偽ワインは科学者によるテストとワイン専門家によるブラインド・テイスティングをクリアして本物と認められた。かつ、突破不可能と言われたDNA光学偽造防止技術を打ち破った。

＊5　七大国際品種：ここでは、カベルネ・ソーヴィニヨン、メルロ、シラー、ピノ・ノワール、シャルドネ、ソーヴィニヨン・ブラン、リースリングを指す。

＊6　インド人の宇宙観において、世界は成立・安住・壊滅・空虚という四つの段階を繰り返すとされる。四段階はそれぞれ成劫《じょうこう》・住劫《じゅうこう》・壊《え》劫《こう》・空劫《くうこう》と呼ばれる。「未来永劫」の「劫」は、このように極めて長い時間を指す。

＊7　フィンガー・レイクスAVAでも少量のヴィダルとヴィニョールを栽培している。

＊8　ラリック：ルネ・ラリック（一八六〇～一九四五年）が設立した、ジュエリーやクリスタルガラスを扱うラグジュアリーブランド。

＊9　カナの婚礼：新約聖書『ヨハネ福音書』に記された、カナという町で開かれた婚宴に弟子と共に招かれたイエスが水をワインに変えたという物語を題材に描かれている。

＊10　スコット・フィッツジェラルドの名言。原文は「First you take a drink, then the drink takes a drink, then the drink takes you.」。

＊11『マタイ福音書』の言葉「あなたがたは地の塩である。だが、塩に塩気がなくなれば、その塩は何によって塩味がつけられよう」の一部。

第16章 そびえ立つ城壁

ナバラ州 コンデス・デ・ボーモン・ボガデス 二〇三七年七月一日

《オラ！》誌 二〇三七年六月二日

イグナシオ・ボーモン――英雄と貧乏伯爵[*1]

イグナシオ・ボーモン（二〇〇二年〜）はボーモン家レリン伯の私生児だ。ボーモン家はかつてのナバラ王国[*2]（八二四〜一六二〇年）で栄えた名家だった。紀元十世紀半ばより、四十六代の歴史がある。イグナシオは幼少期から母方の姓であるアギラール姓を名乗っていた。十六歳で軍事学校に入って職業軍人となる。二〇二六年、二十四歳の時に参加した「第二次ME戦役」では重傷を負うが、NATOのために大きな戦功をあげ、スペインの国民から民族の英雄と称えられた。二十五歳の時、レリン伯の正式な養子となり、父方の姓であるボーモンに改姓する。

軍人生活が長かったイグナシオは、ボーモン家という古い一族の中で起こる闘争やもめ事からは距離を置いた。レリン伯もイグナシオを称賛し、数年前の本誌のインタビューにこう答えている。「イグナシオはワイン産業には関与していませんが……ワインに対する造詣は深く、独特の考えも持っています……出来の悪い子供たちに継がせるくらいなら、この家と、一族が所有するすべてのワイン資産をイグナシオに譲りたい……イグナシオに改革を進めてもらうのです」

イグナシオは三十五歳の時に大佐の地位で退役、その日にボーモン家が所有する資産と伯爵の称号を継承した。その後、兄弟姉妹の勢力を家業から排除し、スペイン各地に散在するボーモン家の不動産と、負債を抱えるワイナリーを独力で管理し、決して裕福とはいえない貧乏伯爵となった。(記事の一部を抜粋)

ここは巨大な地下のワインカーヴだ。四方には数百のワイン棚があり、五万本あまりのワインが収蔵されている。棚は放射状に、真ん中が低く周りが高くなるよう整然と並べられている。中央に立って周りを見回すと、ボトルの一本一本がよく見える。ワインカーヴの中央はコンパクトな会議スペースとなっている。床には赤茶色のレンガが敷き詰められ、二人掛けの牛革のソファ四脚とローテーブルが置かれている。柔らかな自然光を模した光が当たり、周辺の薄暗さとの強いコントラストをなしている。

「堂々としているが自己中心的な配置。装飾はやや時代遅れで古くさい感じ」ここで語り、ワインを飲む者たちは、みんな同じ感想を持つ。それでも、時折四方を取り囲むワインを眺めては、パンテオンの中心に立っているような気分――自分が世界の中心であり、天と直接会話ができるのだという優越感を味わうのだった。

ソフィ・オコナーがワインカーヴに入ってきた時、ソファには一人の男性が座っていた。

男性はぱりっとしたコットンシャツに黒いシルクのネクタイを締めている。ネクタイには城に鎮座する真っ赤なフェニックスが描かれたボーモン家の紋章が入っている。紺地に白く細いストライプの入ったジャケットがソファのひじ掛けにかけられている。そのさまはまるでファッション誌の撮影のために置かれた小道具のようだった。

男性の額から眉間にかけて、うっすらと赤い傷あとがある。以前、大きな外傷を負ったことがあるようだ。よく見ると、その顔は左右対称ではない。目の色は左右で違っているし、鼻も少し曲がっていて、あごのラインも不自然だ。よく似た二人の顔をつなぎ合わせたようにも見え、時には左右で違う表情が浮かぶことさえある。とはいえ、決して恐ろしい風貌というわけではなく、スマートで身なりもきちんとしている。ただ、ある種、老成したような雰囲気が漂っていた。

ドアの開く音を聞いても、男性は顔を上げもせず、ただ自分の両手を目の前に広げて見ていた。まるで美しい芸術品を鑑賞するかのように、左手の小指から親指まで、さらに右手の親指から小指まで、関節を一つずつじっくり眺める。全部で三十個、一つも欠けてはいない。

「人間の手は美しいですね」見終えると、男性は顔を上げ、スペイン語アクセントの英語で言った。右腕をソファの背もたれに回し、自信ありげにゆったりと座っている。ずいぶん機嫌がよさそうだ。

「ええ……もちろん」ソフィは一瞬あっけにとられて言った。いきなりそんなことを言われるとは思っていなかったのだ。だが、ソフィはすぐに自分の会話のペースを取り戻した。「あなたが伝説のスペインの英雄、イグナシオ……ボーモン伯爵ですね」

「私がイグナシオだが……君は？」

「ミシェル・ロラン社のソフィ・オコナーです。ソフィと呼んでください」ソフィは優美な動きでイグナシオに歩み寄り、握手をした。

イグナシオが「どうぞ」というように手招きした。二人でソファに座る。「わがワイナリー、コンデス・デ・ボーモン・ボガデスへようこそ。道中は順調でしたか？」

「サラゴサ空港から来たら、思ったより近かったです。一時間もかかりませんでした」

「電子雑誌の《ワイン評論》であなたが紹介されているのを見ましたよ。美貌と才能を兼ね備えた──世界で最も優秀な空飛ぶ女性醸造家だと」

ソフィは眉をひそめ、わずかに不愉快そうな顔をした。だがその表情は一瞬で消え、口角を上げて微笑んだだけに見えた。「空飛ぶ女性醸造家」であることは事実だが、トイレとスポーツの試合以外で、わざわざ「女性」と分類されることをソフィは好まなかった。「最も優秀な空飛ぶ女性醸造家」という言葉には、決して最も優秀なわけではないのだと指摘するような響きがあった。

この肩書はもう何年もソフィについて回り、耳にするたびに腹が立ったが、どうしようもなかった。男性中心の業界では、女性、特に美しい女性は特に注目を集めやすく、わけの分からない偏見を持たれるのが常なのだ。

一方で、〈空飛ぶ醸造家ランキング〉の順位で紹介されることには抵抗がなかった。そちらはずっと客観的だ。長年、ソフィはおおむねランキングの八位から十五位の間を維持していた。一度だけ世界第四位に選ばれたのが最高記録だ。

「ありがとうございます」ソフィは言った。「いただいた資料を拝見しました。今後の要望と目標設定も。四年以内に《ワイン・スペクテーター》誌の〈ＷＳ１００〉[*3]に選ばれるワインを三銘柄作る。五年以内にスペインで最良の土地を査定のうえ購入する。七年以内に三十人の世界的なマスター・オブ・ワインを育てる。十年以内にスペインのワイン業界を一新させる」ソフィはタブレット端末を取り出してテーブルに置き、端末の上方に資料の内容を投影しつつ、手振りを交えながら事務的な口調で説明した。

「ええ、その通りです」イグナシオが言った。

「ただ、あなたの目標設定はとても一《いち》ワイナリーの事業計画とは思えません。特に後半は。率直に言わせていただきますが、これはスペイン農業省の仕事ですよ。非常に困難で……常軌を逸した目標です。今のスペイン政府が十あっても達成は難しい」

「ええ、分かっています」イグナシオは釈明するわけでもなく、あっさり答えると、さらに言った。「ハハ。スペイン政府が十あっても、か。面白い表現ですね」

「今回こちらに伺ったのは、正式な契約の前に確認しておきたかったからです。こんな目標を立てたクライアントは狂人かもしれない、でもバカではないということを」ソフィはわざと煽るように言った。

「ハハハハ、真正面からズバッと来ましたね。実に気持ちがいい。あなたはメディアで言われている通り――まさに『アメリカの真紅のバラ』だ」

イグナシオは堂々とした態度を崩さぬまま、ソフィが投げかけた疑問にも答えず、挑発に乗ることもしなかった――この類いの疑問も挑発も必要ないことを知っていたからだ。

「提供していただいた、あなたの農園とブドウ畑に関する資料も拝見しました。あなたの計画はとても詳細で、まるで……戦術の設計と分析のようですね。ワイナリーのオーナーが作った資料とは思えないほど専門的です。水、土壌、生物、品種、微気候などに関する資料はすべて分析しました。私たちに言えるのは……非常に多様で複雑で、非常に興味深い、ということだけです」ソフィは言葉にやや含みを持たせた。

「よく分かりませんね。いいのか、悪いのか」イグナシオが疑問を呈した。

イグナシオに話の腰を折られたことが、ソフィには不満だった。手を上げて「待って」というジェスチャーをすると、首をかしげて口元をゆがめた。落ちてきた前髪をかきあげると、ソフィは続けた。「弊社はあなたというクライアントを大変重視しています。私たちのチームは基本的な背景や情報の分析を終えました。契約の締結が済めば、私たちはいつでも仕事に取りかかれます」ソフィはすらりと長い脚を素早く組み替えると、イグナシオの目を見つめながら言った。「ですが、弊社では契約の前に、クライアントに対して面談をおこない、判断材料とさせていただいています。いかがでしょう……まず伺いたいのですが、あなたはご自身のワイナリーの改革によってスペインのワイン産業に風雲を起こしたいとおっしゃいました。これは非常にスケールの大きな発展計画です。あなた自身、スペインのワイン産業にどんな考えをお持ちですか？」

大きな質問だった。イグナシオはにっこりと笑った。額から眉間にかけてうっすら見えていた傷あとは、顔の筋肉に引っ張られて分裂している。顔の左側と右側で別のことを考えているような表情だ。イグナシオは周囲を取り囲むワイン棚とボトルを見渡すと、大きく息を吸い、左手をパンツのポケットに入れた。今から始める演説の準備をしているようだ。それから優しい目つきでソフィを見た。ソフィは密かに手首の端末の音声入力システムを立ち上げ、クラウドシステムを使ってオンラインでイグナシオの面談記録を整理する準備をした。

コンサルタントとして、クライアントへの面談を通じて、相手の真のニーズを探ることは、実際の仕事より重要だった。多くの場合（いや、ほとんどの場合）、クライアントは本心とは裏腹な、あるいは実状に即さない要求や目標を語りがちだ。これは今後の仕事の質や効率に致命的な影響を与える。ミシェル・ロラン社ではマッキンゼー社の協力により、面談時の独自の方法論を開発、これを使ってクライアントの真のニーズを掘り起こし、確認している。

ソフィは長年この方法論に従いつつも、やや挑発的な、彼女独自のスタイルで面談をおこなってきた。面談時には真っ赤なワンピースをまとい、タイミングを見計らってストレートで鋭い質問をためらいなくぶつける。逃げ場を失ったクライアントは追い詰められて本音の意見を語り、やむなく、時には導かれるように自然に、彼女の求める答えを提供してしまうのだ。これが最も彼女に合った、そして最も効率のいい方法だった。

もちろん、適切なタイミングで程よく女性の魅力と柔和さを出すのも忘れない。相手が恥をかかされたと逆上したり、敗北感を味わうことのないよう、適度な逃げ道を用意する。彼女の目的はクライアントを打ち負かすことではない。自身が求める結果を引き出しつつ、相手の信頼を勝ち取り、かつ自身の経験と能力をクライアントに知らしめることだ。

「スペインのワイン産業に対する私の考えですが……」イグナシオは咳払いをし、つばを飲み込んだ。「スペインは遅咲きだが最も潜在力のある旧世界国家だと、多くの人に認められていますが……」

「……ただしこれは『一般論』、つまり観点のはっきりしない無意味な意見にすぎません。こういう物言いは昔から嫌いでしてね……残念なことに、スペインのワイン産業は二十世紀から改革が進んでいません。全体としての大きな方向性が定まらず、変化はばらばらで限定的。しかも……何と言うか……戦略的に奇妙な失敗を犯した。だから、いまだにスペインのワインの品質は玉石混淆で、他国と対等に争うことができないんです」イグナシオは軽くため息をついた。「……スペイン人が自ら変わろうとしても、その変化は無秩序で乱雑なものになる。だから外からの視点でスペインのワイン産業を見つめ直すべきなんです。どうしてこうなったのか、原因を探るのは難しい。だから、誰もが一般論を口にするのは何ら不思議ではありません」

「戦略的に奇妙な失敗とは？　例示していただけませんか」ソフィは話を遮って自分の疑問を口にし、面談を自分のペースに持ち込もうと試みた。

「たとえば、テンプラニーリョ」

「スペインを代表するブドウ品種ですよね。何が問題なんです？」ソフィは興味を引かれた。

「テンプラニーリョ」イグナシオはスペイン語特有の強調のアクセントを加えて、そのキーワードを繰り返した。「おかしいと思いませんか？　スペインの国土はこんなに広大で、多様な風土があり、原生品種も多い。なのにどうして右も左も、何が何でもテンプラニーリョなんでしょう？」

「考えたこともありませんでした」ソフィの心に何かが触れた。「でも、イタリアやフランスのブドウ品種の多様性と比べたら、確かにおっしゃる通りですね」

イグナシオは背もたれに体を預け、目を細めてソフィを見た。左目は自信ありげに微笑み、右目は獲物を見るような憐憫《れんびん》のまなざしだった。知らぬ間に、会話のペースは再びイグナシオに握られていた。「ご存じでしょうか、二百年前に遡ると、スペインのブドウ畑でテンプラニーリョはほとんど栽培されていませんでした。当時はガルナッチャとさまざまな原生品種があちこちで育てられていました。当時、テンプラニーリョの栽培面積はごくわずかだったんです」

「そうなんですか？　ちっとも知りませんでした」ソフィが初めて耳にする話だった。

「第二次世界大戦後、何年だったかな、スペイン政府が各産地を統合し、よく分からない奨励措置でテンプラニーリョを栽培する農家を補助したんです。経済的に苦しかった農家はやむなくガルナッチャを大量に伐採し、スペイン原生品種であるテンプラニーリョを植えました」イグナシオは自分の両手を見つめて黙り込むと、頭を後ろに傾けてソフィを見た。

「一見、地元の原生品種が勝ったというだけの話に聞こえますが、実は大きな弊害が出たんです。ガルナッチャの栽培面積が減ると同時に、スペイン各地のほかの原生品種の栽培面積も大きく減少しました。その結果、ブドウ品種の過度の単一化が進んで多様性が低下した。新世界のどこかの国のように。このことがスペインのワイン産業の長期的な発展に深刻な影響を与えました」イグナシオはつけ加えた。「もちろん、これは私の個人的な見解ですが」

「非常に面白い見解です」ソフィは挑発的な態度を改め、本心からそう言った。

「品種の単一化……そう、今のスペインではピレネー山脈からコスタ・デル・ソル、カタルーニャからサンティアゴ・デ・コンポステーラまで、[4]マクドナルド並みに至る所でテンプラニーリョが栽培されています。品質も似たり寄ったりだ」イグナシオは怒りをにじませた。眉間の傷あとが赤みを増す。「Por Dios《ポル・ディオス》〔何てことだ〕！　ワインはコカコーラじゃない。インドでもアイスランドでも同じ味でいいわけがないんです。マクドナルドでさえ、国ごとに異なる産地のジャガイモを選んでフライドポテトを作っています。スペインのどこもかしこもリオハ・アルタのように風土や気候に恵まれ、繊細なテンプラニーリョを育てるのに適しているわけじゃない」

「隣のリオハ・アラベサとでさえ、風土の違いは明らかにある。金や権力や歴史を持つ者にも変えられない事実です[5]」イグナシオは言葉を切って、周囲の物言わぬワイン棚を見やると、さらに続けた。「想像できますか？　フランスのブドウがすべてカベルネ・ソーヴィニヨンだったら。イタリアのブドウがすべてサンジョヴェーゼだったら。私にはとても想像できません。こんなに大きな国なのに、どこへ行っても同じ品種しか栽培していない[6]。それで多種多様な味わいのワインが作れるとは思えません」

「私が知っているどんな有名評論家よりも、スペインのワインについてはあなたのほうがずっと深い見識をお持ちですね。深く同意します」ソフィはイグナシオの目を見つめ、尊敬のまなざしを向けた。「では、あなたのワイナリーの改革に話を戻しましょう。どんなワインを作りたいか、方向性は決まっていますか？」

「世界のワイン産業には四つの趨勢《すうせい》があると考えています。一つ目は、その土地の原生品種を中心に、国際品種で補う方法。イタリアのスーパータスカンなどがそうです。二つ目は、有機栽培やビオディナミ農法、ナチュラルワインなどの技法を採用するワイン職人が増え、醸造技術よりもブドウそのものの品質がワインの質を左右するようになっていること。旧世界のいくつかの国や産地がこの傾向にあります。三つ目は、新たな製法の採用で、より飲みやすいワインが作られるようになったこと。イタリアのモダン派のバローロやバルバレスコなどがそうです。四つ目は、樽の中で長時間熟成させる、伝統的な製法を守ること。スペイン各地のグラン・レセルバなどがそうですね」

「確かに、それが世界の潮流ですね。ここまでの話には賛同いただけますか？」

「でも、おっしゃったように、それは一般論にすぎないのでは？　もちろん、異論はありませんが、ただ……」

イグナシオは確かに深い見識を持っているが、大企業のベテラン幹部や経営者と同じように「口先で考えている」にすぎないことに、ソフィは気づいていた。頭の中にはすでにある程度の答えを持っていて、それを誰かに語って聞かせたいだけなのだ。時には別の話題に寄り道もするが、やがて本来の推論や結論に話が戻っている。このタイプのクライアントと面談する時は、自分の疑問を整理し、最後に本当に伝えたい見解を語る。彼らはこういった対話の形を借りて思考を整理し、最後に本当に伝えたい見解を語る。彼らはこういった対話の形を借りて思考を整理し、最後に本当に伝えたい見解を語る。

「一点目、私の目標ですが、言ってみれば……ごく一般的な意味での『いいワイン』が作りたいだけです」イグナシオは本題に戻り、ごくシンプルな答えを出した。

「一般的な意味で？ 大衆の好みに合わせるということですか」

「そうとも言えません。百パーセント単一の現地品種、百パーセント純粋な天然酵母、百パーセントのナチュラルワイン、百パーセント単一の農園、百パーセント単一のヴィンテージといった……非常に『堅実で』『こだわりがあって』『完璧で』『純粋で』『技巧を凝らした』方式は求めていません。私に言わせれば、こういうものは限られた時間と空間における特殊な意味での『いいワイン』です」

「それは分かります。あなたがおっしゃる、一般的な意味での『いいワイン』とは、濃厚さ、豊かさ、バランス、複雑さ、グラデーションといった、市場で主流の味ということにほかならないわけですね。それで二点目は？」ソフィは素早く論理的に結論を出すと、次の話題に移った。

「二点目？ ……改革の方向性ですか？」イグナシオは空を飛ぶ鳥を探しているような目つきでワインカーヴの天井を見回し、しばらく考えたあと、インスピレーションという名の鳥を見つけたように言った。「原生品種を中心に、国際品種で補う製法です。効率的で最も可能性の高い方法でしょう。ただ、私たちのチームは新たな品種のブドウ栽培や、原酒の配合には詳しくないので、この方向が正しいのかどうか自信が持てません」

「そうですね、私個人としてもその方向で進めるべきだと考えます。国際品種は魔法の薬ではありません。種苗の入手から、現地の風土に合わせた栽培まで、大幅な変化が……」ふと、ソフィは自分に警報を鳴らした。重要案件の初期に自分の答えを出してはいけない。コンサルティング業務におけるタブーの一つだ。これから先の提案が安く見られてしまう。ソフィは慌てて言い直した。「この方法には……一つの前提があります」

「前提とは何です？」

「たとえば『原産地呼称』などの法令による制限です」ソフィは言った。「国際品種のブレンドは現行の原産地呼称の使用が認められない可能性があります。産地を表示できない可能性も。それを受け入れられますか？」

イグナシオは即座に答えた。「ハハ、原産地呼称ですって？　政府の規制だの原産地呼称だのワイン委員会だの、そんなものに意味はありません。ワインの品質と味がよければ消費者は金を出す。原産地呼称がそんなに重要でしょうか」

イグナシオは右手の人さし指を突き出し、何かを強く示すように言った。「スペインのワイン産業の改革は、ワイン委員会の代表者と握手し、輪になって席に着き、ワインを飲みながら夜中まで語り合うといったスペイン式のリズムで進める気はありません。すでに才能ある若い醸造家の協力を取りつけています。実のところ、御社との契約を結ぶか否かにかかわらず、計画を進めるつもりです」

「素晴らしい。それだけの決意をお持ちなのは立派なことです」ソフィはイグナシオの話に感銘を受け、心を躍らせた。

「ほかの前提は？」イグナシオは言った。

「計画の実現には比較的長い時間と、湯水のごとく多額の資金が必要になります。その負担はとても……膨大です。あなたの想像をはるかに超えるかもしれません。それは……」ソフィはあえて最後まで言わず、相手に結論を委ねた。ソフィがその答えによってこの案件のリスクを測り、今後の収入や支出の方式を確定しようとしていることが、イグナシオには分かっていた。

「ハハハハ。雑誌に『貧乏伯爵』と書かれたことを気にしているんですね？」イグナシオの顔は左右とも気持ちよく笑っていた。「ハハハハ、心配しないでください。貧乏な伯爵とはいっても、たいていの人よりは困ってませんよ。お金のことならちゃんと考えています。このプロジェクトには予算の上限を設けていません。必要な時にはスイスから……そうですね……国防予算程度の資金は用意できます。ですから、可能な限り枠組み合意のプロセスに従って、必要な予算と時間をお知らせください。同時に、御社の最良の提案とアドバイスも」

「ＯＫ、分かりました。最後に強調しておきたいのですが、私たちは醸造コンサルタント会社であって、食品コンサルタント会社ではありません。私は空飛ぶ醸造家と呼ばれますが、空飛ぶ魔術師ではありません」ソフィはイグナシオの眉間の傷の奥を見つめながら、慎重に言葉を選んだ。「あなたの望む改革は、少しずつゆっくり進める必要があります。三年や五年で成果が出るものではありません。本気でスペインのワイン産業を変えたいとお思いなら、一生分の時間を費やす覚悟をなさってください」

「ええ、それは重々承知の上です」

「よかった。時間と資金のほかに、強い意志と情熱が求められます」なお一抹の不安を感じて、ソフィはつけ加えた。

「大丈夫です、ご心配なく。提携の成功を心より願っています。ほかには？」

ソフィはジェスチャーで完了を告げた。面談はそろそろ終わりだ。

「うちのワインを用意しています。試してみませんか？」

「いいですね。私、お酒を飲まない男性って信じられないんです」ソフィは言った。「ワイナリーの方の場合は特に」

「いいですね。私は酒を飲まない男がいるなんて信じられません」イグナシオはすぐに笑って答えた。「醸造コンサルタントの場合は特に」

「私は女ですし、お酒も飲みますよ」何かに張り合うように、ソフィは言った。

イグナシオは何も言わなかった。もう話を続ける必要はなかった。ソフィの言葉は深い井戸に投げ込まれた小石のように、さざ波も音も立てず消えていった。イグナシオはソフィの髪の先を見ながら、やや自嘲めいた表情を浮かべると、近くのワイン棚から数本のボトルを持ってきて、クラシカルなソムリエナイフで一本一本開けていった。

ソフィは幼少期をニューヨークの隣のニュージャージー州で過ごした。親一人子一人の家庭だったせいか、常に気を張って生きてきた。人生の中で「父親の面影」を追い求めたことはなかったし、孤独な船のような自分を安心して停泊させられる港を探すこともなかった。心の隙間を埋めるため、彼女は常に武装して孤独に抗った。そうして、成功と強さと美しさを追い求め、手に入れてきた──たとえそれが自分の好みや理解の範疇を超えたものであったとしても。

学生時代からずっと、ソフィの頭の中に響く声があった。それは神の啓示のように、彼女を前へ前へと走らせた。貪欲さと執念に裏打ちされた飽くなき野心は高炉の炎のように決して消えることはなかった。そうすることでしか、頭の中の声を満足させ、自分自身を安心させることができなかったのだ。

ソフィは自分が美しいことを知っていて、誇りに思っていたし、そのふるまいには自信がにじみ出ていた。ビジネス、グルメ、ゴシップ、ファッションなどの、ワインとは無関係な雑誌やメディアがこぞってソフィを取材した。男性誌《FHM》が「セクシーな醸造家」のグラビア特集を組んだのも一度ではない。ただ、ソフィ自身は決して容姿を武器にすることを望んではいなかった。やがてレンズの前では美貌を前面に出すのをやめた。花瓶のように飾られるのはごめんだった。すでに花瓶になりかけていたとしても。

ソフィには情熱的で率直な一面も、浅薄で非情な一面もあった。そして、常に他人の注目を集めた。誰もが彼女の華やかな美貌と勝者の生活をうらやんだ。だが、勝者のイメージ作りのために、彼女がどれほど努力し犠牲を払ってきたか、人々は知らなかった。彼女が抱える矛盾や執着を理解する者もなかった。ソフィは時々、自分のことを、高い壁に囲まれた壮麗な城のようだと感じた。堅牢な城壁は美しく整備されている。高くそびえる姿は壮大で、最上部には凹凸状の胸壁が設けられている。城外の民や軍隊が城の周りを取り囲んでいるが、誰も城の中に入ることはできない。

そう、ソフィは確かに自分を高い壁に囲まれた壮麗な城だと感じていた。身近な友人や、自分に好意を抱いてくれる者（異性または同性）、ライバルなど、あらゆる人々は、彼女を打倒し征服し占領する「征服者」ではなく、彼女の熱意と魅力に強く引きつけられた「服従者」だった。

ただ、「征服者」だろうと「服従者」だろうと、高くそびえる城壁を乗り越えて城の中に入ろうとする者はいなかった。城の外の者たちは、自分がソフィの華やかで美しい壁にすっかり惑わされていることに気づいていなかった。そして、壁の中に宮殿はなく、何もない地面の上に簡素な小屋が建っているだけだということにも。ソフィが――この城の主が、一生の心血を注いで築き上げたものは、高々とそびえる美しい城壁だけだったのだ。

「この音楽は何です？　素敵ですね」面談を終えて初めて、ソフィは地下のワインカーヴに音楽が流れていたことに気がついた。「クラシックピアノですか？」

「ＢＷＶ８４６、バッハのピアノです。神の音楽ですよ」そう言いながら、イグナシオはソムリエナイフから最後のコルクを抜き取った。

「あの……」言いかけて、ソフィは言葉を止めた。イグナシオを止めようとしたようだったが、結局何も言わなかった。ソフィは腰をかがめて自分のアルミケースからグラスを六つ取り出して、テーブルに並べた。「私のグラスで飲みましょう」

イグナシオは二つのグラスにワインを注ぐと、一つをソフィに手渡した。自分もグラスを持ってスワリングすると、一瞬困惑したような目をした。グラスを掲げて乾杯すると、ひと口飲んだ。何か言いかけた時、ソフィが手を上げて制止した。

「このグラスでワインを飲む時は、焦って評価を下さないで。一分ごとにひと口ずつ飲んでみてください」

イグナシオはウェアラブル端末の時計を確認し、ソフィの指示通りに飲み続けた。一分ごとに、その表情はますます困惑の色を濃くした。不思議でたまらないといった顔だ。

「このグラスは？」イグナシオは感嘆の声をあげた。「タイムマシンが仕掛けてあるんですか？　なぜ一分ごとに味が変わるんだ。これはとんでもないワインなのでは」

ソフィは黙って微笑むと、称賛するような目で言った。「タイムマシンという例えは秀逸ですね。これはただのクリスタルグラスじゃない、バカラのグラスです」

「バカラ、バカラ」イグナシオは小声でつぶやいた。まるで何かの呪文のように。「グラスの形は味に影響するものですが、まさかここまで違いが出るとは」

「このグラスの二酸化鉛の含有量は三十二・二パーセント、一般のクリスタルグラスを大きく上回り、非常に重いです。ウイスキー蒸留器のような形をしていて、底部ではワインを広く空気に触れさせることができます。上部は煙突のようなデザインで、香りをさらに集中させます。これに似た形のグラスはほかのブランドでも数多く見られます」

「つまり、これは小型のデキャンタのようなもの、ですね？」

ソフィはうなずき、また称賛するような目をした。

「だからこのタイムマシンのようなグラスを使う時は、できるだけ早く飲んだほうがいい。そうしないとワインが老化……いえ、酸化しすぎますから。食堂なんかで使うための設計でしょうね」

「ええ、私もそれがこのデザインの本来の意図だと思います」ソフィの答えに熱がこもる。「これをお持ちしたのは、ワインの特性をくっきりと浮かび上がらせるグラスだからです。おいしいワインはよりおいしく、まずいワインはよりまずく。このグラスを使えば、ワインは真の姿をさらけ出します」

二人は話しながらワインを飲んだ。複数のワイナリーの代表的な八銘柄を飲んだあと、口の中はさまざまな味とタンニンで満たされた。イグナシオはソフィにワイナリーの視察を提案した。醸造責任者に案内と解説をさせると言ったが、ソフィはまず自分の目で見て、直観的に感じたいと言った。そこでイグナシオが自らワイナリーを案内した。

イグナシオとソフィはワイナリーを出ると、ブドウ畑の横を歩きながら話した。七月のブドウはすでに実を結び、恥ずかしそうに葉の裏に隠れていた。夏のヨーロッパは夜が来るのが遅い。午後七時でもまだ日は高く、まるで昼間のようだ。イグナシオは左手をポケットに入れ、ソフィと肩を並べてブドウ畑を歩いた。ソフィの靴のヒールはさほど高くなかったし、地面は乾いていたが、土は軟らかく、歩きやすいとは言えなかった。

「うちのワインはどうでしたか？」イグナシオが聞いた。

「あの……まだ改善の余地があるとしか言えません。あなたの理想と現実との間にはまだ大きな隔たりがある。浮かんだサッカーボールにつかまって大西洋を横断するくらい困難です。それから、今日いただいたうちの二番目、三番目、六番目、七番目のワインはとてもありきたりで、特徴がありませんでした」

「サッカーボールにつかまって大西洋を横断……」イグナシオはすばやく端末に記録すると、満足そうに言った。「なるほど。遠慮のない、率直な物言いは好きです」

「スペインのワイン産業を改革したいとお考えになる理由は何ですか？　どう考えても、労力に見合うだけの成果が得られるとは思えません。ご自身の家の事業を成功させたいだけかと思っていたのに」

「納得がいかないからですよ。どちらもね」イグナシオは言った。「スペインのワインを安さではなく、品質と個性で売りたいんです。そしてうちのワイナリーでも世界最高クラスのワインを作りたい」

「それは一種の使命感ですか？」ソフィは言った。「それとも野心？」

「うーん……そんなにいろいろと深く考えてはいません。ただずっと、私にそうしろと言うかすかな声が聞こえているような気がするんです」

「あなたにも……」ソフィは心の中を撃ち抜かれたような、空虚な痛みを感じた。「あ……なんだかアルバロ・パラシオス氏[*7]が思い起こされます」

「ああ、あの《ワインの革命家》[*8]ですか」

「ええ。ご存じですか」

「子供の頃、何度かお会いしました。彼はスペインワイン界の英雄です。私の母はプリオラートの生まれでね。私は子供の頃、グラタヨップスに住んでいたことがあるんです」

「昔は荒涼としていたって本当なんですか？　村には電話さえ通じていなかったと聞いたことがあります」

「母が育った時代はそうだったんでしょうが、私もよく知りません。私が暮らしていた頃は違いましたよ。携帯電話もインターネットもパソコンも、何でもありました。毎年、夏になるとイギリスとドイツから大勢の観光客が来るんです」

「アルバロ・パラシオス氏はどんな方ですか？」

「熱意があってエネルギッシュな方ですよ。子供にもとても優しくて、みんな彼が大好きです」

「私が氏を尊敬しているのは、リオハでの家業を捨てて、単身プリオラートへやって来て、ただ最高のワインを作るためだけに、コストを度外視した栽培と醸造方式を進めたことです。その使命感と成功への野心に感銘を受けました」

「コストを度外視といっても、その背景にはスポンサーの存在があります。まあ、これはまた別の話ですが」イグナシオは思わせぶりに言った。「先ほど電話の話が出ましたが……どんな村だってある時期より前にはたった一台の電話機しかない時代があったはずでしょう？　あんなのはメディアによる話題作りですよ。メディアもワイン業界も伝説や英雄を必要としているんです」

「と、おっしゃいますと？」真意を測りかね、ソフィは聞いた。

「私は、アルバロ・パラシオス氏が偉大なのは革命家だからではなく、いわゆる『再発見の道筋』を見つけ出したからだと考えています」

「いわゆる『再発見』とは？　どういう意味です」

「大航海時代のスペイン人と南米大陸と同じです。スペインが南米やインカ文明を作り出したわけではない。南米大陸もインカ文明も、もとから存在していました。ただ、西洋ではスペインが最初に『再発見』したというだけの話です。しかも、見方を変えればスペイン人はインカ文明の破壊者でもある。いずれにせよ、よくも悪くも、この再発見によって、スペインはその後のチリやアルゼンチンといった国家の形成に深く影響を与えることになる」イグナシオは、演説するように悠然と、時に手振りを交えて語った。「この南米の例と同様、アルバロ氏も再発見をしたのです。彼はもともと存在していたブドウの古樹、土地、品種を買収し、これを当時の最新の技術とコンセプトによって大きく発展させた。プリオラートとビエルソを世界的な名産地に育て上げ、二つの産地に、深く長きにわたる影響を与えたのです」

「多くの評論家たちが純粋に彼を称賛し、伝説的な人物として語るのに比べて、あなたの観点は非常に具体的です」ソフィは心から感心したようにイグナシオを見た。「独特の見解をお持ちなのね」

ふいに、ソフィがよろめいた。イグナシオが手を伸ばしてソフィの腰を支えた。力強い腕に抱き寄せられ、ソフィは体が熱くなるのを感じた。久しぶりに胸が高鳴る。姿勢を正してスカートを直すと、イグナシオに謝罪し、しどろもどろになりながらニューヨークで買った形状記憶合金のヒールについて苦情を述べた。

「……とにかく、あなたの目標はコストを度外視すれば達成できるというものではありません。多額の資金は基本として、さらに、メディア、専門家の評価、政治や世論といった要素にも配慮が必要です」イグナシオのブドウ畑を見ていると、ソフィは急に彼のことが心配になってきた。

「無法を以《もっ》て有法と為《な》し、無限を以て有限と為す[*9]、ですよ」イグナシオは前方に目をやり、独り言のように言った。

「どういう意味ですか？『孫子の兵法』でしょうか」

イグナシオは首を振り、何か考えているように黙ったまま、ソフィを促し、ワイナリーのほうへと向きを変えて歩きだした。歩きながら、イグナシオはソフィに、ボーモン伯爵家の八百年の苦難とワイナリーの五百年の歴史を上機嫌で語って聞かせた。さらに、ソフィには聞き取れない方言も交えながら、ボーモン一族、ナバラ王国、カスティーリャ王国、ムーア人、フランス王アンリ四世、ブルボン朝と現代スペインの関係について語った。

イグナシオの丁寧な解説を聞き、ソフィにもその情熱が伝染したようだった。眼前の伯爵の顔を見つめながら、自分に課せられた任務は非常に重大であり、彼が克服すべき難題はあまりに多いことを実感した。だが、彼のこの自信と余裕はどこから来るのかはまったく分からなかった。そして、めったにないことだが、彼女自身、彼に惹かれていることに気づいていた。

太陽はまだ完全には沈んでいなかったが、空には待ちきれない様子の星たちが点々と光っていた。光も夜も、この奇跡のような時間の到来を待ち構えていたようだ。空気がひんやりしてきて、風が静かに吹き抜ける。昼と夜の循環を美しく歌い上げたフランスの詩のような情景だった。

「真の光は夜から生まれ、真の夜は光から生まれる」*10

イグナシオはソフィの心情の変化には気づきもせず、ワイナリーで起きた面白いエピソードを話し続けていた。表情豊かに、生き生きと、楽しそうに、とめどなく――ただし、それはソフィの目の前でパントマイムを演じているようなもので、彼女の耳には何も聞こえていなかった。

ソフィは、イグナシオという謎めいた男性を見つめながら、彼は「征服者」か、それとも「服従者」か、と考えていた。自分が編み出したこの二分法に従い、印象的な人物に出会った時はいつもこの問題について考えるのだ。

二人はブドウ畑を出てワイナリーの入り口に着いた。斜めに差し込む夕日を浴びて、イグナシオの右半身と左半身は、昼と夜の変わり目のように、それぞれ違った表情を見せた。光を浴びている左側は、誠実かつ親しげにソフィに語りかけていた。眉も目も微笑んでいて、温和な「服従者」に見える。一方、夜に向かっている右側は、何かを企んでいるかのように、燃えるような目で、ソフィの視線の奥にある心をじっと見据えている。頰の筋肉がわずかに引きつり、冷酷な「征服者」に見える。

「この人は本当に謎めいている。左右の目でそれぞれ違うものを見ているみたい。目の前にいるのに、霧の中にいるようにとらえどころがない」ソフィは思った。

イグナシオという謎めいた人物は「征服者」なのか、はたまた「服従者」なのか。この時だけでなく、これから数年後にも、そして人生最後の日の朝になっても、ソフィの疑問の答えは出なかった。

だからソフィは、いずれにせよ、結局、最後には、今まで周囲の人に取ってきたのと同じ態度を取るしかなかった。城門を閉ざし、壮麗な壁の外側に彼をとどめたのだ。

原註

＊1 《オラ！》：スターや有名人の話題を扱うスペインの雑誌。見出しの原文は「Heroe y Conde de Pobreza」。

＊2　ナバラ王国：スペインに併合され消滅した王国。スペインとフランスの国境、太平洋寄りに位置し、現在はスペイン北部の自治州の一つとなっている。

＊3　《ワイン・スペクテーター》誌は一九八八年より、年間トップ百銘柄のワイン「WS100」を選出している。選ばれたワインには一定のお墨付きが与えられたことになる。

＊4　イグナシオの認識は間違っている。テンプラニーリョの栽培範囲の西端はDOビエルソ一帯であり、サンティアゴ・デ・コンポステーラ一帯では栽培されていない。

＊5　歴史的な理由から、リオハ地区の中でも比較的資産を持つ歴史的な名ワイナリーはリオハ・アルベサに多い。

＊6　実際は、ドイツでの栽培品種も、ほぼリースリングのみである。

＊7　アルバロ・パラシオス：プリオラートとビエルソという二つの産地を復興させたことで、国際的に注目を集めた醸造家。彼の作るワインは多くの国のメディアや評論家から高く評価されている。国際的なワイン雑誌《デキャンター》で、近代で最も影響力のある醸造家として「マン・オブ・ザ・イヤー」に選ばれた。

＊8　スペイン人の多くがアルバロ・パラシオスのことをこう呼ぶ。

＊9　ブルース・リーの名言。原文は「Using no way as a way, having no limitation as limitation.」。

＊10　アカデミー・フランセーズ会員のフランソワ・チェンの《トスカーナの歌》の一節。原文は「Vraie lumière celle qui jaillit de la nuit et vraie nuit celle d'où jaillit la lumière」。

第17章　中将

二〇五四年五月二十三日
フロリダ州　ケープ・カナベラル

この緑色の屋根をした鐘塔が奏でる音は特別だ。何かの使命を背負っているように、正時でなくてもゴーンゴーンと悲しげな音を響かせる。暴風の中、鐘塔の前の大通りを渡りながら、しばしその姿を見上げ、あの鐘は何を伝えたいのだろうと考えた。

しばらく眺めていたが、思いつかないので、仕方なく車に戻ってまた走りだした。


民間の発射場に着いた時、先生たちはすでに《AXON－2軌道宇宙船》に乗り込んで私を待っていた。ここはロシアの不動産王アンドレイ・パヴリュチエンコの出資で建設された発射場で、主に彼の顧客を軌道上の宇宙ホテルへ送迎する際に使われている。

宇宙ホテルに泊まる主な客は、宇宙飛行士ではなく、億万長者と若い女の子だ。ある報道によると、『宇宙の愛欲《スペース・カーマスートラ》』という映画がネット上で一大センセーションを巻き起こして以来、二泊三日の宇宙ホテルが注目を集め、世界中の富裕層のお忍び旅行先として大人気となっているそうだ。

ＡＸＯＮ－２の内部は非常に前衛的だ。素材はすべてカーボンファイバー製で、配色もファッショナブルで品がある。高級なプライベートジェットというより、超高級なレーシングカーのような内装だ。ロシアの不動産王の言葉を借りると、ＡＸＯＮシリーズは高級な宇宙バスでありトラックだという。飛行のたびに軌道上のいくつかのステーションに止まり、出発地点へ戻ってくる。《サンフラワー》《宇宙ホテル》《ＥＵ宇宙ステーション》《日本マンダラ》《ＮＡＳＡ開拓体験館》《中国鵸《き》鵌《よ》》*1などのステーションで、乗客の乗り降りや貨物の積み降ろしがおこなわれる。乗客はチケットを買い、貨物の運搬には運賃が支払われる。不動産王は各国の宇宙ステーションにサービスを提供することで運航コストを下げ、自身の宇宙ホテル経営を成り立たせている。

先生は宇宙服を着た長身の男とワインを飲んでいた。高級そうな酒精強化ワインに、つまみは淡黄色のチーズ。外見は似ても似つかないが、あの長身の男はウェンズデイだと私には分かった。ウェンズデイは紫色のワインに浸した指で白いテーブルに何かの図形を描いている。先生は傍らで所在なげにそれを見ていた。

私は先生に挨拶をして、礼儀正しく握手をした。ウェンズデイも「創作」の手を止めて、一瞬ためらったあと、ワインに浸していない左手を差し出して私と握手をした。

「どうも。イギリス帝国海軍中将、ホレーショ・ネルソンです」丁寧な口調でウェンズデイが言った。

「何をお飲みになっているんですか？　中将」ウェンズデイのおふざけには慣れっこだ。

「飲んでみますか」先生がグラスを差し出した。

それは七年物のＬＢＶ[*2]だった。濃い紫色で、フレッシュでフルーティな香りがある。

「俺が持ってきたワインだよ。デキャンティングなしですぐに飲める」ウェンズデイは引き続きワインでテーブルに図を描きながら、顔も上げずに言った。

「ええと、その図は……何か特別な意味があるのか？」

「待ってくれ、もう出来上がる。あと数秒……」ウェンズデイは左手で、邪魔するな、という仕草をしたあと、続けて言った。「ＯＫ、できた。ご存じないかな？　かつてのネルソン中将もトラファルガーの海戦に向かう際、船の上で今の私たちと同じことをしたんだよ」

「ＬＢＶを飲んだ？」私は当てずっぽうに言った。

「半分は正解だね。正確に言うと、ポートワインを飲みながら指につけたワインで船内のテーブルに作戦計画図を描いた」ウェンズデイは得意気な顔で指に残ったワインをなめると、ひとかけのチーズをつまみ、わざとコックニー[*3]のアクセントと言葉遣いで言った。「その後の結果はご存じの通り。歴史的な大勝利だ。フランス・スペイン連合艦隊は無残に敗れ去り、わがイギリスは世界の覇者の座に着いた」

「ネルソン中将が話したのはコックニーではなく、どちらかと言うとＲＰ[*4]のほうが近いのでは？」私はウェンズデイのアクセントと言葉遣いに抗議した。

「こういう場面ではコックニーのほうが親しみと力強さを感じる。古代の英語のアクセントは重みがあり力強いものだ」ウェンズデイは標準的な発音で言った。

「分かった、もういい」私は抗議をあきらめ、ウェンズデイがテーブルに描いた〝ケンカをする二体のアメーバ〟か〝愛を語り合う二つのパン〟*5のような図案を指して言った。「中将、本日の作戦計画についてご説明願えますか？」

「もちろんだ。いいかね、《サンフラワー》軌道ラボの構造と設備図について、徹底的に研究した」ウェンズデイは急に声をひそめ、口元を手で覆って言った。「我々の計画はこうだ。実にシンプルだよ。共同研究ステーションからこのウイルス原始株のデータ化資料を取得後、ティム・ベイカー財団の会員ネットワークを使ってデータを送信する」ウェンズデイの手がテーブルの図案の上を行ったり来たりする。もともと分かりにくかった図がさらに崩れて混沌とし、彼の説明と図案の関係性はまったく不明になった。

「僕たちは《サンフラワー》に行くんだよな。宇宙で問題なく資料を送れるのか？」彼に合わせて私も声を低くし、手で口元を隠した。

「問題ない。先生が去年《サンフラワー》から中継した『新時代の宇宙テイスティング』実況を忘れたか？」ウェンズデイは言った。「あの時は先生のウェアラブル端末で地上の会員と双方向にやりとりした」

「ああ、覚えてる。あの日《サンフラワー》で飲んでたのは、無重力熟成したシャトー・ベイシュヴェルだったよな。半分飲んだところでワインが樽から空中に浮かび出て、吸引器で掃除するはめになった」

「意外と楽しかったでしょう？　君がぷかぷか浮かぶワインを追いかけて吸い込む姿はかなり滑稽でしたが」先生が申し訳なさそうに口を挟む。

「で、そのワインの味はどうでした？」どうしても気になって、私は思わず聞いた。

「無重力での浮遊の影響か、ワインと樽との接触が均等になり、かつ共同研究ステーションの温度と湿度が一定に保たれた環境設定によって、非常に効率的に熟成が進んでいました。だから、若いのに熟成している感覚がありましたよ。味にもボディにも若々しさがあるが、年代物のような深みやグラデーションも感じた」先生はそう言いながら、胸ポケットのイニシャル入りのチーフを整えた。「今日、またあれを味わえるのが楽しみです」

私は軽く肩をすくめた。先生の胸ポケットのチーフに感じた窮屈さを消し去りたかった。何か言おうと口を開いた時、ウェンズデイが先に言った。「ご存じの通り、先生のウェアラブル端末は、少なくとも年内は民間の衛星地球局とつながっている。だから我々が今日なすべきことは、実況中継の間に、密かにウイルス原始株のデータを紛れ込ませて地上へ送ることだ。辰星會に気づかれる前に、全員にウイルスのデータを届けることができる」

ウェンズデイは秘密めかして言った。「必ず、宇宙にいる間に完了させなければならない。地上へ戻ってしまったら、すべてのデータも原始株も我々も、どうなるか分からないからな」

「全員とは？　どういう意味です？」先生も声をひそめた。

「正確に言うと全員じゃない。ティム・ベイカー財団の賛助会員は世界に七億人、先生の端末の伝送効率とウイルスのデータの大きさを考慮すると、三分以内に五千万人から八千万人に誰にも気づかれることなくデータを送れる計算になる」ウェンズデイが言った。

「でも……それで問題は解決するのか？　結果的に、ウイルス原始株のデータをあちこちにばらまくことになるだけでは？」私は懐疑的だった。

「どのみち全世界のブドウ樹がすでに感染しているじゃないか。しかもこのウイルスは天然痘なんかの致命的な感染症とは違うから、厳格に管理する必要もない。いわば昔のLinux、つまりオープンソースのOSみたいなものだ」ウェンズデイはやや興奮気味だったが、声を低く抑えようとして、わずかに声を震わせた。「よく考えてみるんだな。ウイルスのデータがみんなに渡れば、その中の誰かが核酸を使ってウイルス原始株を作ることができる。原始株があれば、有効なワクチンや薬剤が完成する日も遠くない」興奮したウェンズデイの額には汗が浮かんでいた。「それに、俺はネルソン中将だということも忘れるな」

「だからって成功が保証されるわけじゃないですよ」先生が言った。「違いますか、中将」

「全世界に原始株をばらまくことは、あんたたちモンテスキューの、少数の身勝手な頭脳に頼るよりもずっと有効だ。ウイルスの原始株さえ手に入れれば、ワクチンを開発できる研究所は世界中に一定数あると信じている」ウェンズデイが言った。

「分かったよ、中将。それに関してはその通りだと思う。私も、オーナーだの長老だの、どこかの組織だのINAOだの、特定の機関に渡すべきではないと思う」私は言った。「でも、すでに解析されて伝送可能なウイルス原始株のデータが入手可能だと、なぜ断言できる？　マイナス八十℃で冷凍保存されたウイルス株ではないという保証は？」

「断言はできない。だからこれを持ってきた」ウェンズデイは斜めがけにしたバッグからグラスのような物を取り出した。

「それは？」真ん中が少しくぼんだ形の、ヘアライン加工されたステンレスのコップだった。スターバックスのタンブラーに似ている。

「これは超高速ウイルスシーケンサー。ウイルスのDNAを瞬時にデータ化できる」

「トランクぐらいの大きさのシーケンサーは見たことがあるけど、こんな小型のは初めて見た」どう見ても保温タンブラーにしか見えない。黒いプラスチックの持ち手とフタがついていて、表面には緑色のアスタリスク、そして〝Love is Now or Never（今こそ愛する時）〟という謎の言葉が書かれている。

「これはサーモフィッシャー社と日立製作所が共同開発した製品だ。感染症の流行地域へ持ち込んでの迅速な解析に役立つ。解析スピードはこれまでの設備の二十倍、体積はわずか十分の一しかない」ウェンズデイは得意気だ。

「抽出から解析、ライブラリ作製、テンプレート調製などが一度にできるだけじゃない。ウイルス原始株の培養液を注ぐだけでいいんだ。原始株の構造はさほど複雑ではなく、比較的単純なものだと推測している。解析の誤差はごくわずかのはずだ。GV9程度の大きさのウイルスなら、三分ほどで解析が終わるだろう」

「なるほど、確かに。GV9 X2はごく単純な植物の変異ウイルスという印象だった。ジャンクDNAの部分を加えても、解析結果のデータ量は多くても数百KB程度じゃないかな」私が補足する。

「だから、あんたの任務はワイン樽の隣で先生とワインを飲み、笑い話をしながら番組を撮影して、《サンフラワー》の管理員の注意を引くこと。その間に俺がこっそり原始株を探す」ウェンズデイが言った。

ＡＸＯＮ軌道宇宙船の中は、防音がしっかりしているせいか、大きな音が聞こえることはなかった。ただ、私たちが座った座席が激しく揺れ、五点式のシートベルトが苦しくなってきて、頭がくらくらした。昨日の夜に食べた物が消化しきれていないような感覚だ。鏡を見たらきっとひどい顔をしていただろう。

「軌道飛行は初めて？」先生が小声で私に聞いた。

「初めてです」当たり前だ。私のような小市民に、こんな費用はとても出せない。

「ＥＵのオブザーバーをしていた頃、一度だけ宇宙ホテルに泊まったことがある」ウェンズデイが言った。「あれは最高の体験だったよ。いろいろなワインを試飲して……」

「計画どおりに事が進むかどうか、それだけが心配だ」ウェンズデイの話を遮って、私は言った。

「心配ない。こんなにスムーズに宇宙船に乗れたじゃないか。向こうにいるのは無害なロボットと安全装置のほかは二人の管理員だけ。人間の数では俺たちが明らかに優勢だ。管理員に邪魔されそうになったら、縛り上げてこうしてやればいい」ウェンズデイは手で首を切るまねをしながら、口元をゆがめて歯を食いしばってみせた。

二人の管理員はいずれもモンテスキューの研究員だ。ある意味、私たちは仲間なので、一般人よりは信頼されるはずだ。持ち込んだ食べ物には速効性の睡眠薬が仕込んであり、失敗はまずありえない。しかも先生は去年も来ているから、それなりに勝手も分かっている。ネルソン中将を名乗るこの映像ディレクターは、飛行中ずっとやたらとはしゃぎ続け、「フランス艦隊司令官のワイン[*6]」が飲みたいとわめいていたが、少なくとも準備は万全なはずだ。いろいろと考えを巡らせるうちに、少しだけ自信が湧いてきた。

《サンフラワー》軌道ラボに着く頃になってようやく、ウェンズデイのアメーバのような図案が理解できた。《サンフラワー》は三つのモジュールに分かれている。実験モジュール、コントロールモジュールという二つの独立エリアのほか、二つの環状エリアを含む多目的モジュールがある。このうち多目的モジュールにのみ微小重力がある。モジュール自体の回転による遠心力で発生する微小重力だ。そのため、多目的モジュールは重要な物資の保管場所や居住スペースとして使われている。

《サンフラワー》内部はかなり質素な作りだった。パイプや配線や設備などが金属の壁に固定され、見ているとなんだか不安になってくる。テレビで見たよりもずっと古びて見える。こんなものがどうして宇宙の軌道上に浮かび、地球の周りを回っていられるのかと、不思議でたまらなかった。管理員に挨拶したあと、ステーション内を案内してもらい、トイレの場所や飲食時の注意事項などを聞く。そして、地球から持ってきた土産を渡した——口にした者を深い眠りに誘うごちそうと化したそれを。

「ここにいるのは、わがティム・ベイカー財団が招いたワイン愛好家と、世界で最も有名な、敬愛する我らが先生、それから……」軍帽をかぶったウェンズデイが言った。「ネルソン中将に扮した私、本日の進行を務める——エド・Vです」

「皆さん、こんにちは」ウェンズデイが急に大声を出した。私たち三人はカメラに向かって手を振る。P723のロボットアームがカメラをしっかりと握っている。プロの貫禄だ。

「先生、お会いできて光栄です。《サンフラワー》軌道ラボからの番組出演はこれで二度目ですね」ウェンズデイが言った。

「そうです。前回は去年でした」と先生。

「再訪のご感想は？」

「そうですね、ここはすべてがとても……先進的で、本物のハイテク研究室のようです。この場所から、正常に回る地球を見下ろせるのはうれしいですね」

「ハハ。その通りですね」ウェンズデイは言った。「本日、一緒に来てくれた『世界一幸運なワイン愛好家』のお話を聞いてみましょう。ただのワイン愛好家ではありませんよ、W＆S70級の知識をお持ちです。一般の方なら合格まで数十年はかかると言われています。こんにちは、現在のお気持ちは？」

「ええと……とてもワクワクしています。こんな特別な場所で、ワイン業界の巨匠とお目にかかれるなんて。そして、先生と一緒に新時代の製法で作られたワインを味わうことができる。なんだか現実とは思えなくて、気持ちがふわふわしています」私は少し髪を乱して、いかにも「ワインバカ」らしいマヌケ面を作った。ショートヘアの彼女がこの放送を見て大笑いする顔が頭に浮かんだ。

「ふわふわと言えば、視聴者の皆さんもご存じのように、ここは宇宙ですから、無重力です。今日、私たちがいただくのは、無重力の環境下で熟成させたワインです。今私たちがいるこの場所には重力がありますが、これは環状のモジュールが回転することで、遠心力によって微重力を発生させています。ここの重力はだいたい地球の十分の一、月よりも小さいんですね」ウェンズデイは両手を翼のようにパタパタと動かした。「ですから、ふわふわと……ほら、確かにふわふわ浮いていますね」

先生はここまでの道中でウェンズデイの話しぶりを理解はしたものの、やはりそう簡単には慣れないらしく、気まずいような顔をしてカメラのほうを向いて立っていた。

「先生、今日のワインについて教えてください」

「そうですね、これから私たちがいただくのは有名なボルドー左岸の格付けシャトー――シャトー・ベイシュヴェルのワインです。このワイナリーは一八五五年の格付けでは四級という評価でしたが、ちょっと珍しいラベルや、特殊な歴史的背景、優れた品質から、多くのワイン愛好家から好まれています。実は私も大好きで、この品質と実力で格付け四級ではあまりに低すぎると思っています」

「先生がこれほど絶賛するワインは貴重ですよ。早く飲んでみたいですね。来年は二〇五五年、この『一八五五年のメドック格付け』からちょうど二百年です。ここらで『二〇五五年のメドック格付け』を選ぶべきかと思いますが、先生はどう思われますか?」ウェンズデイがいきなり話題を転がした。興味深いが、どの方向へ転がるか予測ができない。

「ええと、『一八五五年のメドック格付け』にはゆるぎない権威と歴史的意義があります。無形文化遺産のようなものですね。手を加えればその完全性が崩れてしまう。そして格付けの見直しには長い時間と、各方面での意思疎通と協調が必要になります。シャトー・ムートン・ロートシルトが第一級に格上げされるまでに二十年近くかかりました」さすがは先生だ。危なげなく、自信たっぷりに答えてみせた。「右岸の格付けの見直しで起きた騒動（十年ごとに見直される右岸のサン・テミリオン地区の格付けでは、二〇〇六年に降格となったシャトーの不服申し立てにより格付けが取り消されたり、一九九六年の格付けが二〇一一年まで延長されたりと騒動がしばしば起きる）を知っていたら、簡単に変えられるとはとても思えないはずです」

「では、先生ご自身が考える『ティム・ベイカー版・二〇五五年のメドック格付け』を広めてはどうです？　世界の消費者に大きな影響をおよぼすでしょうね。そう思いませんか？」ウェンズデイはしつこく食い下がって先生の答えを引き出そうとした。

「私は毎年、六十一の格付けシャトーの評価をおこなっています。視聴者の皆さんは私の採点を見れば各シャトーに対する私の評価が分かるはずです。でも、私はやはりワインの品質そのものが何より重要だと考えています。新たな格付け制度なんか作るより、ずっと重要です。違いますか？」先生はウェンズデイを軽くつついた。「さて、今日の本題に戻りましょうか」

「おお、先生がそう言ってくれたおかげで、ようやく、ずっと聞きたかった質問ができます」ウェンズデイが言った。「前回お飲みになったシャトー・ベイシュヴェルの味についてお聞かせください。今日のワインも期待できそうですか？」

「そうですね、無重力下での浮遊によって、ワインと樽とが均等に、自然に、頻繁に接触することになります。さらに、共同研究ステーションの温度と湿度が一定に保たれた環境設定によって、ワインの熟成が早く進んで……」緊張しているせいなのか、先生はたびたび無意識に「そうですね」と言ってから話し始めた。「ですから……そうですね、味やボディには若々しさがありますが、年代物のような深みやグラデーションも感じられました。今日、また味わえるのが楽しみです」

「分かりました。ではそろそろ味わってみましょう」ウェンズデイが手招きすると、Ｐ７２３が片手にトレイを、片手にカメラを持って、床に固定した軌道上を滑るようにやって来た。Ｐ

723はトレイを自分の「頭」の上に乗せて、「皆さん、こんにちは」的な挨拶をし、ロボットアームを差し出して私たちと握手をした。

P723の頭上のトレイにはいくつかのアルミのパックが置かれている。ウェンズデイはそのうちの一個を取り上げ、カメラの前に示した。「これが無重力下での瓶詰めです。ここはワイナリーではないので『シャトー元詰め』[*7]の表示はできません。『所有者元詰め』[*8]もダメですね。この《宇宙アルミパック》は無重力下で飲酒するために発明されました。普通の金属のキャップもついていますが、宇宙では別に付属する特殊な吸引口から飲みます」

認めたくはないが、これも変わった形のワインボトルなのだ。ボトルというよりは、古代の人々がワインを入れた羊の革袋のようではあるが。宇宙食に似たアルミパックの容量は百五十ミリリットル、ワイナリーの表ラベルと裏ラベルが貼られている。飲み口は二つ、一つは普通の金属のスクリューキャップで、もう一つはロードバイク用のドリンクボトルの飲み口のように、プラスチックのキャップ部分がそのまま飲み口になっている。

「宇宙でワインを飲む時の最大の難点は、スワリングができないことです。香りを嗅げないので、ワインを直接吸い込み、口の中でワインと空気を混ぜ合わせて飲み込みます。ではここで、こちらの世界一幸運なワイン愛好家に、宇宙でワインを飲む際のお手本を見せてもらいましょう」言いながら、ウェンズデイはアルミパックのキャップを開けて私によこした。

「あの……分かりました、やってみましょう」気恥ずかしいが、ウェンズデイの芝居に乗って演じるしかない。

「大丈夫、一緒に飲みましょう」先生は少し面白がっている様子で、トレイ上のパックを一つ取った。

「先生が直々にお手本を示してくれるんですか、これはありがたい。ご存じの通り、先生こそがワイン界のスタンダードですから。この『宇宙テイスティングの基本動作』は将来必ず宇宙飛行士のトレーニング項目の一つになるでしょうね」ウェンズデイは振り返ってＰ７２３に言った。「アップで頼むよ、これは歴史的な場面なんだから」

私と先生は宇宙食を食べるように、アルミパックを手で絞りながら吸い込んだ。ワインを口に含んだら鼻で息を吐き、今度は口で息を吸って、ワインと空気を混合させる。最後に少しずつ喉へ流し込んでいく。

「先生、ワインのお味は？」待ちきれず、ウェンズデイが聞いた。

「私が先に話してしまうと、誰も彼の話を聞きませんよ。だから君、まず君から話してください」先生は少しおどけて私を指さした。

「なるほど、確かにそうだ。では《世界一幸運なワイン愛好家》さん、感想をお願いします」

私はもう一度「宇宙アルミパック」からワインを口に含むと、先ほどの基本動作を繰り返した。生中継だと分かってはいるが、今は時間稼ぎが必要なのだ。全世界七億人のティム・ベイカー財団会員たちにはもう少しだけ待ってもらわなくてはならない。

「宇宙ではどんなふうに時間が流れるか知っていますか？」と私。

「相対性理論ですか？」ウェンズデイは困惑した顔をした。「難しすぎて誰にも分かりませんよ」

「まるで時間旅行のように、時間が流れ去る感覚を強烈に感じました」

先生は眉をひそめて私を見つめた。『ハンドブック』が求める標準的な評論方式から外れたこういう描写は気に食わないのだろう。

「このワインは力強いボディの中に繊細な粉状のタンニンの質感があります。酸味とタンニンのバランスが絶妙な、標準的なボルドーの構造なんですが、二〇五四年のワインと二〇四四年のワインを一緒に飲んだような感じがしました。両者の長所を兼ね備え、味のグラデーションは何倍も豊かです。歳月によって培われた知恵と若い活力が共存し、ワインの中で時間が流れていくようです」私は言った。

「次は異なる生産年のワインを一緒について飲んでみましょうか」ウェンズデイが続ける。

「いや、そのアイデアは……あまり……よくないのでは」私は頭を下げてこっそり先生のほうを見た。先生はきっと苦々しい顔をしているに違いない。

「ありがとう。すばらしい。ここからは先生と、この世界一幸運なワイン愛好家さんの時間となります。先生にはシャトー・ベイシュヴェルの歴史と、その特別な魅力について教えていただき、さらに、ワインの味を語っていただきましょう」ここまで、ウェンズデイは空中に浮かぶカメラの一台を自分のほうへ向けて話していた。「ところで、皆さんご存じでしょうか、『ベイシュヴェル』のスペルにはEがいくつ使われているでしょう？ 答えは、B・E・Y・C・H・E・V・E・L・L・E、全部で四個です」それからウェンズデイは手に持ったカメラをP723に持たせた。私たちに目くばせして、ワインのパックをいくつかポケットに入れると、先生と私をその場に残して姿を消した。

「ええと……先生、よろしくお願いします」私はカメラを見ながらおろおろしていた。とにかく何かしゃべって、番組が終わる時間まで場をつなぐしかない。その頃にはウイルスを手に入れたウェンズデイが戻ってくるはずだ。「……こんな偉大なワインをいただけるなんて。先生、このワイナリーの歴史を紹介してくださいませんか？」

「そうですね」先生はワインを口に含み、「宇宙テイスティングの基本動作」をした。神聖ささえ感じさせるゆったりとした仕草で、いとも簡単に全世界の視聴者の視線を集めてみせた。

「よく知られているように、シャトー・ベイシュヴェルはボルドー左岸、サン・ジュリアン地区のジロンド川に面した場所にあります。一八五五年のメドック格付けでは四級の評価を得ました」先生はそこで言葉を切った。アルミパックを手に取り、ついグラスのように揺らしてしまう。

「ではとても重要なワイナリーなのですね」先生に話を続けてもらうため、私は適当な相づちを打った。

「シャトー・ベイシュヴェルは現在まで五百年近い歴史があります。十五世紀、グライー家が所有していた時代はシャトー・メドックという名称でした。一五八七年、一族の令嬢マルグリットが、当時ボルドー地区の提督を務めたエペルノン公爵に嫁いだ際、公爵家がシャトーを引き継ぐことになりました。エペルノン公爵はみるみる出世してフランス海軍総司令の総司令官となり、人々の崇拝と尊敬を集めます。総司令官と夫人は建物を改修して豪華な邸宅と庭園を造り、ここに居住しました。このシャトーはボルドーのワイナリーの中でも最も大きく、のちに《ボルドーのヴェルサイユ》と称されるようになりました」

「へえ、すごい歴史があるんですね」私がいいかげんに返事をする。さすがは世界で活躍する先生だ、専門分野の話になると非常に冷静かつ簡潔に話をまとめ、流れるように語りだす。年代、人名、由来、発音すべてが正確で、あいまいなところが一つもない。生き生きと、事細かに説明することで、語る時間を引き延ばしつつも、聴衆を少しも退屈させないのだ。

「そうですね、シャトー・ベイシュヴェルの名前の由来には面白い話があります。シャトーはジロンド川に近く、往来する船に乗る人はみんな、ここが敬慕する海軍総司令官の居住地であることを知っています。総司令官へ敬意を表するため、船が通るたび、船乗りたちはシャトーに向かって敬礼しました。ただ、川幅が広く、当時は望遠鏡もないので、船乗りたちの敬礼はシャトーからは見えなかった。そこで、船の帆を半分下げることで、敬礼の代わりとしました。やがてそれがこの地の習慣となりました。この時、『ベッセ・ヴォワール』、つまり『帆を下げよ』とかけ声をかけるのです。のちに総司令官が、帆を半分下ろした船の絵をラベルのデザインにして、発音の似た『ベイシュヴェル』をワイナリーの名としたそうです」

「次にボルドーへ行く時には、ぜひ見学に行きたいです」私はまたバカなふりをしてくだらない相づちを打った。「海軍総司令官の立派なお人柄に触れるために」

「シャトー・ベイシュヴェルはその後の数百年で何度も所有者が変わりました。名家の手を行き来する間も、常にボルドーにおける重要なワイナリーの地位を保ち続けたのです。残念なことに、一八五五年の格付けの頃は品質が安定せず、四級の評価に甘んじました。ただ、これは私の一貫した考えですが、一八五五年のメドック格付けは一種の無形文化遺産のようなものです。現在、世界中の情報は透明化され、あらゆる消費者のテイスティングの記録が……」ここまで話した時、《サンフラワー》が突然激しく揺れ、巨人が金づちで何かを叩いているような大きな音がした。室内の照明がちかちかと点滅し、床が揺れているように感じる。先生はその場に立ちすくんでいた。私は傍らのP723が持っているカメラのスイッチを切り、中継を中止した。

再び激しい揺れが襲い、《サンフラワー》内の照明がすべて消えた。太陽は地球の向こう側にあるため、地球上の都市のかすかな明かりが窓から見えるほかは、真っ暗で何も見えない。私は声をかけてみた。「ティム……先生……先生、どこにいますか？」返事はなく、早足の足音と、電動のこぎりと排気ファンの機械音が聞こえただけだった。床はまだ揺れている。だいたい三十秒くらい続いただろうか。私はじっと床に伏せて、立ち上がることもできなかった。

ふと気がついて、ウェアラブル端末のライトをつけた瞬間、ステーションの非常灯が点灯した。室内の光がゆっくり明滅する赤い光に変わった。まるで、映画で敵の本部にスパイが侵入する場面のようだ。離れた所で先生が壁を背にして立っていた。片手で頭を押さえている。何かが倒れてぶつかったのか、頭から血が流れている。だが、大したケガではなさそうだ。P723は軌道を外れて床に倒れており、ロボットアームと磁力の車輪を駆使してなんとか起き上がろうとしていた。カメラもそのほかの物も床に散らばっている。私はウェアラブル端末を起動してウェンズデイと通話しようと試みた。ここが宇宙ステーションで、すべての通信が遮断されていることをすっかり忘れて。

「聞こえるか……ジ……聞こえ……ジ……ジ……」ウェンズデイの声だ。声が空中に響いている。館内用の通信装置からのようだ。

「聞こえる、聞こえる」傍らの制御盤で点滅している通信ボタンを押して答えた。「何かあったのか？　私たちは……中継に来たのであって……破壊しに来たわけじゃ……ジ……ジ……」

「管理員二人が脱出装置で逃げた。お土産は食べてなかったよ」ウェンズデイの焦った声が聞こえる。「逃げる前に実験モジュールのドアと制御装置を壊していった。《サンフラワー》は本来の低空軌道を外れた」

「なぜそんなことを……僕たちはどうすればいい？」焦りが募る。

「悪いニュース。実験モジュールのドアが壊れたから、俺は閉じ込められて出られない」

「いいニュースは？」

「ウイルス原始株はこの実験モジュールじゃなく、あんたたちの所にある」

「じゃ、どうする？」私はとにかく焦っていた。その時、壁のディスプレイが明るくなった。

「よく聞け、今の状況を説明する」ディスプレイの中でウェンズデイがコメディアンのように大げさな表情でわめいている。「誰かが中に残ってボタンを押し、外のやつがスイッチレバーを引くと、この実験モジュールは《サンフラワー》本体から離脱し、完全に破壊される。俺がいるこの実験モジュールが完全に破壊されたら、そっちの冷凍庫と金庫が自動的に開く仕組みになってる。そしたらあんたたちはウイルス株を取り出せ。これは《サンフラワー》の自己保護システムだ」

「どういう意味だ？」

「外に一人乗りの脱出装置がある。あんたと先生はなんとかして無理やり二人で乗り込め。できたら、ついでにシャトー・ベイシュヴェルを何本か記念に持ち帰るといい」ウェンズデイは早口で言った。だが、私にはまったく理解できなかった。

「だからどういう意味だよ？」マイクに向かってもう一度問いかける。

「俺が残ってボタンを押すから、あんたたちは外でスイッチレバーを引け。ブツを持って地球に帰ったら、どこかに逃げろ」

「でも……そんなことしたら、あんたが死ぬ」だんだん腹が立ってきた。

「いいかブラザー、GV9ウイルスは絶えず変異してる。このまま何もしなければ、人類の歴史からブドウという植物が消えちまうんだぞ」ウェンズデイは言った。「これは絶好のチャンスなんだ」

「たかがブドウのウイルスだ、エボラ熱とは違う。あんたが命を犠牲にする必要なんかない！」ほとんど泣き叫ぶような声になった。

「ワインのない人生が想像できるか？　未来の子供たちはビールを飲みながらビリヤードをするのか？　未来の人は教会の聖餐式で赤紫色に染めて加酸した日本酒を飲むのか？[*9]　この世界の発泡酒がビールだけになってもいいのか？」そう言うと、ウェンズデイは首をかしげて少し黙った。「俺には子供はいないけど、そんな未来が来ることは想像したくない。世界の終わりと同じくらい悲惨だろ？」

「でも……」

「なあブラザー、あんたと飲むのは楽しかったよ。でたらめなワインの描写も面白かった。いつかあんたと、太陽の光が降り注ぐ中、ビキニの姉ちゃんたちを眺めながら、キリッと冷えたバンドール・ロゼを飲みたかったな」ウェンズデイはまるで別れを告げるように、少し寂しそうな口調で言った。ポケットからアルミパックを取り出し、シャトー・ベイシュヴェルをひと口飲んだ。「スタン・ゲッツのサックスなんかが流れてたら、言うことないね」

泣きそうになるのをこらえながら、私は、どうにかできないかと必死で考えていた。

「優しいボサノヴァもいいな。パナマの姉ちゃんと一緒にさ」ウェンズデイは天井を見上げ、そこに一面の青空が広がっているかのように、うっとりと見つめた。

「その頃、僕は何をしてるかな。ニューヨークでコラムニストになってるか、ポルトガルでトラックを運転してるか。アフリカでコーヒー豆を栽培してるかも」私も便乗して昔からの夢を語ってみた。

「だけどな、もしかすると、何ひとつ変わらない可能性だってある。まあ、来世で会おうじゃないか。それから……もしロクサーヌに会えたら、愛してる、君に会えたことが人生最高の出来事だった、って伝えておいてくれよ。マデイラ島のタロット占いで言ってたこと、俺はちゃんと気をつけてたんだ。だけど、世界が滅亡するって時に、いくら気をつけたって無駄だった……」ウェンズデイは息を吸うと、急にカメラのほうを向いて言った。「こういう時には大火事が起きる気がしないか？　神が人類の罪を洗い流すための常套手段だ。聖書にもそう書いてある。俺はボタンを押したよ、モジュールのドアは閉まった。早くスイッチレバーを引け。六十秒以内にやらなきゃ間に合わない。さあ来やがれ、連合艦隊。ちくしょう、我こそは偉大なる大英帝国のネルソン中将だ。準備はできている」

ウェンズデイはソドムとゴモラという二つの罪業の都市がいかにして神の火に焼かれたかを、流れるような弁舌で語った。『創世記』の神は大洪水だの業火だのを使ってやたらと世界を滅ぼすが、演劇学の理論から言えばあんなストーリーはクズだ、などと、めちゃくちゃな理屈で神に文句をつけた。さらに、ネルソン中将が子供の頃、兄と一緒に吹雪の中を学校へ通った話は後世の人がでっち上げた話だ、なぜならその数年間、イングランドでは雪は降らなかったんだから、とも言った。

最後は何を言う気だろうと考えた時、いきなり先生が隣に立って私の肩を叩いた。無表情で手を伸ばし、スイッチレバーを引く。

私とウェンズデイが同時に叫んだ。

天井から太鼓のような音が伝わってきた。実験モジュールの上部からまばゆい光が降りそそぎ、その中に、上から冷ややかに見下ろす数人のシルエットがかすかに見えた。逆光のせいか、彼らの表情は分からない。選ばれし者たちが、哀れみの目で見ているのかもしれない。翼の生えた天使と、カラフルなマントをはためかせた信徒が、白いハトのように彼らの周りを取り囲む。その風景は、教会の真ん中で見上げたドーム屋根に描かれた、最後の審判のフレスコ画によく似ていた。

その瞬間、巨大な炎のかたまりが落ちてきて、実験モジュールを飲み込んだ。まだ話し続けていたウェンズデイは神の火の中に消えていった。私たちの立っている床も大きく振動した。

私は床に座り込み、涙を流していた。真っ暗になったディスプレイをぼんやり見つめる。そのうち、ジージーという音が聞こえてきた。あまりに動揺したためか、私はしばらく呆然としたまま動けずにいた。ウェンズデイは燃えて灰となり、跡形もなく消えてしまったことが、私には分かった。

「分かりますか？」左耳に、先生の冷ややかな声が聞こえた。

「私は今、ようやく理解しました。《忘却の家》から持ち出した物の意味を」

「《忘却の家》？」一瞬、何のことか分からなかった。

「私が何を持ってきたか、知っていますか？」

「何ですか？」少しずつ、意識がはっきりしてきた。日に当たりすぎたような、焦げたにおいが空気中を漂ってくる。

「パリに舞う雪です」先生は言った。

「パリに舞う……雪？　何です、それは」床が振動し始める。緊迫した声が周囲に響き渡り、私たちに警告している。《サンフラワー》軌道ラボは二十六分後に大気圏に突入します、各自、脱出の準備をしてください。

「パリの土産物店ならどこでも売ってるスノードームです。水晶玉に台座がついた、ペーパーウエイトみたいなやつですよ。ドームの中にエッフェル塔とノートルダム大聖堂、その横に小さなブドウ畑[*10]とワイン。台座にはトリコロールカラーでP・A・R・I・Sの五文字が書かれている。ドームを揺らすと白い粒が舞って、パリの町に雪が降ったように見える。見たことあるでしょう？」

「あります、でも私のは……ロンドンの雪でした……」私のスノードームには、テムズ川とビッグベン、国会議事堂、ロンドン・アイ、そしてウエストミンスター寺院。台座のスイッチを入れるとカラフルなライトが点灯した。もちろん、ブドウ畑はなかった。

「一番お気に入りのワインを《忘却の家》に置いて、パリに舞う雪を持ってきたんです。こんな交換に何の意味があるのか、私には分からなかった」先生は冷静に続けた。「でも、最近ようやく分かったんです」

「何がです？」私は言った。

「《忘却の家》を出た時に、私はワインに対する愛もあそこへ置いてきたんですよ」私が隣にいることを忘れてしまったのか、先生は独り言のようにつぶやいた。「でも……私がパリのスノードームを持ってきたことは、『人類の幸福に対するあこがれ』を意味するんです……パリのスノードームはこの世の幸福の象徴だと思いませんか？」

もともとわずかだった重力がゆるやかに消えていき、周囲の物がふわふわと浮き始めた。さっきとは別の警告音が鳴り響き、赤い光の点滅がさらに激しくなった。先生の言葉の意味など、もはやまったく理解できなかった。ただ、今日の出来事はアンソニー・アフレックのSF小説のように完全に私の想像を超えている、と感じるばかりだった。

「だから……すべて私に任せればいい。人類の命運、光と闇、星と大地、カベルネ・ソーヴィニヨンとメルロ、[*11]シラーとヴィオニエ、[*12]マルサンヌとルーサンヌ、[*13]マーティンボローとマールボロ、[*14]ソーヴィニヨン・ブランとセミヨン……私は先生だ、これが私の天命なんだ」先生はミサのお祈りのようにここまで語ると、天井の隅の監視カメラに目をやった。床に落ちたタンブラー型のシーケンサーを拾い上げて懐に入れる。何かを探すような仕草をして、ポケットからゆっくりと黒い拳銃を取り出した。

「それは……」私が言葉を発する前に、銃口が立て続けに火を噴いた。大地に響く雷鳴のような音がした。私の隣にいたP723が後ろ向きに倒れる。ロボットアームが空中で力なく揺れ、金属製のブタのしっぽが飛び出した。火花が散り、ジ……ジ……という音が鳴る。

空中で破裂したアルミパック[*15]が私の目の前で浮かび上がり、無重力空間に赤いワインがゆったりと漂う。あの白黒映画『戦艦ポチョムキン』の、乳母車が広場の階段を落ちていくシーンのように、起きていることのすべてが残酷で優雅だった。その瞬間、いつか嗅いだことのあるクロスグリと樽のにおいが漂ってきた。

それは、前世の時間旅行の記憶を呼び覚ますかのような、繊細で親しみのある香りだった。私は思わず目を閉じた。

再び雷鳴のような音が轟いた。胸に激痛が走り、体の力が失われていく。空が一瞬ワイン色に変わり、そして暗くなった。時間旅行の香りだけが漂う中に、生臭い血のにおいが混じる。これは私の血のにおいだ。

「君は終わった」先生が言った。私の耳に届いた最後の声だった。

原註

＊1 鴟鵂：『山海経《せんがいきよう》』に記された怪鳥。カラスに似た姿で、三つの頭と六本の尾を持ち、よく笑う。

＊2 LBV：Late Bottled Vintage の略。数年の樽熟成を経てから瓶詰めされるポートワインのこと。ヴィンテージ・ポートと呼ばれる、ブドウの当たり年に生産されるワインに比べると、品質はやや劣る。LBVは通常、樽の中で四年から六年の熟成を経て、澱を除去してから瓶詰めされ出荷される。LBVは

濃厚さや複雑さではヴィンテージ・ポートに及ばないが、熟成が早く進行するため、購入後すぐに飲み頃になることや、価格も手頃なことから、比較的商業化された製法と言える。

＊3　コックニー：ロンドン東部の住民や労働者の間で伝統的に使われている方言やアクセントを指す。

＊4　RP：Received Pronunciation の略。容認発音。BBC英語やクイーンズ・イングリッシュとも呼ばれる、イギリス公認の標準発音。

＊5　ダリの作品名をイメージしている。

＊6　十六世紀、シャトー・ベイシュヴェルはフランス海軍提督のエペルノン公爵が所有していた。

＊7　シャトー元詰め：Mis en bouteille au château。シャトーで瓶詰めまでおこなったワインの意。通常はワインの品質が保証されていることを意味する。

＊8　所有者元詰め：Mis en bouteille à la propriété。propriété は、ワイナリー、ワイン商、生産型ワイン商、グループ型ワイン商、協同組合などを指す。そのため、この表示は場合によって意味合いが異なる。

＊9　実際には、ほかにも発泡日本酒が存在する。シャンパンと同じ瓶内二次発酵によるものや、花酵母を使ったロゼなどがある。

＊10　パリを中心とするイル・ド・フランス地域圏にはブドウ農園がいくつかある。パリの西郊外のシュレンヌもテーブルワインの産地となっている。

＊11　ボルドー左岸の伝統的な主要ブドウ品種の組み合わせ。

＊12　北ローヌの特殊なブドウ品種の組み合わせ。白ブドウのヴィオニエによってシラーの香りが際立ち、しっかりしたボディとストラクチャーが生まれる。

＊13　北ローヌの白ブドウ品種。

＊14　発音の似た二つの産地名。それぞれニュージーランド北島の南部と南島の北部に位置する。
＊15　ブタのしっぽ：ソムリエナイフについているコルクスクリューの別称。

第18章　スーパースパニッシュ

二〇四一年二月二十八日
リオハ　ホテル・マルケス・デ・リスカル

《デキャンター》誌　二〇四一年十一月

イグナシオ・ボーモンが「スーパースパニッシュ」旋風を起こす？

軍人出身のイグナシオ・ボーモン伯爵が引き継いだボーモン家のワイナリー「コンデス・デ・ボーモン・ボガデス」は、多額の負債を抱え、ワインの品質も凡庸で、評価は高くなかった。

ボーモン伯爵はまずミシェル・ロラン・コンサルタンシーに依頼し、一族のブドウ畑に関する研究を開始。付近のブドウ農家からブドウ果汁を買い付け、多額の資金を使ってスペインの希少な原生品種と国際品種の混醸の可能性を探るための大規模な実験をおこなった。翌年には、所有する畑と不動産の大部分を売り払い、スペインの複数の産地で、将来性が見込まれる高樹齢の原生品種を育てる畑を買い取った。栽培量の少ない原生品種と国際品種の品種改良も進めたが、これはほぼギャンブルに近いプロジェクトだったといえる。同時に、若い数人の醸造家の協力を得て、原産地呼称の枠組みにとらわれないワイン作りをおこなった。コストを度外視して、畑での科学実験と市場調査を組み合わせる形で、自身の理想のワインを作ろうと試みたのだ。

その後の数年間、いわゆるガレージワインの手法でワインを販売。そのブランド力、魅力的なストーリー、明確な販売理念により、彼のワインはすぐさま専門家と国際市場の人気を獲得。一時的に品薄となったことで価格は数十倍に跳ね上がり、シャトー・ヴァランドローが前世紀に打ち立てた記録を塗り替えた。

「……ワイン業界とは、植える、育てる、作る、売る、飲むという一連の産業の連鎖です。どの段階が欠けても成り立ちません。ただ、知識とエネルギーと時間の制限により、業界に携わる大半の人は、一生かけてもこのうちの一つか二つの部分しか極められないのが実状です。よく売れる、いいワインを作るには、前述のどの段階も欠かせません。だから私たちは、明確な戦略と、軍隊にも似た分業管理を採用しました」イグナシオは取材に対し、きっぱりした口調で答えた。

イグナシオは「最高品質のスペインワイン」をモットーに、「スーパースパニッシュ協会」を設立。世界的な醸造家を招き、専門知識と豊富な経験の共有を試みている。スペインの新時代の醸造家を集め、原産地呼称の枠を超えた超高品質のワインを作るべく、醸造家たちを鼓舞している。

多くの国際的な評論家たちが、ピエロ・アンティノリ侯爵とイグナシオ・ボーモン伯爵とを比較し、イグナシオのワインは期待に値すると評価した。また、彼が起こした「スーパースパニッシュ」ブームが、スペインにフランスやイタリアとの対等な競争の道を切り開いた、としている。


イグナシオが嘘をつく時、左手の小指が勝手に震え出す。まるで指にも意識があるように。二十四歳の時に、ある任務で負傷して以来、この症状が出るようになった。任務とは、NATOの人質救出作戦で、チームと共に某国へ飛び、人質となった四人の大使館員を廃墟となった城塞から救い出すことだった。仕掛けられた爆弾の爆発を阻止し、チームと人質全員の命を救ったものの、彼自身は命を失いかねない重傷を負った。

リハビリ中は、次から次へとさまざまな医者を訪ねた。脳神経外科、脳神経内科、神経外科、神経内科、精神科。医者たちがいろいろと複雑な検査をしても、指の震えの原因は分からなかった。医者たちは一様に、別の診療科を受診するよう勧め、具体的な結論を出すことはなかった。左手をポケットに入れるくせがついたのはこのためだ。特に、会議や交渉の場では必ずこのくせが出た。

「ボーモン閣下！」聞き覚えのある女性の声がした。

「ティム・ベイカーという若いマスター・オブ・ワインのこと、ご存じですか？」ソフィのせわしない声だった。

　イグナシオは車窓からぼんやりと外の風景を見ていた。雪景色のリオハ・バハ地区は一面があいまいにかすみ、もの悲しさが漂う。山、建物、田畑、バラ、ブドウ樹、家畜、あらゆるものの表面が雪に覆われている。畑の中の剪枝を終えたブドウのつるは、一年の任務を終えて、くねくねと幹を這い、一生分のエネルギーを使い果たしたようにじっと縮こまっている。代謝を極限まで抑えて、春の到来を静かに待っているのだ。

「ボーモン伯爵閣下、いらっしゃいますか？」ソフィは声を大きくした。

　イグナシオは空中のバーチャルダイヤルを指で回して車内の照明を調節した。会議室のホログラム映像をリアルモードに合わせ、左手をポケットにしまう。指の震えを見られないためだ。ホログラム会議室には三人が待機していた。整った服装をした二人の若い男性とソフィだ。若者たちはソフィの同僚らしい。プロらしく身なりをきちんと整えてはいるが、どことなく幼さが漂う。ソフィはネイビーのジャケットに、ゼニアのストールをはおり、中はベージュのニットト。髪を後ろでまとめ、形のいい耳とイヤリングを見せている。ゴールドのブレスレットはフィヨルドの新型だ。仕事用の装いでも、その美しさは十分に目を引く。

「もちろん知っていますよ。先生は有名ですから」イグナシオは冷静に答えた。

「先生はあなたのワインに好印象を持っています。アトランタで開かれたＷＳ１００評議審査会でも、私たちのワインを称賛し、満点に近いスコアをつけたそうです。ほかの委員たちも評価を認め、支持したとか」ソフィが言った。

「では……問題は……現時点での問題点は？」ホログラム投影の状態が悪かったため、イグナシオは音量を上げて言い直した。

「あなたのワイン二銘柄について、チップを使った技術の問題はまだ激しい議論の中にあるようですが、私たちが得た内部情報によると、WS100への選出がほぼ確定しているそうです」白いピンストライプの入ったスーツを着た若い男性が立ち上がって説明した。

「で、その二銘柄とは？」とても気になっていたかのように装い、イグナシオが尋ねる。

「二〇四〇年のナバロ。メルロをメインにテンプラニーリョを加えたあのワインです……それからヌエバ・ヒスパニア、別称ヌエベ・バリエダデス[*1]。シャトーヌフ・デュ・パプと同様、ノン・ヴィンテージ（NV）の九品種の原酒をブレンドしたものです」

イグナシオは驚かなかった。それはすでに決まっていることであり、そうなるのは当然だからだ。哀れみにも似た表情を浮かべて、イグナシオは言った。「評価の内容はご存じですか？」

「はい……」若い男性は緊張の面持ちで机の上の資料をめくった。「WS100の個別の選考基準[*2]については別として、全体としての結論は『技術と想像力の融合。荒削りな面もあるが、ある意味において明らかに天才の作品である』。中でもヌエバ・ヒスパニアは満点のスコアを獲得しました。審査員たちはシャンパンのNVのブレンド技術とヌエベ・バリエダデスのNVとを対比し[*3]、人の心をわしづかみにする、実に絶妙なペテンだ、と語ったそうです。ただ、これは正式な評議には記されていません」

「ハハハハ」会議室で笑い声が起きる。イグナシオも思わず微笑んだ。

ここでソフィが口を挟んだ。「評議審査会で何が起きたのかは分かりません。詳細はまだ調査中です。ただ、もともと0点をつけていた審査員がみんな意見を変え、結果的にあなたのワインがずばぬけて高評価を獲得したそうです。そして、もう誰もチップの問題を口にしなくなった」

「なるほど。結果はいつ公表されるのです？」

「三日から四日後でしょう」ソフィは言った。「今年はスーパースパニッシュの一年になりそうです。私たちにとって、ワイナリー創業以来、最高の栄誉になるでしょう」

「そうでしょうね」イグナシオの態度は、どことなく煩わしそうだった。

私生児として生まれたせいか、一本気で気の荒いイグナシオは、子供の頃から口数が少なく、あまり社交的ではなかった。心の奥底にはいつも、「側室の恨み」あるいは「私生児のコンプレックス」といった類いの感情——卑屈と利己と傲慢と尊大、同時に、自我と自信と自慢と自立と自強、さらに憤怒と愛情と野心を含む、バラバラの要素が内在していた。

イグナシオは幼い頃から、笑顔で本心を隠す練習を自分に強いてきた。試練には笑顔で臨み、好きな人にも嫌いな人にも笑顔で接した。感情を表に出さず冷淡な態度のまま、人を憎むことも愛することもできるようになった。自分に利益をもたらす相手には進んで手を貸し、盟友になるよう関係を育んだ。だが自分に不利益をもたらす相手には、顔色ひとつ変えず密かに手を回し、間接的に妨害したり、争いを誘発したりして、相手のエネルギーと時間を消耗させた。

改姓してボーモン家の養子となる以前から、何かしらの人間関係を通じて、家業に熱心ではない異母兄弟姉妹たちについては熟知していた。ボーモン家の一員になると、彼は兄弟姉妹たちに対して非常に真摯な態度で接し、言行を慎むようになった。軍人としての生活は順風満帆で、出世も順調だったが、一族の中ではまったく目立たず、まるで存在していないかのようだった。

ボーモン家に入ってから、彼は父の背景を調査し始めた。人に依頼して父親を尾行させ、多くの秘密を発見した。密かに専門家に依頼して父親の人格を分析させ、プロファイリングをおこなった。そしてイグナシオは知った。父親の経営の失敗により一族の事業はすでに収拾がつかない状態に陥り、多くの事業を他人に任せていたが、心中では自分の息子に事業を継いでもらい、復興と改革を成し遂げてほしいと望んでいるのだと。

そこでイグナシオはワイン産業に関する膨大な資料を読み始めた。軍事訓練を思わせるストイックさで勉強に励み、難易度の高い国際的なワインの資格をいくつか取得した。国際雑誌への記事の投稿も始めた。二〇三六年には、バルセロナで開かれたブラインド・テイスティングの大会で優勝もした。

ワイナリーを継いでから、イグナシオは気づいた。いくら優れたテイスティングの能力や完璧な基礎知識を持っていても、所詮、自分はワイン業界で生きてきた人間ではないのだということに。これまで一日たりともワイナリーで働いたことはない。石灰石、礫石、接ぎ木、グリーンハーベスト、葉巻病、乳酸発酵、マセラシオン、酒石酸、マイクロオクシジェネーション、瓶内二次発酵、生物学的熟成、それらの単語はすべて名詞であって、動詞ではなかった。本に書かれたこれらの文字を何度も読んだが、実際に体験したことは一度もない。ワイナリーの仕事について、雑談の中で軍の同僚に漏らしたことがある。「……銃撃戦の映像を見るのと実際に銃を持って戦うのはまったく違う。映像を見ているだけで死ぬことはない……」

ワイナリーを継いだイグナシオは大きな挫折を味わった。経営上の意思決定には実際の経験が不可欠だったからだ。だが、彼はすぐに冷静さを取り戻し、ワイナリーの経営を実力のあるプロに任せることを決めた。同時にかつて学んだ幕僚の業務準則を導入し、重大な意思決定のプロセスを簡素化した。自分の本来の役割——ゲームのプレーヤーに徹したのだ。彼がすべきことは、ワイナリーの進む先を正しい方向へ導くことだけだった。情報戦略に長けた武官だった彼の得意分野は、情報の分析と戦略管理により、戦争に勝つための最善の策略と戦術計画を導き出すことだった。自分はゲームの駒ではない。駒を動かす手ですらない。あくまでもゲームのプレーヤーなのだと、彼は理解していた。

ワイン産業に携わる人の多くが、ワインに関しては才能があるものの、事業のマネジメントや戦略決定に関しては一般企業の社長に劣ることを知った。「ずばぬけて優秀な人物も多いが、本質的にはみな職人で、農民で、ただの酒飲みだ」彼は思った。「戦略、資本、マネジメント、ビジネス、マーケティング、これらを駆使すれば簡単に打ち負かせる。だが彼らを打ち負かしたところで意味はない。彼らを利用するべきなのだ」

数年にわたるソフィとの協力を経て、ようやく今日、スペインのワイン産業の再編に向けた二つ目の節目に達した。想定していた結果ではあったが、これは金銭やコネクションだけで成し遂げられることではなく、やはり熱意と努力のたまものといえるだろう。

窓の外の雪はやみそうもなかった。リオハでは毎年一度はこんな大雪が降る。イグナシオは真っ白な外の世界をぼんやりと見つめた。バッグの中の物を左手で握りしめ、ここ数年に起きた出来事を思い返す。重く不吉な予感が心をふさいでいた。車は徐々に速度を落とし、音声システムが目的地への到着を告げた。警備員のいる門を通ってスロープを上がり、奇妙な形をした巨大な建物の前に止まる。入り口の外の少し泥のついた赤いカーペットにはベージュの文字で三行、「ホテル・マルケス・デ・リスカル、ラグジュアリーコレクションホテル、エルシエゴ」と書かれている。

イグナシオはこのホテルが嫌いだった。ずっと昔から大嫌いだった。どう見ても、地球に落ちた宇宙船の残骸にしか見えない。窓も家具も災害のあとのようにいびつに傾いている。リオハ・アラベサを通るたびに、落ち着かない気分になった。今日は雪が降ったおかげで、怪しげな色の金属板も真っ白い雪に覆われている。実に人の神経を逆なでする建築物だ。

「雪は世界のすべてを覆い隠し、浄化してくれる」イグナシオは心の中で思った。

ロビーに入り、斜めに傾いた窓を見ると、また憂鬱な気分になってきた。「クソッタレのアメリカ人《ホディード・アメリカーノ》！」思わず口走った。不審そうな顔のホテルスタッフを無視して、そのまま左へ進み、エレベーターに乗る。そして、三桁の部屋番号の数字がそれぞれ異なる字体で書かれた、ゆがんだドアのある部屋に入った。「クソッタレの観光客《ホディード・トゥーリズモ》！」再び、心の中で悪態をついた。

予想通り、会議室の天井は角が一つ欠けていて、湾曲した形の窓から光が差し込んでいる。中央には、パレットに五本の足をつけたような、奇怪な形の会議用テーブルが置かれていて、その上にはダリの柔らかい時計に似た装飾がある。椅子はすべて異なる形をしている。横から見ると厚いボール紙を曲げて作ったような形の椅子もあった。

ここを会合場所に指定してきたことで、相手への反感がさらに高まった。

今日イグナシオと会うのは新任の「門番」だ。国連食糧農業機関（FAO）の職員であり、ニューイングランドの名家出身と聞いている。イグナシオは昔から、こういう家柄がよくて頭もいいアングロサクソンやユダヤのエリートたちが嫌いだった。彼らは幼少期から、世界の統治者となるべく教育を受けている。誰もが率直で、親しみやすくて、爽やかで、熱心で、ユーモアがあって、優雅な雰囲気を漂わせているが、実は浅薄で、打算的で、欺瞞に満ちていて、目先の利益しか見ない貪欲なやつらだ。あたたかく親しみやすいハリウッド式の笑顔と、コルゲートで磨いたピカピカの歯で、人々の警戒心を解かせ、価値観を鵜呑みにさせて、徹底的に利用する。そういう人間になりたくて、イグナシオは長年、彼らを模倣し、訓練を積んできた。他人からはそういうタイプに見られることも多いが、自分と彼らの間には大きな隔たりがあることを、イグナシオは自覚していた。

自分は私生児だ。金の匙をくわえて生まれてきた者たちとは、本質的な違いがある。

ボール紙の椅子に男性が座っている。黒みがかった赤のフランネルのジャケット、中年らしく恰幅のいい体つきで、安物の葉巻を吸っている。マフラーと帽子とコートを傍らのハンガーに掛け、窓の外に見えるエルシエゴの町とサン・アンドレス教会を眺めている。会議用テーブルの中央にタバコ大の黒い箱がある。通信遮断装置のようだ。「ホログラムレコーダーか、人心攪乱装置か、致命的な武器か、催眠装置か、ポリグラフか、そういう物の可能性もある」イグナシオは考えた。

「おかけください。あれは古い聖堂ですね。違いますか?」椅子に座った男性が言った。

「ええ、そうですね」ポケットに手を入れたまま、イグナシオは答えた。

「スタンリー・フュッセン……総監督官《グランド・ウオーデン》であり新任の門番です。アメリカから派遣されてきました。顧問と呼ばれています」男性は立ち上がり、英語で自己紹介して、親しげに握手をした。

イグナシオが密かに自分の手首の端末を見ると、すでに通信は遮断されていた。

「イグナシオです。お噂はかねがね」その言葉に嘘はなかった。イグナシオは特別なコネクションとハッカーを通じて顧問のバックグラウンドを調査し、多少の曲折を経て、完璧な調査報告を手に入れていた。だがイグナシオは、それはある種の撒き餌——名画の後ろの隠し金庫の中身のように——つまり泥棒に盗ませるためのダミー情報ではないかと疑っていた。顧問が本当は何者なのか、自分の能力の範囲内で突き止めることは不可能だろうと、イグナシオは密かに確信していた。

「まるで地底人のようなやつだな。何もかもが偽りだ」イグナシオは思った。

「ヨーロッパ総管《グランド・オフィサー》、ナバラのレリン伯ボーモン家イグナシオ・アギラール・デ・ボーモン閣下。このようにお呼びすべきですか？」顧問は言った。

「正式にはそうですが、イグナシオで結構です」イグナシオも着席する。無意識に左手をポケットに入れていた。

「イグナシオ閣下、私はナバロ語[*4]の発音はうまくありませんが、どうかご容赦ください」顧問は自慢げにスペイン語で二言三言話した。

「ホディード・アメリカーノ！」イグナシオは再び心の中で悪態をついた。それでも顔色ひとつ変えずに、特注のアルミケースからスクリューキャップの二〇三九年物のナバラワインとバカラのグラス二つを取り出してテーブルに置き、英語で答えた。「いかがですか？　飲みながら話しましょう」

「ワインはあまり飲まないんですよ。たいていはコーラかビールです」顧問は言った。

「でしょうね、アメリカ人ですから。アメリカの方はコーラとビールで育つ。私たちがワインで育つようにね」

「ハハ。ご存じでしたか？　コーラの発明の起源はワインにあるんですよ。まあ、ブドウから育てるワインとはまったく別物ですが、昔は近い関係にあったんですね」

「そうですか、知りませんでした」イグナシオは電子秘書にウエアラブル端末のメッセージを確認させようとして、通信が完全に遮断されていることを思い出した。

「どうぞ。ある賞を取る予定のワインです」二つのグラスにワインをつぎ、一つを顧問に渡す。

「乾杯《チンチン》！」イグナシオがひと口飲んだ。

「ご健康を《サルー》！」イグナシオが飲むのを見て、顧問もグラスを口に運んだ。

「実によくできている。ソフィのスタイルで作るワインは、本人よりもずっと繊細だ」イグナシオはうなずきながら、そう考えていた。

「おいしいワインですね。果実味が豊かで、優良なヴィンテージのカリフォルニアワインを思い出します」顧問は言った。

「身の程知らず《バヤ・パレート》！」笑顔を保ったまま、心で罵倒する。顔の左右で同じ表情を作り、両目の奥で同じことを考え、輝く太陽のように微笑む。

「今年のＷＳ１００にはこのワインも登場します。その時には価格が何倍にも跳ね上がりますよ」辰星會でのイグナシオは、一貫して予定された未来の時制で話した。

「すごいな、WS100ですか……本当においしいですね、とても飲みやすい」手の中のグラスを見ながら顧問は言った。

「今日は何か……特別な用件がおありでしょうか」イグナシオが先に切り込んだ。

「そう特別なことじゃありません。まずはご挨拶をと思って」顧問は真意を明らかにしなかった。

「せっかく百キロ近く運転して来たんです、ついでに私の仕事の進捗でもご説明しましょうか」イグナシオは言った。

「いいですね。あなたのお仕事を知っておきたい」顧問は興味があるようなないような、平然とした態度で言った。

NATOのツヴァンツィガー将軍兄弟に会った時、彼らは、態度は控えめながら成功を渇望するイグナシオの野心を称賛した。ヨーロッパの貴族の血筋と、世の中の複雑な情勢の本質を見抜き、最善の戦略とルートを探し出す能力を買われ、辰星會へ加入するよう誘われた。だが、当時の辰星會の総長は、イグナシオに軍を退くことを求めた。家業を継いで伯爵となり、自身のワイナリーを舞台に「スペイン語圏のワイン産業の再編と掌握」を進めよと。

辰星會の助力のもと、イグナシオは伯爵の称号を継ぎ、若い醸造家を集めて《スーパースパニッシュ協会》を設立、スペインのワイン産業についての世論を煽り、発展を主導した。イグナシオの戦略はごくシンプルだ。「従えば栄え、逆らえば滅ぶ」。自身の傘下の団体を縦軸に、国際的な評定や評論家の採点を横軸にして表を作った。辰星會の力を借りて、徐々に横軸を制御下に置き、協会に加入した従順なメンバーに賞を取らせたり、高いスコアを獲得させたりした。

この戦略が成功すれば、辰星會の力を借りてスペインのワイン産業を改革し、業界を支配することができる。そして、《スーパースパニッシュ》のブームに後押しされ、自身も「《スーパースパニッシュ》の父」として歴史に名を残せるのだ。

イグナシオは慎重かつ謙虚に、仕事の進捗を顧問に説明した。これまでそうしてきたように、決して野心を表には出さずに。だが、イグナシオは改めて強調した。今回のWS100にはスペインワインが三十八銘柄も選出されるであろうこと、この数は史上最多であること。三十八銘柄のうち三十五銘柄が協会のワインであること、七つの異なる産地で作られたこと。協会の成果は世界を驚かせ、来年が《スーパースパニッシュ》元年になるであろうこと。辰星會が要求した目的達成までの所要時間は五年から七年は短縮され、二百十六億円の費用が節約できることも。

７番、二〇四〇年ナバロ、WS100。レンガ色の中に細かい澱。スパイス、ミント、馬の汗、肉の香り、そしてフランスの濡れたオーク樽の香りがはっきりと感じられる。繊細な中にドライフルーツの風味が漂う。ボディはずっしりと重く、タンニン、糖度、酸度は中等、バランスは良好だが、それぞれの味がさらに熟成し融合することが望まれる。飲み口は右岸の若いポムロルに似て繊細で緻密、スペインワインでは珍しいタイプだ。コンデス・デ・ボーモン・ボガデスのナバロは技術と想像力の融合であり、思いのままに作られたワインは、ある意味において明らかに天才の作品である。

64番、ヌエバ・ヒスパニア、九種のブドウを使ったヌエベ・バリエダデス、ＷＳ１００。三つの異なるヴィンテージ、そしてテンプラニーリョ、グラシアーノ、メンシア、パロミノ、グルナッシュ、マスエロ、ヴィウラ、マルヴァジーア、グルナッシュ・ブランの九品種、計二十一種類のブドウ果汁を発酵させて作った原酒をブレンドし、熟成させたもの。シャトーヌフ・デュ・パプの多品種ブレンドと、シャンパンのノン・ヴィンテージの製法を取り入れている。深みと奥行きにやや欠け、テロワールとヴィンテージを表現し切れていないきらいはあるが、味わいは変化に富んでいて、複雑なグラデーションをなしている。味覚系統の中の主要な味わいがすべてこの中にあると言っていい。奇跡のようなバランス感と宇宙観がある。人類が発明しうる完全なる調和であり、人を心服させる偉大さを内包している。

……今年は《スーパースパニッシュ》の一年だった。イグナシオ・ボーモン伯爵が打ち出した《スーパースパニッシュ》は瞬く間に世界を席巻した。無敵艦隊が地球を巡り、世界の富をスペインに持ち帰ったように、今回のＷＳ１００には三十八銘柄のスペインワインが選出され、フランスやイタリアなどの常勝軍を撃破。ワイン業界の覇権は……

（《ワイン・スペクテーター》誌、

「二〇四〇年の年間トップ１００ワイン」より抜粋）

「すばらしい出来です。あなたの実行力と統率力には頭が下がる」顧問は言った。

「ありがとうございます。現場のみんなの力です。私はそれを動かしていたにすぎない」

「いやいや。優れた者をより優秀にする、それが我々の重要な目的の一つです。仕事を完璧にこなし、さらなる高みへと登っていく。あなたが本来優秀だからこそ成し遂げられたことです」

「なるほど、光栄です」イグナシオは謙虚に答えた。

「今日はこのほかに『Mプロジェクト』について話したいのですが、我々のこの計画の目的についてはご存じですね？」顧問は急に新たな話題を持ち出した。

「詳しくは知りません」イグナシオは静観を決め込んだ。手に持ったグラスを揺らし、いかにも興味がありそうな顔をした。いよいよ来た、と彼は思った。ただ、聞いている通りの結果でないことを祈った。

「目的は単純です。世界のワイン産業に新たな分野を作り出そうという、壮大な計画なのです」

「新たな分野？」

「サービス業の分野です」

「サービス業？」

「ええ、非常に重要な分野です。業界にその分野を根づかせるためのサービスやコンサルティングや技術を、我々が提供します」

「協議の結果、『Mプロジェクト』は中止になり、現在のような段階的に進める方式に変更したのでは？」イグナシオが聞き返す。

「新しい総長が選出されて、私が門番となりました。我々には新たな動力が必要だ。それでプロジェクトを再始動することにしました」

「私に与えられた任務は、スペイン語圏のワイン産業を掌握することでしたよね？　心血を注いで、多くの資源を再編し、無数の人々からの信頼を勝ち取って、幾多の困難を乗り越えてきたんです。たったひと言で、大勢の人の運命を変え、長年の努力を水の泡にすると言うのですか」

「もっと大きな、世界規模のプロジェクトです。より多くの利益と、世の中を動かす確固たる力を我々に与えてくれます。このプロジェクトの重要性は、あなたのスペインでのわずか三、四年の努力とは比べ物にならない」顧問は不思議そうな顔をした。「そんなことも分からないとは、意外ですね」

「このワインは……」イグナシオはバカラのグラスを取り上げ、再びテーブルに戻した。「……樹齢六十年以上の古樹から収穫した実を集めたからこそ、こんなに濃厚で洗練された優雅な味わいが出せるんです。私のたった数年の努力だけでできたものじゃない。三十年、五十年をかけて作り上げた味、時間が育てた味なんです。分かりますか？」

「分かりません。私はそこまでの舌を持っていない。世界の九十九パーセントの人もそうでしょう。あなたは、優雅で繊細な幻の味に取りつかれてしまっている。いいですか、我々はワインの味を追求する愛好家の集団ではない、我々は……」

「ち、違う、あなたは分かってない」イグナシオは慌てた。

「分かっています。完全に理解していますよ。私にも同じような経験がある。この変更はあなたにはとうてい受け入れられないことでしょう。でも私にはどうしようもない」顧問は同情するような表情を見せた。これは典型的なアングロサクソンのやり方だ。エリートが見せる偽りの共感も、成功者が見せる慈悲も、うまく逃げるための言い訳にすぎないのだ。

「分かりました。私のスペイン語圏における影響力は、今後も辰星會にとっては必要なはずです。違いますか？」イグナシオは冷静さを取り戻した。

「もちろんです。新しいワクチンが完成したら、世界中で受け入れてもらわなくてはなりませんから」顧問は微笑んだ。「ヨーロッパと中南米のスペイン語圏では、あなたにその提唱者になってもらいます」

「いいでしょう、決定には逆らえません。ただ一つ確認しておきたい。知らせを受けて、一人で呼び出され、ここへやって来て、話を聞かされて、それで即座にあなたを信用できると思いますか？」イグナシオは心配そうに言った。「英語ではどう言えばいいのか――怒らせるつもりはないんです、ただ、私とあなたは初対面でしょう。お互いのことは何も知らないし、どこかで顔を合わせたことすらない。信じろと言うなら確かなデータや明確な指示を出してもらわないと」

「なるほど、警戒するのはもっともだ。では尊崇すべき総長に連絡して、あなたと直接話していただきましょう」顧問は立ち上がり、イグナシオの手の甲をぽんと叩いた。一瞬、眉間にしわを寄せると、テーブルの上の黒い箱のスイッチを切り、部屋の隅で電話をかけ始めた。

　イグナシオはこの隙に袋から出した物をテーブルの下に貼りつけた。さらに、ペン型のデバイスをポケットに潜り込ませた。こういう場面では、とにかく備えが重要だ。

　顧問は席に戻ると自分のウェアラブル端末と黒い箱をペアリングした。自分の端末だけは通信を遮断させないためだろう。イグナシオは、紫色の表面に黄色で細かい模様の入った顧問の端末をちらりと見た。「趣味が悪いな。この建物のほうがずっとマシだ」イグナシオは内心そう思った。

新任の総長の姿が壁のディスプレイに映し出される。最初にイグナシオのここ数年の努力を称え、改めて自己紹介した。「Mプロジェクト」についても説明と補足をした。さらに、顧問は今や世界で「Mプロジェクト」を推進する責任者だ、どうか顧問の指示通りに行動してほしい、と言った。

最後に総長はこう言った。「すべては遠大な目標のためだ。我々はずっと……」

突然、総長が消えた。顧問は驚き、振り返って背後のデコーダーを見た。

イグナシオはポケットから左手を出した。手にはペン型のデバイスを握っている。それをテーブルに置くと、テーブルの下から拳銃を取り出した。拳銃を自分に向けるイグナシオの姿を見た顧問は言葉を失った。

「プロジェクトを中止しろ」イグナシオは顧問の頭に拳銃を突きつけてすごんだ。「『Mプロジェクト』を中止しろと言ってるんだ」

「私にはどうしようもない」しばらく呆然としていた顧問は冷静さを取り戻した。

「ならば殺す」

「昔から決まっていたことだ。もう戻れない。そうなる運命なんだよ。あなたは総管だ、幹部なんだから、分かっているはずだろう」顧問は歯を食いしばり、ひと言ずつ言葉を絞り出した。

「プロジェクトの責任者なら、何らかの手は打てるだろ」イグナシオは言った。

「私はプロジェクト実行のために派遣されただけだ。ウイルスはすでにいくつかのグループの手で密かに拡散されている。すぐ隣のブドウ畑にも。もう手遅れだ。私を殺したところでプロジェクトは止められない」そう言って顧問は目を閉じた。もはやイグナシオを見ようともせず、冷たく言い放った。「上層部の意志だ。私にできることはない。しかも、ワクチンのありかを知っているのは私だけだ。私を殺せば、ワクチンは予定通りには完成しない」

「嘘だ。何か手があるはずだ」

「私にできることは、銃を置いて自分の仕事を続けるよう、あなたを説得することだけだ。この反逆行為については口外しない、何もなかったことにしよう……」顧問は譲らない。

「黙れ、ちくしょう、プロジェクトを中止しろ」イグナシオは叫んだ。

「無理だ、できない」

「ああ……」イグナシオは怒りにまかせて引き金を引いた。タイヤがパンクしたような音が数回、ホテルの中に響いた。銃弾が顧問の耳をかすめ、顧問の背後の大きなガラス窓が割れた。刺すような北風と雪が吹き込んでくる。遠くから女性の叫び声が聞こえた。


　七色に光る細かいガラスのかけらが、ホテルの隣のテンプラニーリョと真っ赤なバラが植えられた畑に飛び散った。まるで夜空の星のように、雪に覆われたブドウ畑の中できらきらと輝いている。雪は降り続き、やがてガラスのかけらもすっかり雪に覆われ、大地と真っ白な雪景色に溶け込んでいった。

　時がたっても、畑で農夫が作業をしていると、柔らかい土の中から飛び散ったガラス片が見つかることがある。彼らは「面倒くさい《ケ・ペサオ》！」とぶつくさ文句を言いながらガラス片を拾い、用心深く上着のポケットに入れるのだ。

この時、顧問はまばたきもせずに大きく目を見開いたままだった。まるで、まばたきすれば自分の確固たる意志が伝わらないとでも言うように、あごを上げて毅然とイグナシオを見据え、微動だにしなかった。

なぜか、この時、イグナシオの耳にはバッハの平均律ピアノ曲BWV846の冒頭部分が響いていた。ゆるやかで規則的なメロディの中に、果てしない憐憫と尽きぬ理性にも似た愛があふれる。神がこの世に降臨する時に流れる音楽だ。

イグナシオはあきらめたように拳銃を傍らに置き、床に座ったまま手で顔を覆って泣きだした。

原註

＊1　ヌエバ・ヒスパニア：ヌエバは「新しい」の意。ヒスパニアは古代ローマ時代のイベリア半島の古称。このワインの別称「ヌエベ・バリエダデス」は「九品種のブドウ」の意。

＊2　WS100の選出は、品質（スコア）・コストパフォーマンス（販売価格）・入手しやすさ（生産量や輸入量）・Xファクター（主観を含む不確定要素）の四つを選考基準としている。

＊3　シャンパンのNVとはノン・ヴィンテージのこと。収穫年の異なるワインをブレンドしたものを指す。ヌエベ・バリエダデスのNVとは「Nueves Variedades」の頭文字。

＊4　ナバラ出身者のみが、自らを「ナバロ」と自称する。

第19章　伯爵

二〇五四年五月三十日
レイキャビク　ランドスピタリ医療センター

「よく知られているように、アルザスの主要なブドウは七品種、うち四品種は高貴品種[*1]と呼ばれています。では、アルザスの高貴品種ではないのは、次のうちどれでしょう。1、ミュスカ。2、ゲヴュルツトラミネール。3、ピノ・ノワール。4、リースリング」張り詰めたような、芝居がかった男の声が聞こえる。続いてバックに《カルミナ・ブラーナ》の合唱部分の前奏が流れる。なぜか周囲は真っ暗で、声も音も雲の向こうから聞こえてくるようだ。

「答えは3番」無意識につぶやいて、目を開ける。

ショートヘアの彼女が私を見ていた。手にクレープを持って、ぽかんとしている。壁のテレビではクイズ番組『ワイン・リアリティショー　フー・ウォンツ・トゥ・ビー・ア・ミリオネア？』（Who Wants to be A Millionaire? は実在のイギリスのTV番組。日本では『クイズ$ミリオネア』の名で放送されていた）が流れている。

「答えは3番。ピノ・ノワールではなくピノ・グリです」クイズの回答者は、浅黒い肌と大きな目、ややアクセントの強い話し方。恐らくインド人だろう。

「正解です、答えは……3番!」司会者が興奮気味に叫び、インド人は喜色満面だ。かなりの額の賞金を獲得したようだ。

自分がどこにいるのかは分からなかったが、光がやたらとまぶしく感じた。ショートヘアの彼女が口元をゆがめて微笑むと、その目からは涙がこぼれた。

「どうした? 僕はここにいるよ」私はおろおろと聞いた。「先生は? ウェンズデイはどこ?」

「水曜日《ウェンズデイ》? 今日は金曜日よ。何日も意識がなかったんだから。発見された時は出血多量で、危ないところだったのよ。神様ありがとう。目が覚めてよかった。ただ……」

「ただ、何?」

「意識がない時に、ぶつぶつと何か言ってた」

「僕が……何を言ってた?」急に嫌な予感がした。

「いいの、大したことじゃない。まずはゆっくり休んで。お医者様を呼ばなきゃ」そう言うと、彼女はベッド脇のボタンを押した。

「なあ、僕は何の話を……」私は目を閉じた。麻酔のせいだろう、目を閉じた瞬間に意識が朦朧として、めまいを感じた。

「スペインの産地の名前を言ってた。川の流れに沿って順番に。エブロ川上流のリオハから、ナバラ、カリニェナ、カラタユド、ソモンターノ、ペネデス、プリオラートと並べていってた。手振りもまじえてね。順番も正確で、船に乗ってワインを飲む夢でも見てるのかと思っちゃった」彼女はからかうような目で私を見た。「しかも、カスティーリャ語の発音が完璧だったのよ」

じっと目を閉じる。少し頭痛がするが、頭は冴えている。記憶の宮殿からエブロ川の情報を取り出す。上流から下流へ、産地の順序に間違いはなかった。昏睡状態でも産地シミュレーションのトレーニングをしていたらしい。

「僕は……ほかにも何か言ってたかな」少し恥ずかしくなった。

「その次は別の川。ドゥエロ川の上流のリベラ・デル・ドゥエロから、狂いなく順番に並べていって、国境を越えてポルトガルのヴィーニョ・ヴェルデまで」彼女はまたからかうように言った。「川から川へ、船を乗り換えて……でも、恋人の名前は一度も呼ばなかった。私も一緒に船に乗りたかったのにな」

「ええと……分かったよ……今度船に乗りに行こう。ポートワインのワイナリーを船で巡るのが楽しいらしい」私は力なく言った。「ポルト港からワイナリーのボートに乗って……」

「その話はあとで。今はとにかく休んで」彼女は自分の手を私の手に重ね、そっと握った。ほっそりとした柔らかい手に包まれ、私はなんだかホッとして、医師が来る前に再び眠りに落ちた。

それからしばらくの間、私は完全に保護され、隔離され、誰とも会わせてもらえなかった。継続的な治療と経過観察を経て、体が少しずつ回復していくのを感じた。主治医はレイキャビク出身で、強いアイスランド語アクセントの英語を話した。主治医いわく、私の銃創は小さく、内出血も少なく、心臓や主要な動脈も外れていた。あと数センチずれていたら、救急隊の到着までもたなかっただろう。本当に私は「世界一幸運な被害者」だった。あとの記憶は警察の3Dホログラムによる遠距離合同尋問、それと各種国際情報機関からの強い関心だ。警察や各種機関は私に、何度も繰り返し似たような質問をした。何もかもを疑ってかかる彼らの態度は、私をひたすら疲弊させた。

ウェアラブル端末がどこかに行ってしまったので、仕方なく病院のテレビを見た。BBC、CNN、TV5、そしてネット上に、先生とウェンズデイと自分の写真がひっきりなしに流れる状況は、とても現実とは思えなかった。SF映画の中のパラレルワールドのように、もう一つの世界にもう一人の自分が生活しているに違いない。ニュースで流れているのはもう一人の私の話で、ここにいる私とは無関係なのだ。

報道のポイントはニュースごとに違っていた。BBCでの私は「テロリストによる宇宙ステーション襲撃事件の生存者」であり、CNNのタイトルは「テロリストが謎のウイルスの解析データをばらまく」だった。ニューヨークタイムズは「民間の宇宙ステーションがテロの目標に」、TV5は「先生が失踪前に送信した資料の謎」、アルジャジーラは「米国企業のラボから《大消滅》のウイルス原始株の資料が漏洩？」だった。ロシア国営テレビと中国中央電視台は、アメリカの謎の農業企業が《大消滅》の元凶だと名指しで報じた。アメリカとイギリスのメディアの大半は、テロリストによる《サンフラワー》撃墜に重点を置き、ウイルス原始株に関する報道や記事は多くなかった。

「先生は英雄か、陰謀の黒幕か？」複数のテレビ局が日替わりの討論番組でこの類いのテーマを扱った。過去に先生を経済的に援助した謎の組織と、マデイラ島の航空機墜落事件を引き合いに出し、先生とウェンズデイが《大消滅》の黒幕であると強く印象づける内容が多かった。ある番組では、《サンフラワー》のブラックボックスの映像が流された。この新しい映像記録システムは、「世界一幸運なワイン愛好家」である私が先生に銃で撃たれて倒れ、その後、蹴られて脱出モジュールに押し込められる様子を映し出していた。

「この世で起こることなんて、すべてインチキなんだろ？」ついウェンズデイのことばかり考えてしまっていた。

ショートヘアの彼女の話によると、先生が失踪して、ティム・ベイカー・グループは大混乱に陥ったそうだ。彼女は休職し、ある者たちに連れられてここへ来た。彼らは彼女に、私が回復して退院するまで付き添うように求めた。数日後、私は病院から完治を告げられたが、彼らは安全上の理由から、あと数日ほど病院にとどまって「様子を見る」よう求めた。

この数日の間に、ニュース報道に大きな変化があった。私は各局のニュースを世界的な影響力とカバー率の順に並べ、さらに視聴者の関心度に応じて序列をつけた。その結果はこうだ。

ＢＢＣ（関心度43パーセント）：ＧＶ９のワクチンがまもなく登場――ドイツと日本の民間の研究室が核酸合成により活性のあるウイルス原始株の作製に成功。すでにＧＶ９ウイルスに対するワクチンの研究開発に着手しており、数週間後には具体的な成果が得られる見通しだ。ヨーロッパのある科学者はこう語る。「ＧＶ９の真の解決策の登場は目前だ。モンテスキューのKN100という吸血鬼ワクチンに頼らざるを得なかった時代は過去のものになる」

TV5（関心度32パーセント）：ヨーロッパ各国で反米デモ——イタリアの元国会議員ジャコモ・ポゼッコ氏はイタリアの家族経営の名ワイナリーおよびイタリアのすべての国会議員と連携し、EUへの要求を提出。アメリカにEUの調査員を受け入れるよう促し、モンテスキュー社の内部調査の進捗を正確に把握するよう求めた。ジャコモ・ポゼッコ氏はヨーロッパのブドウ農家に対し、自らの権益のために立ち上がって戦うべしと強くアピールした。現在、ブリュッセルのEU本部および、パリ、ミラノ、マドリードのアメリカ大使館前で大規模なデモがおこなわれており、押し寄せる農家の人々で周囲の交通は麻痺している。デモ隊は政府とEUに対し、ティム・ベイカー・グループとモンテスキュー・グループの調査状況の公開をアメリカ政府に強く求めるよう訴えている。

CNN（関心度30パーセント）：《大消滅》は陰謀だった？——先日、アメリカ農務省とNASAの専門家チームが共同で否認声明を発表したにもかかわらず、ヨーロッパの多数の民間研究機関が、このウイルス原始株のデータこそGV9ウイルスによる《大消滅》問題の解決に最も必要な情報だと公言している。EUはこれに対し態度を明確にしていないものの、フランスとイタリアの農業省が合同で声明を出し、このウイルス原始株がなぜアメリカの民間企業で発見されたのかと疑問を呈したことで、《大消滅》は計画的な陰謀だったとする議論が世界中で巻き起こった。

アルジャジーラ（関心度12パーセント）：GV9は人造のハイテク製品？——インドのバ

ンガロールにある研究機関が、現在自然界に存在するGV9ウイルスと原始株とを比較、さらにDNA交叉の比較を羅列することで、GV9ウイルスには暗証番号式のセキュリティロックのようなシステムが備わっていることを発見した。携わったインドの科学者はこう語る。「このウイルスは一見すると平凡で特徴がなく、無価値に見えますが、実は非常に複雑かつ精巧で、誰にも解読できません。まるで芸術品のようです」特殊な演算法を使わない限り、このウイルスの謎は解けないという。

私はため息をついてテレビを消した。正気とは思えないウェンズデイの計画は徐々に現実となりつつあった。彼はテロリストの汚名を自らかぶり、命まで犠牲にして、全世界のワイン産業を救い、世界からワインが消えるのを防いだ。オーナーも言っていた。世の物事が善か悪か、簡単には論じられない。公正さも正義も、実は相対的なものなのだ。

いつかウェンズデイの墓参りに行かなくちゃいけない。そう考えたところで、ふと、それがバカげた思いつきであることに気がついた。ウェンズデイの体は宇宙に散らばってしまったのだ。墓なんてあるわけがない。そこまで考えた時、うちのワインセラーにあるVORSのアモンティリャードが飲みたくてたまらなくなった。だが、医師には一カ月の間アルコール摂取を禁じられている。仕方なくあきらめ、またため息をついた。

入り口で警察とロボットが見張っているおかげで、病院の個室はとても静かだった。少し快適すぎるくらいだ。照明の柔らかい光と小花柄の壁紙が、広々とした清潔な空間を彩っている。強化プラスチックのベッドと、側面の壁に常時表示される私のバイタルデータがなければ、ごくありふれたヨーロッパ式の寝室に見える。また、この部屋には一見すると外に通じているように見える木枠の電子窓が設置され、ベッド脇のボタンで好きな風景を選べるようになっている。選択可能なバーチャル風景は五種類。ビーチ、雪山、高層ビルが並ぶ都会、ゴルフ場、農村風景。その日の天候に合わせて時刻ごとに風景が変わり、昼間のゴルフ場ではさまざまな人がプレーする姿を、都会の風景では町で起こるいろいろな出来事を見ることができた。アイスランドは高福祉国家といわれるだけあって、病院の設備も整っている。ベッドで使われているのは最新の〈スマートマテリアル〉のシーツだ。手触りが非常に快適なだけでなく、人体の生理的状態の変化に合わせて通気性や保温度を調整可能な製品で、多くの特許や国際的な発明賞を獲得している。この素材で作った衣服は、製造工程の複雑さやコストの面から普及はしていないものの、メディアの間ではすでに「知性を持った皮膚」として話題になっている。ロンドンなら高級な私立病院にしかないような設備が、ここではごく当たり前に備えられているのだ。

テレビには美しいアメリカ人女性が映っていた。金縁の眼鏡をかけ、豊満な胸元にはW&S50級のバッジ、髪はきれいなポニーテールにまとめている。フォーマルなスーツに身を包んでいても、胸元の開いたシャツは魅惑的なスタイルと胸の谷間を十分に隠しきれていない。画面の左側にシャブリ・プルミエ・クリュのボトルの画像が現れ、画面上でゆっくり回転しはじめた。女性は厳粛な面持ちで淡い黄金色のワインが入ったグラスを持ち上げ、香りを嗅ぎ、いったんグラスを下ろし、再び香りを嗅ぎ、また下ろした。

「うーん……」目を閉じ、あごを上げる。あたたかい陽光が彼女の顔を照らす。日の光を浴びる神聖な彫像のようだ。

若い司会者が待ちきれずに問いかける。「いかがです？」

「目の前に広がるのは、果てしなく広く、複雑なグラデーションを描く、花と果物の庭園です……」女性は姿勢を保ちながら、目を閉じたまま話しだした。「……ニワトコ、カモミール、キンセンカ、シルクジャスミン、ジャスミン、スイセン、そしてドライローズの趣き。あるいはアイリスの若さと言ってもいいかもしれません。心を研ぎ澄ませることで、この多層的な香りを感じることができます」

彫像のような女性が身じろぎもせずに描写を続けている間、テレビの右下には購入数を示す数字が表示される。それは高速道路を走るタクシーのメーターのように増え続け、あっという間に二千本を超えた。「数量限定」という小さな文字が画面上でチカチカしている。

彫像のように動かなかった女性が突然動いた。グラスを持ち上げ、おおげさな仕草でグラスに鼻を突っ込む。ネパールのアマチュア登山家が大口を開けて酸素を吸う時のように、鼻で息を吸うと、グラスをみぞおちのあたりに下ろした。再び目を閉じてあごを上げ、もとの姿勢に戻る。

「熟成が楽しみなワインです。今は多層的な香りの一つ一つが表に出てはいませんが、それらは確かに存在します。アメリカＦＲＢが持っている金塊くらい確実に。この味はキンメリッジアン[*2]の石灰岩層と南向きの日当たりのいい畑から生まれたものです。うーん……」彫像のような女性は何か考えるところがある様子でグラスを揺らし、素早くひと口飲んだ。カメラは胸元のW&S50級のバッジにゆっくりと寄っていく。豊満な胸の曲線が画面にインパクトを与えていた。

「本当だ。感じますよ。豊かな香りが広がります。これは感動的ですね」司会者が興奮気味にグラスを掲げて女性に同調すると、画面右下の購入数の数字が一瞬止まり、また猛スピードで動き始めた。

「うん……柑橘、ライム、レモン、ライチ、マンゴー、グレープフルーツ、鉱物、そしてわずかな塩味。これはブドウが十分に成熟してから収穫した結果でしょう。だからこそ、コンポートやシロップ漬けのパイナップル、ジャムの風味が出せるのです」彫像のような女性はグラスを下ろし、胸のボタンを一つ外して、頰をなで、目を閉じたままうっとりした声で言った。

「ああ……胸の奥深くで鼓動を感じます。体の中から何かがぶつかってくるような。おお……神様……ああ……そう……ヨハネよ……なんて……美しいの」

　彫像のような女性が舞台演劇かポルノ映画のように大げさな芝居を見せると、右下の数字は狂ったように跳ね上がっていった。瞬く間に八千本に達し、そこで止まった。「完売」のテロップが光り、残念がる群衆の声の効果音が入る。彫像のような女性は流れるディスコミュージックに合わせてゆっくり動きながら自分の体をなで回す。やがてスタジオの照明が落ちた。

「そんなにいろんな味がするなんて、もはやワインじゃなくてフォション[*3]のお店ね」ショートヘアの彼女は少し怒ったように言った。「演出もなんだかいやらしい」

「そうだね。もっとすごいのを見たことがあるよ。ほとんど〈ヴィクトリアズ・シークレット〉のCMみたいに、背中に白い羽根のついた黒のレースのランジェリーを着た美女が、ダマスカスの市場にあるようなスパイスの名前をずらずら言ってた」私は言った。「こういう番組は先生の銃より恐ろしいな。しらふの時に見るのは苦痛だよ」

この時、ドアをノックする音がした。ショートヘアの彼女が急いで手を上げ、テレビを消した。私がどうぞと言うと、医師とロボット看護師と入り口の警備員、そして顔に傷のある男性が入ってきた。ランスの地下のワインカーヴは薄暗かったとはいえ、その傷の形からすぐに分かった。啓蒙の儀式で出会った辰星會の幹部——イグナシオだ。

私がいつまでもぽかんと口を開けていたせいだろう、主治医は焦ったような顔で壁に表示された私のバイタルデータを見つめ、「大丈夫ですか？」と言った。

「ええ、大丈夫、大丈夫です」私は我に返った。

「退院が決まりましたよ。おめでとうございます。こちらはボーモン伯爵閣下。EUの農業部門を代表して、退院前にあなたとお話ししたいとのことで」若い医師は少し緊張している様子だった。

私には現状が飲み込めなかった。だが、普通に考えて、今ここに最も現れるべきではないのが辰星會の人間だ。私は初対面を装ってイグナシオと握手した。ショートヘアの彼女は気を利かせ、黙ってそばに立っていた。

「お若い方、あなたに感謝したいのです」イグナシオは互いに握り合った右手の上に左手を載せ、親しみを込めるように軽く叩いた。がっちりしているが氷のように冷たい手だった。背筋が痺れるような感じがして、思わず身震いする。

「私に感謝、ですか……？」私はどう反応すべきか迷った。

「そうです。EUの農業部門と世界のブドウ農家を代表して、あなたに感謝します。本物のGV9ワクチンの研究開発を始動させ、世界のブドウ農家に再生のチャンスを与えてくれた」

「ああ、いえ、それは……」やはり反応に困った。イグナシオが左手に力を込める。黙れという合図のようだ。

「ご存じないかもしれませんが、イスラエルの民間研究所が拮抗薬《きっこうやく》を開発し、すでにブドウ畑で実地試験を進めています」イグナシオは言った。「この薬はGV9ウイルスのすべての変異株に有効だそうです」

「ああ、それは大きな進展ですね……」私は言った。どうもこの話には違和感を覚える。その民間研究所というのも辰星會のものではないだろうな？　左手で作ったウイルスを右手で治療する。右手が使えなくなったら新しい右手と交換する。

　イグナシオは振り返って医師と警備員に言った。「この若者と話したいことがあります。少しの間、二人にしてくれませんか」

　イグナシオの口調は自信に満ちていて、いかにも当然といった表情だった。私がショートヘアの彼女を見てうなずくと、彼女は目を見開いたままぽかんとしていたが、急に何かを察したようにうなずいた。医師と警備員と彼女は出ていき、イグナシオと私だけが残った。

　全員が出ていきドアが閉まると、イグナシオはようやく私の手を離し、ポケットから見覚えのある黒い箱形の遮断装置を取り出した。上面のボタンを押すと、黄色いランプが光る。イグナシオは独り言のようにつぶやいた。「よし、これでいい。何事も決まった手順通りにおこなわなくては。小さなことで規律を破ると、大きなことでも規律を破るようになる[*4]」

イグナシオは黒いスタンドカラーのジャケットを来ていた。一見すると神父の服装のようだ。手には紙袋を提げている。シャワーを浴びたばかりなのか、体からほのかにラベンダーの香りが漂う。なぜだか分からないが、顔色は蒼白で、額の上の赤い傷あとがくっきり見える。右耳には小さなリング型のシルバーの耳飾り。前回の親しげな態度とは打って変わって、今日のイグナシオの顔には一切の表情というものがなく、ただ冷たく私を見るばかりだった。

「私を……始末しに来たんですか？」私はひきつった顔でイグナシオを見た。声が震える。「始末する？　苦労して救い出したのに、なぜ始末する必要が？」

イグナシオはぽんぽんと私の肩を叩くと、ソファへ行き、私を隣に座らせた。手に持っていた、模様もロゴもない紙袋を私によこす。左手をポケットに入れ、右手をソファの背もたれに置いて、何も言わずにこちらを見ている。

「これは何です？」袋の重さが気になる。自分の発した声はひどく不安そうに聞こえた。

「君へのお見舞いの品だよ。我々が出資するベンチャー企業が開発したおもちゃだ」イグナシオは言った。「開けてごらん。医者にはまだ酒を止められてるのか？」

私は袋を開けた。袋の中には無地のクラフト紙の箱。箱を開けると中には真っ黒なワイングラスが入っている。形状から見て恐らくボルドーグラスだろう。宇宙船の写真がプリントされたボール紙の枠にはめられている。表面には「New Atmosphere in the Space Era（宇宙時代の新気運）」の文字。どこかの企業のノベルティらしい。

「ええと、ブラインド・テイスティング用のグラスですか？　ありがとうございます」特に変わったところのない、平凡なグラスだ。

「持ってごらん。爆発はしないから」イグナシオはからかうように言った。

グラスを取り出す。無意識にグラスを回し、鼻先へ近づけてにおいを嗅いだ。ワイン好きがグラスを持った時についやってしまう動作だ。

「あの、これは……?」じっくり見ても、グラスの中には何もない。だが、グラスの底のガラスが非常に厚く、普通のグラスよりずっと重かった。持ち上げてみると、すでにワインが入っているような感じがする。

「グラスの底の電源を入れて、ダイヤルを回すんだ」イグナシオは言った。

グラスを倒すと、底のプレートにシールのような赤くて丸い点がある。非接触センサー式のダイヤルだ。私は空中で人さし指を使ってボタンを押し、人さし指と親指でダイヤルを回す動作をした。グラスの外側が光り、「2054 W&S TB100 Wines」の文字が白く浮かび上がる。

「新しい技術でね。今年W&Sが選んだTB100ワインの香りが楽しめる。試してごらん」

TB100ワインがアルファベット順に並んでいる。頭文字Aのところでダイヤルを回し、シャトー・オーゾンヌ(Château Ausone)で止めた。グラスの表面に二〇四〇年シャトー・オーゾンヌのラベルが浮かび、その横に先生による評価などが表示される。《大消滅》前の当たり年で、満点のスコアを獲得している。

このグラスの表面は曲面ディスプレイになっていて、表裏のラベルの画像を表示できる。

「そろそろだ、グラスの香りをかいでごらん」イグナシオは言った。

ごく自然にグラスを揺らして香りを嗅ぐ。濃厚とは言えないまでも、確かに右岸の典型的な香りがある――ボルドーワインのストラクチャーと肉感、メルロの濃厚な果実味と小豆あんの甘み、そこに温暖な気候とよく手入れされたオーク樽の香りが合わさり、全体として非常にまとまりがある。

「これは不思議ですね。この年のシャトー・オーゾンヌは飲んだことがないんですが、これは典型的な右岸のワインの香りです。本当に合成されたものなんですか？」私は驚いて言った。

「もちろん合成だよ」とイグナシオ。「百パーセント、人工の香りだ」

「へえ……この〈香りのグラス〉は面白いな。これがあれば電子鼻は淘汰《とうた》されますね。どうなってるんだろう」

「ハハ。科学研究によると人類は十万種類のにおいを嗅ぎ分けられるというが、これは理論値にすぎない。普通の人がワインの中に感じ取れるにおいはせいぜい数千種類だろう。我々のチームは千二百種類の一般的なにおいを組み合わせて合成し、この製品を作った。フフ、SOEの偽ワイン製造技術はどれほど複雑か想像もつかないが、ワインの香りを合成するだけなら、味の合成に比べてはるかに容易だからね」イグナシオが笑った。

「すごいですね」

「頭文字Cのコンデス・デ・ボーモン・ボガデスを開いて、うちの二〇五〇年のヌエバ・ヒスパニアを試してみてくれ――八種のブドウを使ったオチョ・バリエダデスだ。《大消滅》のあとの私の最高傑作だよ」

グラスの底のダイヤルを合わせながら、イグナシオが何者かに思い至った。スペインの国民的英雄、数年前の《スーパースパニッシュ》ブームの仕掛け人、あの《貧乏伯爵》じゃないか。

メディアや公式の場に姿を見せなくなって久しい。以前とはだいぶ様子が変わっていた。

どうして気づかなかったのか、自分が情けなくなる。

「ああ、そうか」私は思わずつぶやいた。

「どうした？」イグナシオが言った。

「あなたのワインが初めてWS100に選ばれた時のヌエベ・バリエダデスを飲んだことがあります。驚くほどの傑作でした。完璧に均斉が取れていて、本当に……完全なシンメトリーを形成するフーガのようでした」私は心から称賛した。

一瞬、イグナシオの顔に、感情の読み取れない不思議な表情が浮かんで消えた。それは空を漂う黒い雲のようだった。私は香りが出てくるのを待ちながら、本当にワインが入っているかのように、グラスに手をかぶせて揺らしてから香りを嗅いだ。

「どうかな？」

「《大消滅》よりあとのヌエバ・ヒスパニアは飲んだことがないんです。以前のヌエベ・バリエダデスの印象が強いからでしょうか、強さも骨格も以前のものには及ばない気がしますが、繊細で複雑な香りです。短いシーソー、あるいは指先で皿を回しているような、少しでもバランスが崩れたら落ちてしまいそうな危うさがあります」比較的ストレートに私の落胆を伝えようと試みたが、イグナシオが理解したかどうかは分からない。

イグナシオは何の反応も示さなかった。少なくとも、私にはそう見えた。彼は言った。「機会があれば《大消滅》前後のヌエバ・ヒスパニアを持ってきてあげるから、飲み比べてみるといい。ああ、酒は飲めないんだったか。それじゃあグラスのTB100ワインの香りだけ楽しんでくれ」

「香りは嗅げるのに飲めないなんて、銃で撃たれるより苦痛ですよ」イグナシオにさっきのテレビショッピングの話をした。私たちは顔を見合わせて笑った。

笑っていたイグナシオがふいに手を上げて制止するような仕草をした。ハンカチを出して咳き込むと、苦しそうに息をしながら真顔で言った。「銃といえば、そうだな、話を本題に戻そう……ほぼすべての証拠は消滅してしまったが、逃亡した二人の管理員の証言を得ることができた。さらに、君のウェアラブル端末を含むすべての証拠品を詳しく調べたところ……」ここまで言って、イグナシオはまた激しく咳き込み、会話はしばらく中断せざるを得なかった。

なくしたと思っていた端末はイグナシオが持っていたのだ。まずい。あの中には私に不利な証拠が山ほど残っている。私と先生とウェンズデイが共謀してウイルス原始株を盗もうと計画したことも分かってしまうだろう。背中に嫌な汗が流れ、体がこわばる。グラスをゆっくりテーブルに置くと、頭を低くしてグラス内に反射する光を見ていた。AIとの対戦で王手をかけられた人間のプレーヤー、あるいは、戦いに敗れたニワトリのような気分だった。私は言葉を失い、一切の抵抗をあきらめて、イグナシオから審判と処分が下されるのを静かに待った。

「申し訳ない。最近はどこも大気汚染がひどくて、アイスランドの空気質指数でさえ二十を超えるから、ずっと喉の調子が悪くてね……」イグナシオはゆっくり息を吸うと、テーブルの上の水をひと口飲んだ。「……《サンフラワー》には五台のブラックボックスがあった。我々はそのうち二つを発見し、一つのデータの解読と検証に成功した。君のウェアラブル端末と比較検証した結果、先生がウェンズデイと名乗るテロリストと手を結び、事件を起こしたことが明らかとなった」

イグナシオは何度か水を飲みながら言った。「そして君は……テレビで言われているように、幸運な被害者だ」

「そうです。ありがとうございます。命拾いしたことは……本当に運がよかったです」これは本心だった。心の底からそう思っていた。

「先生は、そう、実に才能のある人物だ。そしてあのウェンズデイという男。あの日、彼が司会を務めた番組は本当に興味深かった。視聴率は新記録を出したそうだよ。なかなか面白そうな男だったが……残念だ」イグナシオの表情は少しも残念そうではなかった。

「ええ、ええ」私は慌てて同調した。

「先生が公開した《サンフラワー》のウイルス原始株のデータは世界を震撼させ、我々もかなり面倒なことになった。今ではほぼ解決しているが、一時はかなり行き詰まっていて、尊崇すべき総長もご機嫌がよろしくなかった」イグナシオは淡々とした口調で言った。「先生に関して、ほかに何を知っている？　君は先生と最後に接触した人間の一人なんだ」

「ええと……よくは知りません。宇宙ステーションへ行く前、先生と私は無重力下での熟成などの専門的な話をしていました。特別な話はしていないし、変わったところもなかった」

「先生と顧問は？　二人の間におかしな点は？」

「二人の関係は良好だったと思います。普段からよく一緒に飲んでいたようですが」

「二人は君の推薦人だ。事件について、君はどう考えている？」イグナシオは傍らの水差しを取り、私にも水をついでくれた。

イグナシオの口調から、おおかた察しがついた。彼はこの事件を、先生と顧問による反逆行為であり、ほかの者たちは無関係だと結論づけようとしている。ならば、私の端末に残ったデータや証拠を心配する必要はないはずだ。これは命に関わる問題だ。むやみに勝手な判断を下したり余計なことを言ったりしてはいけない。ただ彼の結論に沿って慎重に答えるだけでいい。

「特に思うところはありません。彼らとは知り合って日が浅いですが、とてもよくしてくれた。正直、特別な家柄でもない私をなぜ推薦してくれたのかも分かりません」事実、私には分からなかった。

「奇妙に感じなかったか？　君の通常の生活とはあまりにかけ離れた世界で」イグナシオは同情するような顔をした。

「バスを乗り間違えた乗客のような気分です」そうつけ加えて、私の結論とした。「こんなことになるなんて、思ってもいなかった」

「なるほど。我々も今、もろもろの責任の所在をはっきりさせているところだ。君も被害者の一人だと思われるが、そうなんだろう？」そう言いながら、イグナシオは私に向かって軽くうなずくと、静かに私の反応を待った。

私は顔を上げ、左右で色の違う彼の目を見つめた。すると突然、自分がうつぶせで空中に浮かんでいるように感じた。彼のいるほうが下、私のいるほうが上、地球の引力が方向を変え、星も、月も、雲も、ゴミ箱も、電柱も、何もかもが彼のほうへ向かって流れていくような感覚になった。

「もちろん、こんなことになって私も実に残念です。なにせ銃で撃たれて命拾いした人間ですから」私は左胸に手を当てた。かすかに痛みの残る傷の存在を感じることで、変異する地球の引力の幻想から逃れようとした。イグナシオの視線を避け、息をついてから言った。「顧問と先生はどうなったんですか？」

「間違った質問だ」イグナシオは左右に二・五度ほどずつ、ほんのわずか首を振って言った。「君が気にするべきことじゃない。ほかに知りたいことは？」

「ありません」私は力なく首を振る。

「君の体の具合を見てみよう」イグナシオは先ほどの紙袋から病院のロゴの入ったバインダーを取り出して開いた。目を走らせ、自分の手首の端末をいじって、眉間にしわをよせる。

「何です？」向かいにいるのは医師かと錯覚しそうになった。

「おかしいな」イグナシオは握った拳を口元に当てて、軽く二回ほど咳をした。「アイスランド語で書かれているんだが、君は心身に深刻な傷を負い、もう我々のために働くことはできないとある」

「えっ、本当に？」イグナシオの言う我々とはモンテスキューのことか、辰星會のことか、あるいは両方かは分からなかった。ただ、彼は何らかの算段があって私を生かそうとしている、それだけは分かった。だが彼はそれを口にできないし、私も回答を間違えてはいけない。私たちの会話は誰かに見張られているようだった。大デュマに似た顧問か、尊崇すべき総長か、それともほかの誰かか。私たちは必ず最後までこの芝居を演じ続け、会話を終わらせなくてはならないのだ。

「残念だ」イグナシオは言った。

「私はどうすれば？」私は言った。

イグナシオは何も答えず、私の左耳の後方を見つめていた。目の前には大海原が広がっていて、私はそこに存在していないかのように、うねる波を凝視している。

「君のラッキーアイテムを返そう」急に何かを思いだしたように、イグナシオは左手でポケットから一枚の鉄製のコインを取り出し、テーブルに置いた。コインはテーブルの上でくるくる回って止まった——それは長老が私にくれたコインだった。小さく丸い穴がいくつも開き、穴の縁はめくれ上がっている。一部には高温で溶けた痕跡があった。

「君は終わった」イグナシオが冷たく言い放った。「コインで銃弾は防げない。あれは映画の中だけの話だよ。そんなことを信じる者がいると思わないでほしいね」そう言って立ち上がると電子窓の所へ歩いていき、外の風景を見つめながら、聞き覚えのあるメロディで歌い始めた。

「川を渡ればあの世へ行ける。枝を広げた栗の木の下で、君が私を売り、私が君を売った」[*5]催眠術でもかけるかのような、低い歌声だった。

私の頭の中にさまざまな記憶や場面が駆け巡った。人は死ぬ前に走馬灯を見ると聞いていたが、これがそうなのか。イグナシオがランスで顧問を見た時の表情、映像の中の品のいいウェンズデイ、コーヒーポットから出てきた二つの石、胸に金色の金属板を下げた老人、先生が私を撃つ直前に話していたこと、塔と死神と世界の逆位置のタロットカード、顧問がパディントンで私に命じたこと、土ぼこりが舞うベッカー渓谷、ショートヘアの彼女の胸元の赤いビー玉のペンダント、ブルゴーニュの姫の銀河を越えた逃亡……そうした情景が頭を巡るせいで、イグナシオが口ずさんでいた内容はよく聞き取れなかった。これらの記憶や場面はすべてつながっている。世界はメタファーと暗示に満ちている。ただ、そう感じるばかりだった。

それから、『一九八四年』の中で栗の木カフェで永遠にジンを飲み続けるウィンストン・スミスの気分になった。得体の知れないクローブ風味のサッカリン。白は必ず黒に勝つ。2+2=5。長く待ちわびた銃弾はいつか脳を貫く。テーブルの上には再生紙のタイムズ紙。ビッグ・ブラザーが見ている。

イグナシオは上機嫌で歌を口ずさみながら、電子窓の前でゴルフのスイング練習をしている。スイングは的確だが、体を回転させてのフィニッシュが決まらない。本人も自覚があるようで、何度かスイングを繰り返したあと、最後まできちんと振らないと、などとぶつぶつ言っていた。そうするうちに、私にはイグナシオの目算が分かったような気がした。彼は私を生かしておき、私の口から彼の望む証言を引き出そうとしている。そうすることで、辰星會の内部、あるいは誰か特定の人物に対し、申し開きが立つというわけだ。

だが、それには大きなリスクが伴う。この先、私が彼に不利な証言をする可能性があるからだ。最善の策は、私が具体的に何かを言ったら、人知れず始末してしまうか、あるいは失踪させることだ。そして私は知っている。イグナシオと辰星會が本気を出せば、私は決して逃げられないことを。

まいったな。とんでもなくまずい状況だ。

原註

＊1　アルザスの高貴品種とは、ミュスカ、ゲヴュルツトラミネール、ピノ・グリ、リースリングを指す。グラン・クリュ（特級）、VT（遅摘み）、SGN（セレクション）といった等級のワインにはこの四品種のみ使用が認められている。

＊2　キンメリッジアン：地質学上の地質時代名。ジュラ紀後期の地層。名前の由来はイギリスの海岸の村。小さな貝類や牡蠣、アンモナイト化石などが堆積し石灰化した土壌。

＊3　フォション：パリの老舗の高級食品店。このセリフの描写はベルナール・ピヴォの著書Dictionnaire amoureux du vinを参考にした。

＊4　ウォーレン・バフェットの名言。原文は「If you let yourself be undisciplined on the small things, you will probably be undisciplined on the large things as well.」。

＊5　Under the spreading chestnut tree, I sold you and you sold me. ジョージ・オーウェル『一九八四年』より。

第20章　レゴブロック

二〇三五年九月七日
ボストン　ケンブリッジ

「今、君がやってる研究と大差ない。植物ウイルスについてだ」牛の頭をした男が言った。

牛頭の男は背が高く、太っていた。体重百キロはありそうだ。ウールの開襟ジャケットと黒のブーツ姿で、木枠の革張りソファには木製のステッキが立てかけてある。黒いハットをかぶっていない点を除けば、漫画のジョン・ブル[*1]にそっくりだ。男の頭はどう見ても本物の牛だった。巨大な二本の角、水平に広がった耳、鼻の頭は湿っていて、盛り上がった額はいつ見ても怒っているように見える。牛頭の男が話す時は顔の筋肉の動きもごく自然で、お面とは思えない。イーサンは思わず触りたくてたまらなくなった。

「僕に何を研究させる気？」

「具体的な方向性は？」イーサンは興味を引かれていた。

「ブドウだよ、ワイン用のブドウ」牛頭の男は、新品種の牧草の名でも言うように、さらっと言った。

「ほかには？」

「面白いウイルス株がある」牛頭の男が言った。「それから食用ブドウと交雑種ブドウの研究結果も」

「ワクチン？　変異アルゴリズム？　それとも遺伝子操作？」イーサンは牛頭の男が持ってきたシャンパン、二〇二五年のサロンをひと口飲んだ。年代物の高級シャンパンならではの味わいだ。

「ワクチンだけなら、君には頼まないよ、ブランドンさん」牛頭の男が言った。

「じゃあ、ウイルスの暗号化？」

「一つのビジネスモデルだ」牛頭の男は歯をむき出して笑った。「世界を変えるビジネスモデル」

「どういう意味？」牛ってこんなふうに笑うんだ、とイーサンは思った。

「伝統的な穀物商社ABCD*2のモデルと同じように、ワイン用ブドウで誰にも倒せないビジネスモデルを確立したいとわれわれは思っている」牛頭の男は言った。「今世紀に入って成長を遂げたマイクロソフト、バイエル、モンサントなどの企業を知っているか？」

イーサンは首を振り、いかにも興味がなさそうに指輪に目をやった。

「まあいい」牛頭の男は言った。

「どうして僕に？」

「君が掲示板に答えを書き込んだ問題は、我々が出したものだ」牛頭の男は息をつきながら言った。「我々の三つのチームが二年かけて出した結果に、君はたった一人で、しかもわずか六週間で到達した」

「人工ウイルスの設計は難しくないよ。DNAを並べて組み合わせるのはレゴブロックみたいなものだから」イーサンは言った。「何事にもコツがある。別に大したことじゃない」

「ハハ、そのコツは、並の人間にはとてもつかめないものなんだよ。我々の研究チームが君の手法のことを……何て言うか、出来上がったものはまるで芸術品だと言っていた」

「なんで僕が手伝うと思うんだ？」イーサンは笑った。テーブルの上で指を組み、挑発するように男の両目の間の茶色い毛を見つめる。

「君が決して……断れなくなるような理由を用意する」牛頭の男は目を見開いてイーサンを見た。

「ハハ、何だろう……うん、分かった。連邦準備銀行の鍵かな？　ウクライナの双子の美女？　それとも銃弾？」

「君は何が欲しい？」男は笑ってはぐらかした。「君の要望に合わせて手配しよう。そういうのは我々の得意とするところだ」

「ハハ。どうせハッタリだろ」イーサンは眉を上げた。

「どうかな」牛頭の男は首を振った。

この時、ヤンキースの3番打者が[*3]特大のファールを打った。打球はライトスタンドの二階席へ飛び込む。永久欠番8番のプレートの上あたりで、紺のノースリーブを着た金髪の美女が素手でボールをキャッチし、大喜びで踊り出した。カメラのズームが美女にぐんぐん寄っていく。

観客席は盛り上がり、アナウンサーもここぞとばかりにジョークを飛ばす。イーサンたちが座っているVVIPラウンジはホームベースの後方にあり、遠くてよく見えないため、イーサンは体をひねって後ろのスクリーンを見た。牛頭の男も同じように後ろを見る。

「ひどい点差だな。美女でも眺めておくしかない」牛頭の男はあきらめたようにつぶやいた。

「いいよ」突然、イーサンが言った。「もう何も言わなくていい。手伝うよ。すごく面白そうだから」

「よかった。今日、私と会うことを誰かに話したか？」牛頭の男は襟を正し、きちんと座り直した。

「ＣＩＡかＦＢＩの諜報員にスカウトされると思ったから、誰にも話してない」イーサンがおどける。「違ったかな？」

「秘密の組織の仕事には間違いない。ただ、どこの組織かは教えられないが……教えてしまったら、君を殺さなくちゃならない」牛頭の男はせせら笑うような声を出した。

「ハハ。ウケるね……あんたたちの目的は何だ？　金か？」

「もちろん違う。金など必要ない。予算は十分にある」男はすぐさま答えた。「正確に言うと、無限にある」

「じゃあ何が目的？　分からないな」

牛頭の男は何も答えず、口角をわずかに上げて笑った。「分からないだろうね。そちらの要求は？」

「十分な設備と、人員、チーム、あとは」イーサンは指を折って数えながら言った。「……時間かな」

「三十カ月」牛頭の男が首を振る。「我々には三年弱の時間しかない。それ以外は何も心配しなくていい、いくらでも用意できる」

「ねえ、ウイルスの開発は橋を架けたり体育館を作ったりするのとはわけが違う。三十カ月でできるという保証はないよ」

「この期限だけは絶対だ。変えることはできない。ほかに条件は？」

「もし興味がわいたら、あんたたちの組織に入れてもらおうかな」イーサンにはこの男、いや、この牛頭の男が何者なのか分からなかったが、その背後の力には興味を覚え始めていた。

「事がうまく進めば、評価プロセスを経て加入が認められるとは思うが……決して簡単なことではない」牛頭の男はまた首を振った。

「分かった。最後にもう一つ」イーサンは男の大きな目をじっと見据えた。「その牛の頭のお面が欲しいんだけど……それとも、あんたの頭は本当に牛なの？」

イーサン・ブランドンは幼い頃から数学と分子生物学に夢中だった。十六歳の時、植物ウイルスを利用した薬剤伝送の特許技術を申請したことで、世界に名を知られることとなった。メディアは彼を、世紀の天才、期待の新星、と持ち上げた。《サイエンス》誌はイーサンを「バイオテクノロジー界のモーツァルト」と形容し、《ネイチャー》誌は「将来が楽しみな、世界的な天才」と描写した。《セル》誌はページを割いて彼の技術を解説した。「……ブランドン氏はDNAのレゴ職人だ……レゴブロックを組み合わせるように、生物のＤＮＡを並べ替えて再編することができる……無害なウイルスに感染した細胞と自己複製の原理を応用し、有益な薬剤を希望の箇所に伝送する。ウイルスを薬剤の運び屋として、疾病の治療、ひいては標的治療への利用が期待できる」

イーサンは複数の機関に向け、ウイルスとワクチンの遺伝子操作に関する研究プロジェクトを提案した。ハーバード大学とマサチューセッツ工科大学の共同研究プロジェクトは、彼のために専用の研究室と研究費を用意。アメリカ疾病予防管理センターも内々にイーサンと接触し、彼の研究への支援を持ちかけた。

だが、イーサンが本当に好んだ研究課題はＤＮＡ変異のアルゴリズムやウイルス暗号化の分野だった。他人には思いつかない方式でウイルスを制御することに面白味を感じていた。通常、彼が取った手法は、機能を持たないジャンクＤＮＡの中に、有効なＤＮＡセグメントを埋め込むものだ。ウイルスの自己複製を促して、細胞に感染させ、突然変異時に求める状態を作る。他人がこのウイルスのＤＮＡを調べても、ジャンクＤＮＡのセグメントが見つかるだけで、どこに問題があるかは分からない。

「ペットといえばネコとかイヌとかワニとかヘビとかだけど、僕が興味をそそられるのはウイルスなんだ」イーサンは友人にそう語った。「ウイルスもペットと変わりない。イヌが獲物のカモをくわえて戻ってくるみたいに、僕のウイルスもちゃんと僕の言うことを聞くんだよ。ただ、ウイルスが何をやってるか普通の人には見えないだけだ」

幼い頃から、イーサンはボストン市街を流れるチャールズ川右岸の雰囲気が好きではなかった。古びた観光地で、路地は狭く、建物は古ぼけている。雨まじりの湿った雪が降る夜などは特に不快な気分にさせられた。この一帯で比較的整備されていて明るいのは、フェンウェイ・パークの周辺だけだ。グリーン・モンスターがそびえる球場は、墓場の中央にある巨大な灯台のごとく、暗く沈んだ町を照らしている。たまに試合を見に行くのを除けば、イーサンがこのあたりを訪れることはほとんどなかった。

それに比べ、チャールズ川左岸のケンブリッジやサマービルはずっといい。美しいハーバード大学とマサチューセッツ工科大学がある。広く明るい空、優雅な邸宅、清潔でまっすぐな街路、整った街路樹。世界一聡明な学生と優秀な頭脳が集まる町。

ハーバード大学に通じるマサチューセッツ通りには学生たちが通うカフェが数軒ある。その一つ、歴史あるベリタス・カフェ[*4]はマサチューセッツ工科大の学生に人気の店だ。この店を有名にしているのは、壁に掛けられた二階くらいの高さのある巨大な掲示板。さまざまな未解決問題と、期限つきの懸賞金額がチョークでびっしりと書き込まれている。

恋愛のもつれや人生哲理に関する問題もいくつかあるが、大半は生物や物理、数学の難問だった。これらはみな、教授、学生、企業の研究センター、さらには国の研究所などが書き込んだ未解決問題だ。有名な布雷克《ブレイク》演算式は書き込まれてすでに七年になる。ＦＢＩとＣＩＡがここでスパイを募集しているという噂もあった。ある時はテロリストが情報を残したと噂になり、証拠保全のためカフェは一日休業を強いられた。もちろん、ベリタス・カフェのウェブサイト上にも掲示板はあるが、店内の掲示板ほど有名ではない。

イーサンはワクワクしながら、まず、ウイルス変異の予測法を問う設問に解答を提出した。

これは非常に興味深いテーマだった。正確な解答を出すことそのものより、既存のロジックをいかに思考し応用するかが最も難しかった。解答を提出した当日の午後、銀行口座に一万ドルが振り込まれた。掲示板の懸賞金の十倍の額だった。

　これ以降、イーサンはこのＰＢと名乗る人物の出題に注目するようになった。続いてウイルス複製の阻害に関する設問に解答した。前の問題よりはるかに難度が高く、先方から提供された資料をダウンロードし、四週間あまりをかけてシミュレーションを完成させたのに、賞金はたったの二万ドルだった。その後、このＰＢという男は――イーサンは男だと思っていた――カフェの掲示板を通さずに直接出題してくるようになり、そのたびに異なる金額の賞金を出した。ＰＢの問題は主に植物ウイルスとワクチンに関する問題で、大半は研究プロジェクト、ウイルスの暗号化と解読、人工ウイルス、ＤＮＡ合成、データシミュレーションなどに関する、さほど大がかりな設備や時間を必要としない内容だった。

　この時期、イーサンは懸賞金で少なくない額の金を稼いだ。彼はこの金を酒手《チップ》と呼んでいたが、実際その通りになっていた。稼いだ金はすべて、ネットで最高級シャンパンを買いあさることに費やされた。イーサンは自分をシャンパン愛好家だとは思っておらず、むしろワインなんてただの気取った飲み物だと思っていた。彼は単に炭酸飲料が好きなだけであり、シャンパンは彼が知る中で最も高価な炭酸飲料だった。彼はふざけてシャンパンを「ボーナス・ソーダ」と呼んだ。

　イーサンのシャンパンの飲み方は独特だった。ボトル一本分のシャンパンを、凍らせた一リットルのビーカーに注ぎ、立ちのぼってゆく気泡を眺める。まるで化学の実験のようだった。

こうすると少し気が抜けてしまうが、果実味と酸味はよりクリアになり、口当たりも比較的まろやかになる。雪が降る冬の夜の、広間に吊されたシャンデリアのように、安らかな光を静かに優しく振りまくのだ。

　イーサンはいつも、シャンパンを多めに口に含み、口の中に気泡をためておく。泡の刺激で口の中が少ししびれてくると、こんなふうに考える。「うん、今日の酒は傷んだ桃とリンゴの味がする。餓死して分解された名もなき酵母の死骸の味も」最後にシャンパンを飲み込み、冷たい炭酸飲料の刺激が食道を通って胃に入る感覚を味わうと、グラスを置いて、舌で唇をなめる。

「無意味だな」シャンパンを飲み終えるたびに、イーサンはいつもこう独り言を言った。「まったく意味がない」

　イーサンの思考回路は一般人とは違うのだろう。子供の頃から、どんな事物にも、その背後で機能し流動する力と意義がぼんやりと見えていた。彼にはいろいろなものを明確に見極める能力があった。他人の意図、教授と学校の方針、政府の医療と福祉政策、複雑な交響楽、未解決の方程式、複雑なＡＧＣＴあるいはＡＧＣＵ[*5]の配列まで。魚が川の水流を読んだり、鳥が空の風を読んだりするのと同じようなものだ。

　特殊能力のようなその才知のせいで、彼の人生は青春時代から退屈でくだらないものになった。すべてが愚鈍で粗雑に見えて、人生なんて無意味だといつも思っていた。自分にとって意義のあることを見つけるのが、人生で唯一の目標になった。

「未来が見えるなら、未来などないに等しい」彼は父の墓の前で言った。「物事の背後にある意義を見通せたら、もはや人生に意義などない」

現実の生活の中で、本当に彼を引きつけたものは、哲学とバイオテクノロジーの研究だけだった。それらは彼の能力の及ぶ範囲をはるかに超えていたからだ。彼は一時期、虚無主義と実存主義の哲学思想にのめり込んだ。「真に重大な哲学上の問題は一つしかない。自殺だ」というカミュの言葉を信奉した。この世は嘘とでたらめに満ちている。イーサンは、自分の人生の価値とは何かをたびたび自問した。価値のない命なら、いたずらに生きながらえる理由などない。自殺は彼の選択肢の一つとなった。

伝染しないウイルスＤＺ０４３を作り、それをナノカプセル技術で赤いビー玉のようなブレスレットの中に入れた。「いつかこれで人生を終わらせる」非公開のネット掲示板に彼はこう書き込んでいる。

もう一つ、イーサンを引きつけたものがＤＮＡ技術の研究だった。その複雑度と難度により、背後にある意義を見通すことができなかった。軍事パレードがおこなわれるような広大な広場にびっしりと爪楊枝が敷き詰められていて、その一本一本に百科事典一冊分の内容が書き込まれているようなものだ。「この複雑度が持つ意義こそが生命そのものではないのか？　生命とはかくも複雑なものだ。人類は偉大で未知なる事物に畏敬の念を抱くべきだ」

翌年の春、セント・パトリック・デーを過ぎた頃、イーサンはＰＢが送った冷凍された植物ウイルスとシーケンス結果のデータを受け取った。ＰＢはイーサンに、このウイルスの暗号化と、他人がこのウイルスのモデルを手に入れても正確な分析ができないよう、ちょっとした細工を施すことを依頼した。これはイーサンの得意分野であり、彼の能力に合わせて提出された課題のようだった。彼は数週間をかけてこのウイルスのモデルを研究し、いくつかの仮説と、研究計画と、一部のシミュレーション結果を提出した。二日後、PB（つまり牛頭の男だ）から五万ドルの電子小切手と、レッドソックス対ヤンキース戦のVIPラウンジの招待券が送られてきた。運転手つきのリムジンによる送迎サービスも含まれると明記されていた。

フェンウェイ・パークでPBと話したあと、イーサンはPBの研究プロジェクトに着手した。人生に目標ができたかのように、これまでとは打って変わって積極的に取り組んだ。PBは約束通り、ボストン市郊外のウォルサムにモンテスキュー社付属のラボ〈ナルシサス〉を開設してくれたし、資金や設備、人員も十分に用意された。モンテスキュー社の別のラボからは、専門知識のあるアジア系の女性アシスタントが派遣され、イーサンがスムーズに仕事ができるよう取り計らってくれた。

確かに、PBらにとって金は問題ではないようだった。多額の予算を際限なく使わせてくれたし、イーサンを信頼し、思い通りに研究を進めさせてくれた。専用のゲストルームには顔認証ロックのついた定温冷蔵庫が置かれ、中は常に生産年の異なる高級シャンパンで満たされていた。イーサンはラボにこもり、全力で研究に打ち込んだ。まるで儀式のように、高級シャンパンを毎日一本ずつ飲み干し、「無意味だ」と独り言を言って、歯を磨いて眠りについた。

男の牛頭はプロジェクション・ネックバンドの投影効果によるものだと、あとになって知った。牛頭の男の名はピーター・ブル、PBはそのイニシャルだ。とはいえ、ピーター・ブルというのも偽名に違いない。そのイントネーションや言葉遣いから、ＰＢはアメリカ人で、年齢は五十歳前後、高度な教育を受けていて、ヨーロッパでの滞在経験があり、国際外交と公衆衛生分野に詳しいことなどが推測できた。

イーサンはやがて、自分が進めている研究は《Ｍプロジェクト》と呼ばれる計画の一環であることを理解した。《Ｍプロジェクト》はどうやらバイオパイラシーや環境搾取の別形態、あるいは進化版であり、国家の力と特許システムを隠れみのにして運用されているらしい。ＰＢは《Ｍプロジェクト》は国の秘密組織によるプロジェクトだと言っていたが、ＰＢとモンテスキューの背後にある「国の秘密組織」が何をしているのか、イーサンにはついに分からなかった。

人生で初めて遭遇する事態は、イーサンを面白がらせた。

モンテスキューでの仕事は予定よりはるかに順調に進んだ。イーサン自身も不眠不休で人間とロボットのチームを指揮し、十三カ月間の研究に没頭。《Ｍプロジェクト》が求める原型ウイルスＭＸ２の実施試験にこぎ着けた。だが、ＰＢはＭＸ２に対し、一般の食用ブドウや交雑種のブドウには感染せず、ワイン用のブドウのみに感染することを求め、より多くの試験を実施するようイーサンに要求した。そのために計画の進展が滞ったことが、イーサンには不満だった。

「要するに、何が言いたいんだ？」ＰＢがそう言いながら手招きすると、木のつるのようなデザインの、金色のシャンパンクーラーが自動的に近づいてきた。ＰＢは自動デキャンタつきのシャンパンクーラーに二本のシャンパンを入れる。

「分からないんだ。MX2もワクチンも、どんなブドウにも使えるのに、どうしてワイン用ブドウだけに感染させたがる？」

「研究プロジェクトの開始当初から、定義は明確だ。我々のターゲットはワイン用ブドウのみ。ほかの品種は対象外だ」

「交雑種はどうなんだ？　ある意味グレーなんじゃないか？」イーサンは腹立たしげに言った。

「昨日、ちょっと資料を見たんだけど、一番有名な交雑種、何て言ったっけ……セイベルだ。あれはフランスの医者が作ったそうだね。その医者は生涯で一万六千種あまりの交雑種を育てたけど、一般に普及して大量に栽培された品種はほとんどゼロに近かったとか」

「意味が分からないな。だから何が言いたい？」とPB。

「セイベルの件は、交雑種があんたたちにとって無用なものだってことを証明してる。違うか？」

「だが交配は環境に優しく副作用の小さいソリューションだ。生態系や人体への影響も少ない。遺伝子操作よりずっといい」

「交配で理想通りの品種を作るには五十年かかるかもしれない……遺伝子操作なら三年か五年で可能だ」イーサンは手を広げて肩をすくめた。「遺伝子操作は……あんたたちがもう一つの計画で何がしたいのかはともかく……遺伝子操作は近道になるはずだ。なぜ遺伝子操作を捨てて交配を推すのか、さっぱり分からないよ」

イーサンはPBが持ってきた非常に高価な年代物のドン・ペリニヨンとマグナムボトルのボ

エル・エ・クロフを一緒にコーラのグラスに注ぎ、指でかき混ぜて一気に飲み干した。このシャンパンの価格を知るＰＢは思わず眉をひそめ、持ち上げかけた手の中のグラスを、また下ろした。

「我々は遺伝子操作したブドウ樹を作りたくはないからだよ。我々に受け入れられるのはウイルスとワクチンまでだ。ワイン用ブドウの遺伝子は本来の形で残しておきたい」ＰＢは真剣な面持ちで言った。「多くのワイン愛好家にとっても気になるところだろう。彼らは遺伝子操作されたブドウ樹を好ましく思わない」

「ワイン愛好家のことなんか気にしてるのか。理解できないな。《Ｍプロジェクト》と同時に、無害で環境に優しい《Ｈプロジェクト》を進めるなんて不可能だ。Ｓ.Ｈ.Ｉ.Ｅ.Ｌ.Ｄ.やジェームズ・ボンドを、ロキやテロリストと同時に演じるなんて矛盾してるし、ふざけてるし……」イーサンは抗議した。「まったく……無意味じゃないか。そうだろ？」

「君には理解できないだろうな。観客には脚本家の考えが理解できないし、俳優には監督の考えが理解できないのと同じことだ。これは壮大で華麗なショーであり、永遠に終わりのない芝居なんだよ。我々には我々のロジックがある」ＰＢは泣いているような笑っているような顔で言った。「君がコーラみたいにシャンパンを飲むこともそうだ。私はその意味を君に尋ねたことはないけれど、きっと君にも君なりの理論があるんだろう」

「分かったよ。ただ、分かってる？」イーサンは少しいらついて、またグラスでシャンパンをブレンドし、ＰＢにも同じものを作って渡した。ひどくもったいない飲み方だということは、もちろん承知の上だ。

「分かってるって、何を？」

「僕が作るものは芸術品だよ」イーサンはあえて怒ったような顔で言った。「勝手に作品をいじられたくない」

「それはそうだろう。だがピカソ殿、ウイルスやワクチンや演算法は大衆の芸術にはなりえない」ＰＢは笑って言った。「全世界の美術館に展示したところで、その鑑賞法を理解する観客はせいぜい二千人しかいないんだ」

「アインシュタインも、自分の著書は売れないと言ってた。僕は大勢のファンなんか欲しくない」イーサンは笑って答えた。

「アインシュタインはたくさんの名言を残しているね。こうも言っていたよ、世界で最も理解しがたいものは所得税だって」ＰＢは手にしたミックスシャンパンスムージーを掲げて言った。

「これがアインシュタインの十大名言の一つになるんだから、おかしなものだよな」

「そうさ。世の中でたらめばかりだ」

「智者は問題を解決し、天才は問題を予防する」ＰＢは言った。「これから起こりうる問題を君が予防してくれることを我々は望んでいる」

モンテスキューはマダガスカルとタスマニアに交雑種のラボを持っていた。完全に密閉された室内に、交雑種と欧亜種のブドウ畑があった。イーサンと女性アシスタントがマダガスカルで実地調査や実験をおこなっていた時、チームの主要研究員が全員、ナルシサスのガス漏れ事故で命を落とした。幸いにも研究資料とデータはバックアップがあったため、プロジェクトの進行への影響は小さかった。人が亡くなったことで、ラボは一時期閉鎖されたが、それだけのことだった。イーサンとアシスタントは、動機がないうえに決定的なアリバイがあったため、簡単な取り調べを受けただけで解放された。モンテスキューはすぐさまイサカ近郊に〈チューリップ〉という名のラボを用意し、コーネル大学から新たな研究員を募集して、イーサンとアシスタントの主導でMX2サンプルとデータの研究を継続させた。

イーサンがPBに組織への加入を願い出たのは一度ではない。だがPBはそのたびに、自分は評価を担当する門番ではないことを理由に申し出を断った。その後、女性アシスタントと食事している時に、イーサンは偶然知ることになる。このセクシーなアジア系の女性アシスタントは、自分を監視するためにPBが送り込んだのだということを。彼女はかつて交雑種を作る《Hプロジェクト》のアシスタントを務めていた。彼女の任務はイーサンを手助けしつつ仕事の進捗を監視することだった。イーサンは私立探偵を雇って詳しい事情を調べた。写真や証拠品は手に入らなかったものの、私立探偵の詳しい報告から、アシスタントはPBの愛人だろうと察しがついた。

これではっきりした。PBは初めから、態度で示していたほどイーサンを信用してはいなかったのだ。イーサンは一生例の秘密組織に加入することはできないだろう。とはいっても、組織の正体はいまだに不明なのだが。先日のラボの事故も偶然ではない。内情を知る研究員たちはすでに「一定段階の任務を完了」したのだ。《Mプロジェクト》が開始される日、イーサンとPBの協力関係は終了する。その日が訪れた時、イーサンが受け取るのは大金か、銃弾か。恐らく銃弾の可能性が高いだろうことに、イーサンはうすうす気づいていた。ただ、その日がいつ来るのかを特定するすべはなかった。

特に腹も立たなかった。ただ、少し失望しただけだ。

最終段階のMX2ウイルスがついに完成し、実地試験も順調に進んだ。MX2は一定の時間ごとに変異する。ワクチンもそれに合わせて更新する必要がある。モンテスキューはMX2ウイルスだけでは安心せず、ラボ内で特別にMX3、MX4、MX5といった異なる世代のウイルスを培養し、隔離空間でワクチンの効果を試した。それぞれの世代に対応するワクチンの有効性だけでなく、一世代前のワクチンは無効であることを確かめるためだ。

「アシスタントの資料によると、タスマニアでの実験の結果は良好だった」ブルは言った。「ついに難問をクリアしたな。おめでとう」

「そのようだね」イーサンは言った。「来週、僕のチームで最終報告をまとめるよ。それで僕の任務は完了だ」

「君のDNA暗号化方式は誰にも解読できないことは、間違いないな?」

「定期的に暗号が変わるロックをかけた。そもそも解読が困難なのに、それぞれのロックの暗号が自動的に変化して、古いのは使えなくなるんだから、なおさらだ」イーサンはそう説明した。「このDNAの暗号を解読するのは極めて難しい。他人がかけた鍵ならたとえ僕でも開けられないだろうね」

「解読の可能性はあるのかないのかと聞いている。抜け穴や裏道がわずかでもあっては困るんだ」

「あのさ、絶対に開けられない金庫は存在しないんだよ。どんな錠も開けられる鍵が存在しないのと同じようにね」イーサンは言った。「ただ、DNAの世界では、暗号化より解読の方がはるかに難しい」

「どれくらい？　もう少し具体的に」今日のブルはこの場にはおらず、3Dホログラムで会議に参加していた。

「百万倍くらいかな。この世界は頭の悪いやつばかりだし」イーサンは冷ややかに言った。「だから心配する必要はないよ。それより、もっと別の問題を心配したら？」

「問題とは？」

「特許の囲い込みとかバイオパイラシーとか、あからさまに野蛮で、世間の反発を食らいやすいやり方のことだよ。たとえばどこかの国が、あんたたちのワクチンの成分を公開しろって言ってくるかもしれない。こういう公共性のある技術は一種の公共財産なんじゃないの？」イーサンは言った。「インフルエンザのワクチンの成分を国の緊急命令で公開したら、そのあと大量生産されたケースもあったよね」

「そんなことは起こり得ない」ブルは意味ありげに言った。「我々はそういう問題とは対極にいるんだよ。我々は巨大な特許網を構築している。植物、動物、ソフトウェア。それによって合法的にさまざまな利益を得ている。問題が起きることは考えられない」

長ったらしい会議は夕飯の時刻まで続いた。モンテスキューの四つのグループが世界でMX8ウイルスの変異状況を確認したが、問題は見られず、PBは満足そうだった。PBはイーサンに、来週、モンテスキューの専用機でプーケットへ来るように誘った。祝賀会を兼ねて、プライベートクルーズで週末を過ごそうとのことだった。

「ついに来た」イーサンは思った。死ぬことは恐くなかった。ただ、嘘つきは嫌いだった。他人に自分の知能を低く見積もられることは許せない。所詮はただのゲームだ。ゲームにはルールがある。ゲームのルールを無視する者にはペナルティが与えられなくてはならない。

イーサンはゆっくりとゲストルームへ戻り、冷凍庫から明らかに冷えすぎたグー・ド・ディアマンのブラン・ド・ブランを取り出し、背が高く厚みのある透き通ったグラスに注いだ。特注して作ったグラスだ。スムージーのようになったシャンパンを指でかき混ぜ、ひと息で飲み干すと、グラスをテーブルの上に置いた。葉巻に火をつけたが、吸わずに灰皿に放置する。ねっとりと重い木の香りが部屋に充満する。

「無意味だ」酸味を感じながら首を振り、イーサンは思った。「まったく意味がない」

　壁にはめ込まれた超低温金庫を開け、ＤＺ０４３と愛するペットのウイルスが入った試験管たちをそっと置いた。隣にある通常の金庫を開けると、ＰＢからもらった顔を変えられるネックバンドを取り出す。新しく買った携帯式の高精度３Ｄホログラム投影装置を試すと、室内には一瞬にして二人の牛頭の男が現れた。テーブルに置かれた、《セル》誌の記者が送ってくれたレゴを手に取り、無意識にくっつけたり外したりしているうちに、ＤＮＡに似た四角い単螺旋が出来上がった。

「この世に無限なものは二つある。宇宙と人間の愚かさだ。宇宙については、断言はできないが[*6]」そうつぶやくと、イーサンはこの不可思議な高級シャンパンのスムージーをグラスに注いだ。隣では、牛頭の男の3Dホログラムも静かにグラスを傾けていた。
この瞬間、イーサンは突然、思いついた。デビッド・カッパーフィールドのイリュージョンのように、密閉空間から自分を完全に消し去る方法を。

原註

＊1 ジョン・ブル：ジョン・アーバスノット（一六六七～一七三五年）が『ジョン・ブル物語』の中で描いたキャラクター。小太りで愚鈍、傲慢で不遜な紳士。その後、人々はイギリス人をジョン・ブルと呼ぶようになり、典型的イギリス人の代名詞の一つとなった。
＊2 ABCD：歴史的に力を持つ穀物メジャー、アーチャー・ダニエルズ・ミッドランド（ADM）、ブンゲ、カーギル、ルイ・ドレフュスを指す。
＊3 フェンウェイ・パークのライトスタンドには、永久欠番の背番号のプレートが貼られている。「9、4、1、8、27、6、14、42……」遠目に見ると、ロトの当たり番号のようだ。
＊4 Veritas はラテン語で「真理」の意。
＊5 いずれも塩基の種類であり、DNA、RNA単体および遺伝情報を構成する化学構造。A＝アデニン、G＝グアニン、T＝チミン、C＝シトシン、U＝ウラシル。最近の研究によると、そのほかに三種類の異なる塩基が発見された。
＊6 Two things are infinite: the universe and human stupidity; and I'm not sure about the universe. これもアインシュタインの名言の一つ。

終章　一生一世の味

二〇五七年六月三十日
レバノン　ベッカー渓谷

ベッカー渓谷はレバノン東部、シリア寄りに位置する。標高千メートル以上、地中海性気候に属し、夏の日中は乾燥して暑いが夜は涼しい。豊かな陽光と昼夜の著しい温度差が、ワイン用ブドウの栽培に適した環境を生み出した。地中海品種、国際品種、現地品種のいずれも健康に生長している。ここは世界一長い歴史を持つブドウ栽培地の一つだ。この地でワイン生産が盛んだったことは多くの古文献に記されていて、少なくとも紀元前五〇〇〇年から六〇〇〇年頃には記載がある。古代ローマ人はここに酒神バッカスを祭る有名なバッカス神殿を建てた。最も完全な形で保存された古代ローマの神殿建築であり、重要な世界遺産の一つだ。

道の先にはブドウ博物館がある。ここでは二百四十三品種のブドウが栽培されているが、その多くは非常に古い品種のクローン種だ。垣根仕立ての低いブドウ棚が一列に並び、異なるブドウ品種が一緒に植えられている。博物館とはいっても、実際には土ぼこりをかぶった葉が並ぶ大きな広大なブドウ畑であり、その真ん中にやはり土ぼこりをかぶった石造りの三階建ての建物があるだけだった。

博物館の前庭には三列のブドウ樹が植えられている。それぞれの株の根元には白い木のプレートが挿してあり、異なるブドウ品種の名前が書いてある。三列のブドウ樹の真ん中には土ぼこりにまみれた銅像がある。ヘルメットをかぶった農夫が、体をかがめカゴを背負ってブドウを収穫している様子らしい。地面に立てられた石板には「ワインを作れ。戦争をするな《Make wine No war》」という言葉が刻まれ、パリ出身の芸術家の生涯が紹介されている。

「百年近く続いた戦乱により、計十一ヴィンテージが影響を受けました」案内役の女性スタッフが銅像を指しながら、アラビア語アクセントの英語で言った。「影響を受けたと言っても、生産が止まったわけではありません。一部の農民たちが生命の危険を冒して戦火の中でブドウを栽培したおかげで、毎年ブドウを収穫し、ワインを作り続けることができたのです」

「その戦時下のヴィンテージのワインは今も手に入るんですか？」私はあえて興味深げに尋ねた。

「イギリスの収集家が活動の中で偶然見つけることはあります。でも極めてまれですね。市場の主流を占める高級品ではなく、記念品的な意味合いが強いですから、価格もそれほど高くはありません」

「ここは現在も新ビオディナミ農法で栽培しているんですか」

「ビオディナミについては、私は詳しく存じませんが、ここは水も肥料も高価で貴重ですから、自然と天然に近い栽培法になります」女性スタッフは汗を拭いながらつけ加えた。「はるか昔から、それはずっと変わりません」

私たちは博物館の正面の門を通らず、脇から反時計回りに裏門のほうへ向かって歩いた。標高が高いせいか、夏のベッカー渓谷は日差しが強いわりにさほど暑くはなかった。女性スタッフは恐らく南欧あたりの血筋だろう、美しい顔立ちに親しげな態度、濃い黒髪が印象的だ。白と黒のストライプのスカーフで頭を包み、アイラインを引いた目だけを出している。戸外を歩く時は日焼けを心配しているようで、時折白いハンカチを額の上に掲げて日光を遮っている。

「協同組合が推薦するベッカー渓谷の専門家はこちらにいらっしゃいます。ボルドー大学のブドウ栽培と醸造学の教授で、地元出身の方です。国連とベイルート大学の小規模研究プロジェクトの予算を獲得して地元に戻られ、二年前からここの協同組合にブドウ栽培の指導をおこなっておいでです」

私たちは比較的高さのあるブドウ棚の下へ来た。二株の大きなブドウ樹が植えられている。十人くらいの若者が棚の下に座り、一人の男性が立って話をしている。全員がワイングラスを持ち、ぬるそうなワインを飲みながら、悦に入ったような表情で汗を拭っている。栓が抜かれたボトルがあちこちに置かれ、空気中には発酵臭が漂う。みんなかなり飲んでいるようで、何人かは明らかに泥酔している。椅子にもたれかかって眠っている者もいる。ブドウ棚の下に集まって、ワインを飲みながらおしゃべりを楽しむ会の最中らしい。

男性は長身で、百八十八センチはありそうだ。日焼けした肌、彫りの深い顔立ち。黒く短い巻き毛に、長すぎず短すぎないひげ。ミラーレンズのサングラスをかけ、はだけたシャツの胸元から濃い胸毛を覗かせて、首からはキリスト像と十字架を下げている。目に力がみなぎり、手振りや仕草も大きく、いかにも現地人らしい精悍さと勇猛さを感じさせる。

私は茶色いサングラスを外してポケットに入れ、密かに男性を指さして、女性スタッフにあれは誰かと尋ねた。女性は柔らかな表情で、小声で言った。「あの方がベッカー渓谷の専門家です。こちらではとても人気者ですよ」女性スタッフはさらに、周囲の若者たちと、ＢＥＣＡと書かれたパネルを指さした。「今日はＢＥＣＡ《ベカ》——地元の協同組合の醸造家とベイルート大学の学生たちが定期的に開く交流会なんです」

「彼らが話してるのは地元の言葉？」

「ええ、みんなアラビア語と地元の方言で話しています。時々、現地のフランス語が混じることもあります。話している内容が知りたかったら、ウェアラブル端末の翻訳機能をお使いになるといいかもしれません」

私はうなずいて、手首のウェアラブル端末を起動した。レバノンで使われるアラビア語、フランス語、そのほかの方言などをダウンロードし、専用の透明チューブイヤホンを右耳に挿す。しばらくするとザーザーというかすかな音が聞こえてきた。

「ジジ……どうして……ワイン作りとブドウ栽培……これは……問題……もちろん……ジジ……」ウェアラブル端末の翻訳機能が話題に適応しようとしているようだ。男性の英語が途切れ途切れに聞こえる。「でも……ジジ……どうしてもと言うなら……ジ……ではここで……みんなに一つ質問を……ああ、いや、難しい質問を二つ……」

「大丈夫ですよ、教授、いくつでも構いません」誰の声かは分からなかったが、イヤホンからの声はだいぶクリアになっていた。

男性は両手にそれぞれ持った赤と白のワイングラスを高く掲げて揺らしながら、穏やかに言った。「私たちはなぜワインを飲むのか……そして、私たちはなぜ生きているのか」質問を言い終えた男性は若者たちを見渡したが、この重すぎる質問に答えられる者はいなかった。にぎやかだった場の空気は一瞬にして静まった。熱い風だけが静かに吹き抜け、ブドウのつるが風に揺れる音を運んできた。男性は周囲の若者たちの顔を順に見ると、口をとがらせ、改めて質問した。「この二つの問題に答えられる人は？」

「あの……生きるのは、酒を飲むため、飲んで酔うためです。でなきゃ、生きて何をするんです？」若い農夫がグラスを掲げて言った。いいかげんな回答に笑い声が起きる。

男性は若い農夫を勢いよく指さし、「よく言った！」という表情をした。その隣にいる大学生らしい数人に目を向けると、ゆっくりとうなずき、意見を述べるよう促す。

「私はお酒を飲む時、自分のことがよく見える気がします。いろいろなことがはっきり、クリアに見えてくる。そういう時は生きてるって感じがします」長身で髪の長い、若い女性が答えた。

「ハハ。面白いね。中国に『酔生夢死』という言葉がある。酔っている時こそが本当の人生だ」男性は傍らのシャンパンクーラーからフランス語で〈ブラン・ド・ブラン〉と書かれたシャンパンを取り出し、白い帽子をかぶった農夫のグラスにつぐと、いたずらっ子のように帽子をぐいっと引っ張った。「君の答えは？」

「ただ飲むだけです。なぜ飲み続けるのかは分からない。なぜ生きているのか分からないのと同じです」白い帽子の農夫は立ち上がり、気をつけの姿勢をして大声で答えた。みんなが大笑いし、それぞれのグラスを掲げて乾杯した。そばで見ていた私も喉が渇いてきた。

「みんな、それぞれ何と答えるだろうか。この問いの答えは決して一つじゃない……」男性は興奮気味に語りながらこちらに目を向けた。私を見た瞬間、語りが止まる。鞘から抜いた二本の刀のように鋭い視線が、こちらに向かって素早く飛んできた。〇・五秒にも満たない時間だったと思う。誰も気づかないうちに二本の刀は鞘に納められ、まるで何事もなかったかのように、男性はもとの表情に戻って話を続けた。「……ただ、こんなことを考えているとつらくなってくる」

「では教授、教授のお考えは？」さきほどの長身で髪の長い女性が手を上げて言った。

「そうですよ。教授の答えが聞きたい」みんなが口々に、男性に答えを求めた。

「本当に知りたいのか？　まだ酔い足りないんじゃないか」男性は一瞬恥ずかしそうな顔をして、すぐ興奮気味にグラスを掲げた。

「教授の話を聞かないと……酔えません」誰かの声がして、全員が一斉にグラスを掲げ、また大声で笑った。

男性はそばにあった台車にグラスを置き、咳払いをした。再びちらりと私に目を向けると、また先ほどの、舞台で恥ずかしそうに演説する小学生のような顔で話し始める。「ブドウの樹は毎年生まれ変わる。新たな年の気象条件の中で、新たな枝葉を伸ばし、新たな実を結び、冬が来ると眠りにつく。その年に作られたワイン……それは……そのブドウの今生の味だ」

「ワインを飲む時、人はブドウの生命の一部を体験し、一生に一度の味を味わっている」男性はひと言ずつゆっくりと話した。

「ブドウの樹にとって、ヴィンテージとは一世代の歳月の記録だ。ある年のワインの味は、そのブドウの一生一世の味わいなんだ」ここまで言って、男性はしばし言葉を切った。「こんな言葉がある――時間は円形だ。歴史は常に繰り返される。君が見てきた物事は、過去にも必ず同じことが起きている。私たちがしてきたことも、これからするであろうことも、すべては絶えることなく繰り返される……世の中のどんな出会いも、すべては長い時を隔てた再会なんだ……」

「ブドウの命は循環する。一年の周期で生から死までを繰り返す」そして男性はこう締めくくった。「ワインのヴィンテージとは、永遠の循環の中で君と再び出会うための過程なのだよ」

「教授、すばらしいです。正直よく分からないけど、心に響きました」白い帽子の農夫が立ち上がって敬礼した。「俺が女だったら惚れてます」みんながまた一斉に笑った。

私も感動していた。翻訳機が間に合ってよかった。こんな気分を味わったのは久しぶりだった。世界の片隅で、こんなにも奥深く、心を揺さぶる話が聞けるなんて。これが聞けただけでも来たかいがあった。はるばる来たのも無駄ではなかった。

男性は静かな声で続けた。「テンパス・フュージット。[*1]時間の矢はあらゆるものを容赦なく衰退と滅亡へ導く。この世にあるすべてのものは常に劣化し続けている。生まれた瞬間から、私たちは毎日、着実に死へと向かっている。死が訪れるその日を、ただ待ち続けることしかできない」

「時間の矢とは？」長身で髪の長い女性が聞いた。

「孔子[*2]も言ってただろう？　時間は川の流れのようなもので、決して戻らないと[*3]」男性が真剣に答える。「時間は明らかに一方向に向かって進んでいる。時間の矢とは、この非対称的な現象を説明するための一つの比喩……そう、ナスケンテス・モリムール[*4]だよ。どんなにもがいても、時は止められない」

心の中で何度も繰り返した。

「どんなにもがいても、時は止められない」[*5]その言葉に胸を突かれた。何かに打たれたように、

話し終えた男性はまたみんなとワインを飲み始めた。ラテン語の文を暗唱してみせたり、ワインを飲むことは大地の血を分けてもらうことだ、というガブリエル・コレット[*6]の言葉について語ったりした。やがて別の農夫が立ち上がって話し、続いてみんなで肩を組み、聞いたことのない地元の民謡を歌い始めた。男性がその場を離れてこちらへ向かってきた。私を知っているかのように、日に焼けてゴツゴツした右手を伸ばして親しげに私と握手し、初めまして、よろしく、などと挨拶した。

「もういいよ、ナビラ、あとは私が」男性は女性スタッフに言いながら、白い歯を見せ、目尻にしわを作って人なつこく笑った。それから私に目くばせし、あごを上げて、一緒に博物館へ入るよう合図した。

「お二人はお知り合いですか？」ナビラと呼ばれた女性スタッフがいぶかしげに私を見た。

「いえ……こちらの教授とは初対面ですよ」私は文明社会を象徴するような笑みをたたえ、礼儀正しく簡潔に答えた。

男性に連れられ博物館の裏門から中へ入る。中にはベッカー渓谷の古代のワイン醸造所の遺跡が展示されている。私たちは黙ったまま二階へ上がり、いくつかの展示室を通って、廊下の

突き当たりの娯楽室のような部屋に着いた。部屋の真ん中には古いビリヤード台が置かれ、四方の壁には額装されたワインのラベルがずらりと並んでいる。さらに、破れたソファが二脚と、弾痕がはっきりとついたティーテーブル。テーブルの上にはアラビアコーヒーのポットと、コーヒーかすが残ったコーヒーカップが置かれていた。

このスヌーカー（ビリヤードの一形態）の台はクロスを張り替えたばかりらしい。鮮やかな緑色のクロスは、傷だらけの台にはやや不釣り合いに見える。台上には三角形に並んだ暗赤色のボール。台の端から三分の二くらいの位置に整然と並べられ、ボールの表面はうっすらとほこりをかぶっている。

ここでは、土ぼこりだけは思うままにどこへでも入っていけるのだ。

「ベッカー渓谷へ来たのは初めて？」男性が手招きして私を座らせる。

「ああ。レバノンへ来たのも初めてだ」ソファを見て一瞬ためらったが、思い切ってほこりも払わずに腰掛けた。

「神殿は見に行った？」男性は言った。「バッカスを祭った、あの神殿だよ」

「まだだ。明後日には行こうと思ってる」私は正直に答えた。

「レバノンはどうだ？」

「かつての戦争の殺伐とした雰囲気はまったくないね。どこも平和で活気がある」

「そうとも。時折、衝突が起こるとはいえ、実はレバノンはとても住みやすい国なんだよ。しかもベッカー渓谷はベイルートから離れている。ここにいるのは純粋な農民ばかりだ。武器さえ持ち込まれなければ、戦争に巻き込まれることはない」

「そうだな。僕もそう感じた」

「コーヒーはどう？　天日乾燥で浅煎りの上等なイエメンコーヒーがあるんだ」

「いや、ワインを持ってきたので飲まないか」私は持参した三本のうち〝A〟と書かれたボトルをテーブルに置いた。

「いいね。何を持ってきてくれたんだろう」

　私は保温包装からボトルの口の部分だけを出し、ラベルは隠したままにしておいた。手首のウェアラブル端末でボトル内のチップを読み込む。温度は適温だ。デキャンタでワインを開かせると、グラス二つについでテーブルに置く。

「僕たちの出会いも、長い時を隔てた再会だな」私は言った。

「ブラインド・テイスティングか？」男性が私を見る。

　私は先にグラスを取ってひと口飲み、ワインの状態を確かめると、もう一杯を彼に渡した。

「そう。古い友人同士で飲む時の、ささやかな遊びだ」

　男性は左手でグラスを持ち上げ、目の前で揺らす。白い壁にかざしてワインの色を確認すると、グラスを鼻に近づけ、右手であおいで香りを立たせる。目を閉じて深く息を吸い、眉をひそめ、素早く口に含んで咀嚼する。考える間もなくきっぱりと答えた。「答えは分かりきってる。二十年以上のアマローネ・デッラ・ヴァルポリチェッラだ。時間がもたらした完璧な成熟。実に見事な味わいだ」

「さすがだな。迷うことなくズバリと当ててみせた」私は親指を立てて、尊敬のまなざしを向けた。

「生産者はジュゼッペ・クインタレッリかな？」男性は言った。

「まさにその通り。世界最高のアマローネの作り手だ」私は下ろした親指を再び立てた。

「ワインはもう開かせてある？」

「ああ。今朝、デキャンティングナイフ[*7]で開けて、車の中でワインを開かせながら来た」

「だとしたら、今日、必ず俺に会える自信があったわけだな」男性は巻き毛の頭をかきながら言った。

「なかったよ。もし会えなければ自分で飲むだけだ」

アマローネはイタリア北東部の産地ヴェネトで作られるワインの一種だ。九十日以上陰干ししたブドウを使って醸造される。使われるブドウは主にコルヴィーナ、ロンディネッラ、モリナーラの三品種。アパッシメントと呼ばれる乾燥工程を経たあと、水分の三分の一が抜けたブドウは縮んでレーズンのようになる。こうして醸造したワインの味はより濃密なものになるのだ。

こうした技法の歴史は古く、フランス南部、イタリア、ギリシャなど地中海沿岸の一帯では伝統的に陰干しや日干ししたブドウでワインが作られてきた。ピエモンテにはネッビオーロを原料とするスフォルツァートが、イタリア中部には麦わらのむしろの上で乾燥させたブドウで作るヴィン・サントがあり、ギリシャにも似た製法が存在する。私はいつも祝祭日にアマローネを飲むことにしているほか、記念すべきことがあった日にもこうやってアマローネを開ける。

私は再びグラスを取り、味わってひと口飲んだ。男性が言った通り、酸味の強すぎない豊満な味わいの中に、長年の熟成による深みと余韻が加わっている。これは時間がくれた贈り物だ。口の中でワインを転がす。「にぎやかで豊かな味わい。フェリーニの映画の幸せなラストシーンを見ているみたいだ。善人と悪人、母親と子供、詐欺師と警官、牧師とマフィアのボス、娼婦と客、監督と俳優、ピエロと音楽隊、モノクロとカラー、みんなが手を取り合って大きな輪を作る。リズミカルなクラリネットの演奏が流れる中、カメラはゆっくりと地面から空へ上がっていく。港の埠頭で繰り広げられる大団円のカーニバル」

　男性は首をひねって私が描写した場面を想像していたが、さらにひと口飲むと、うなずいて笑った。「そうだな。〝大団円のカーニバル〟か。アマローネとは確かにそういうワインだ。あんたの描写には臨場感がある」

「でも〝苦み〟*8はちっとも感じなかったよ、ハハハハ」私も合わせてひと口飲み、彼のグラスにワインをついだ。

「フェリーニの人生はピザとファンタジーでできていると思っていたけど、そんなにぎやかさを秘めていたとは意外だった」男性は言った。

「ピザじゃない。スパゲッティだ。人生はファンタジーとスパゲッティでできてる」私は訂正した。

「ビキニの姉ちゃんもスタン・ゲッツもいないが……」ひと口飲んでから、男性はテーブルの上のBとCのボトルを指し、少し照れたように言った。「だが、大胆な予想をしよう。あんたが私に当てさせようとしているBは、例のシャトー・ベイシュヴェルか、あるいはバンドール・ロゼだろ?」

「勘が鋭いな。飲む前に当てるなんて。確かに一本は二〇四三年のシャトー・ド・ピバルノンだよ」

「うん、プロバンスの名品だな。色白で美しい、魅力的な良家の令嬢といった雰囲気だ。ある仲買人は〝バンドールのペトリュス〟と呼んで、一時期、派手に宣伝して回ってた」

「その通り。大した直感だ。まあ、バンドール・ロゼは冷やすから飲めばすぐに分かる」

「だからさ……ブラインド・テイスティングって、ワインを飲む者にとっては本当に重要なんだよ」男性は空のグラスを振って言った。「俺はずっとこんなふうに思ってる。俺たちとうまいワインの間に真に存在しうるものとは、手の中のグラスだけだ。評論家、スコア、メディア、仲買人、ワイナリーの歴史、品種、風土、栽培と醸造にまつわるストーリー、そんなものは要らない。そういう……俺たちを混乱させる、打算的で、意味不明で、うぬぼれていて、下心に満ちたものは必要ないんだ」

「その通り。酒を飲むことは、人と酒の関係の一つにすぎない。先生もよくそう言ってたよ」

私は大いに賛同した。「あなた自身より優れた人はいない。あなたの手の中のワインより優れた人もいない、ってね」

「先生といえば、あんたは最近どうしてる？　例の件のあと、うまくやってるのか？」男性が聞く。

「なんとかね。モンテスキューは辞めたよ。今はワイン産地のガイドと、フリーのワイン評論家をやってる。相変わらず全世界を飛び回ってるよ」

「え？　ニューヨークでコラムニストになったか、ポルトガルでトラックを運転してると思ってたよ。ティム・ベイカー・グループに入ったのか？」男性はいたずらっぽい顔で目くばせした。

「いや。恋人と一緒に起業した。知ってるだろ、ショートヘアの彼女だよ。今は髪が伸びてウエーブヘアになってるけど」

「どこに住んでるんだ？」男性はうなずきながら聞いた。

「信じられないかもしれない……もうすぐ娘が生まれるんだ。今はマドリードの王立劇場の近くに住んでる」

「王立劇場か、いいな。王宮とオリエンテ広場のあるあたりには、いいカフェやバーがたくさんあって、毎日大勢の観光客が行き来してる。あんな所で暮らしたらにぎやかだろうな……」

男性は思うところがある様子でうなずいていたが、急に顔を上げてにっこり笑い、左手の人さし指と親指でCの形を作った。Cの輪の欠けた部分で何かの高さを測るようにして、私の後ろの窓を見ながら言った。「……世界中で起こる何もかもが、インチキに見えているんだろ？」

「サリンジャーか？　それとも〝笑い男[*9]〟のセリフ？」

「両方だ」男性は目元に笑みを浮かべてうなずいた。「未成熟な人間の特徴は、理想のために高貴な死を選ぼうとする点にある。これに反して成熟した人間の特徴は、理想のために卑小な生を選ぼうとする点にある」

「『ライ麦畑でつかまえて』だな？」

「そうだよ。まさに。反社会的な人間と殺人鬼は必ず読んでる」

「ハハハ。本当に？」私は半信半疑だった。

「あんたはすごいな。検索しなくても誰のセリフか分かるなんて」男性は親指を立てた。

「あんたの回虫（事情通のこと）っぷりも」私は笑いながら、指を曲げて虫が這うような動きをした。

「俺の回虫っぷりもね」男性が私の言葉を繰り返す。「話を戻すけど、俺を見つけ出したのは大したもんだよ」

「聖書を適当に開く〝聖書占い〟をやった。あとはあちこちで聞き込みをしてるうちに見つけたんだ」私は冗談交じりに答える。

「あり得ないな。俺の身代わりは完璧に役目を果たしてたのに。シンベット[10]もモサドもアマンも、FSB[11]も、CIAも、どんな諜報機関も俺がここにいることを知らない」男性は信じられないという顔をした。「抜け目のないように人生を過ごしてきた。女や子供は抜け目があってもいいが、男はダメだ」

「マリオ・プーヅォ[12]?」

「そうさ。我はドン・コルレオーネ。敬意を捧げ、手に口づけせよ……」

「言ってたじゃないか、こんなのスパイの基本中の基本だって」ふざける彼に構わず、口を挟む。「誰もあんたを見つけられないのは、あんたの恋人を知らないからだ。でも僕は違う。ロクサーヌに会ったことがあるし、彼女の一族での立場も知ってる」

「ハハハ、なるほどね」

「ただ、ロクサーヌの家の事情を考えると、あんたがレバノンにいるなんて普通は絶対に考えつかないけどね」私はあえて含みを持たせて言った。

「イスラエルとレバノンはもう何年も戦争をしてないよ。中東はアメリカ、ロシア、EUなどの勢力によってめちゃくちゃにされた。今のレバノンは中東で唯一、安心してワインが飲める場所だ」

「ただ、土ぼこりがひどすぎる」私が口を挟む。

「そうだな。土ぼこりがひどすぎる」男性はまたオウムのように私の言葉を繰り返した。

「今のあんたが機長でも、逃亡犯でも、ピザの配達人でも、宇宙人でも、農民でも、EUのオブザーバーでも、教授でも何でもいいけど、やっぱりいつものニックネームで呼ぶのが一番しっくりくるよ」私は言った。

「気にするな。何曜日だろうと、所詮はただのゲームだよ。数あるゲームの一つにすぎない」男性はそう言うと、フォークソングのような歌を歌い始めた。「……好きな名前で私を呼んで。私はそれを拒否しないから……」

「その歌は？」

「『フェアウェル、アンジェリーナ』。聞いたことあるかな、昔の……」いかにも面白そうに語りだす。

「分かった、もういいよ」長話が始まる前に、さっさと止めておいた。何の話かは知らないが、ウェンズデイの口ぶりは、どうも話が長くなりそうだった。

ウェンズデイは「B」と書かれたボトルを開け、グラスをゆすぎもせずに、私と自分のグラスにそのまま注いだ。ぐいっとひと口飲むと、天を仰いで息をつく。「ああ、うまいな。ちょうどよく冷えてる。ロゼはこうやってがぶ飲みするのがいい」

「教えてくれよ。どうやって先生を説得した？」私は尋ねた。

「先生の本をめくってたら、先生と家族がモンマルトルの丘の慈善ブドウ園を訪ねた時の写真があった」ウェンズデイがおかしなことを言いだした。「写真のブドウ畑には雪が舞っているのに、みんな仕方なく楽しそうな顔で写真に写ってるんだ」

「えっ、あのサクレ・クール寺院のあるモンマルトル？　あそこにブドウ園があるのか」

「行ったことないのか？　丘の上に、すごく狭いけど、公共のブドウ園がある。実にかわいらしいよ。その名も〈パリのブドウ園〉」

「それで？」私は興味をそそられた。

「こう切り出したんだ。『あなたは先生、世界の先生です』……」ウェンズデイは言った。「それを聞いた先生は、本の中の写真を見て、それから何かに取りつかれたみたいに涙を流しながら言った。『……これ、そう、これだ、パリのスノードーム……分かった、分かりました、そういう計略ですか、ハハハ、神よ、よく分かりました……』。それから、何でも俺の言う通りにするって言いだした。説得どころか、まだ何も言ってないのに承諾してくれたんだよ」

「あれ……ドゥ・マゴで会ったんじゃないのか？　なんで先生の紙の本があそこに？」

「違う。ドゥ・マゴはあの日休みだった。俺たちが最後に会ったのはカフェ・ド・ラペだ。テラス席に座って、タバコを吸いながらコーヒーを飲んだ。先生は人に見られるのを恐れて、でかいサングラスと帽子をかぶってたよ。それでも、町の人がみんな自分たちを見てるような気がしてたらしい。だから言ってやったんだよ、それは……世界中の人が目の前を……そんな言葉があったよな、何だっけ」ウェンズデイの話はなんだかとりとめがなかった。

「オペラ座の隣のカフェ・ド・ラペに何時間も座っていると、全世界の人が目の前を通り過ぎていく」私は言った。「いや、そんなことは聞いてない。どうして紙の本なんかがあったのかって聞いてるんだ」

「俺の本だよ。ついでにサインをもらおうと思って持ってった」ウェンズデイは捕まったいたずらっ子のように、照れくさそうに頰を赤らめた。

「ハハハハ、そうだったのか。すべては天意だよ。ハハハハハ、そうなる運命だったんだ」私は言った。

「そうなんだ。ところで例の拮抗薬のことは知ってるか？　ある種の拮抗薬で、ウイルスの自己複製効率を大幅に下げることができるんだ」ウェンズデイは言った。「ウイルスを完全に消滅させる必要はない。ブドウの樹とウイルスが共存できるんだ」

「ああ、でもブドウ樹自身の免疫力も、一定程度高いことが前提だろ？　そうでなきゃ効果は薄いし、生産されるブドウの品質にも影響が出る」

「イタリアのいくつかのファミリーが実践してる新ビオディィナミ農法が非常に有効だ。手間はかかるし生産コストも高くつくけど、ブルゴーニュやボルドーといった有名どころの産地のワイナリーでは人気がある」とウェンズデイ。「決まった時間に歌を歌ってブドウ樹に聞かせたりもするらしい」

「本当に？　何の歌を？」私は興味津々だった。

「もちろん『帰れソレントへ』さ」そう言って歌を口ずさみ始めたウェンズデイだったが、すぐに顔を崩した。「ハハ、本当は知らないんだ。長老の所へ行ってイタリアのファミリーに聞いてみろ」

「おい！」またウェンズデイのでたらめをうっかり信じるところだった。「真面目に話そう。不可解なことがあるんだ」

「不可解なことって？」

「先生がウイルス原始株のデータを全世界に公開したように、拮抗薬の合成法もロシアのラボがネット上に公開してる」私は言った。「不可解だと思わないか？」

「それも陰謀だって言いたいのか」

「そうじゃない。ただなんとなく、あの拮抗薬は例の消えた天才が残した裏道のような気がするんだ。のちのち、この事件を収束させるための」

「ああ、つまりそういうことだよ。疑う余地はない。万事万物は変化している。でもその変化の背後には、永遠に変わらないものがある」

「ゲーテか？」

「イエス」ウェンズデイは親指を立てた。「ゲーテはこうも言ってる。万物はメタファーだ。あらゆるものに天命と意義がある」

「昔の哲学者は偉大だな。理にかなった言葉をいくつも残してる」私は感心した。

「そりゃあネットがなかったからだな。人生の道理を真剣に考えることができた。ネットは細々とした情報を大量に運んできて、同時に人類の時間を細切れにした。そして誰もがその隙間にはまってしまっている」

「もう逃れられない」私はうなずいた。

「辰星會は？　まだつきあいはあるのか？」ウェンズデイはからかうような顔をした。

「ないよ。辰星會は私がヘマしたと思ってる。会の内部はめちゃくちゃに混乱してるらしい。私が心身に障害を負ったと診断されたから、顧問はずっと連絡をよこさないし、僕からも連絡はしていない」私は決まり悪くなって頭をかいた。「要するに解雇されたんだ」

「へえ、あそこは『いつでもチェックアウトできるけど、永遠に離れられない』のかと思ってたよ」

「ハハハ、辰星會は『ホテル・カリフォルニア』じゃないぞ」

「解雇されて賠償金はもらったか？　無産階級の権益は保障されるべきであり……」ウェンズデイはまた異様な熱気でひとしきりくどくどと演説し、最後に言った。「まして、心身に障害を負った無産階級ならなおさらだ」

「ハハ。平穏に脱退できただけで十分だよ」

「モンテスキューとは縁を切ったら、辰星會も姿を消したわけか」

「よく分からない。もともと辰星會の存在は秘密だったから、消滅したかどうかもはっきりしないんだ」と私。「あるかないか分からないものは、消えたかどうかも確かめようがないだろ」

「なあ、おい、俺が作ったワインを飲んでくれ」ウェンズデイが思い出したように腿を叩いて立ち上がった。壁の定温ワインラックからボトルを取り出してテーブルに置く。ラベルには鮮やかな赤を使ったダイナミックな筆づかいのイラストが描かれている。

「この絵はいいね。鮮やかで力強い」

「うん、ありがとう。俺が描いたんだ。ラウィっていうワインだよ」

「ラウィ・ハージか？」

「一万の砲弾が降り注いだ街で、僕はジョルジュを待っていた」ウェンズデイが詩を読むようにつぶやく。最初は何を言っているのか分からなかった。

「『デニーロ・ゲーム』[*13]の冒頭だな。違うか？」

ウェンズデイは笑っただけで何も答えなかった。勝手にワインをつぎ、素早く回してから私に手渡す。ワインは地中海の香りがした。飲んでみると、従順そうな仮面の下にあふれる個性が隠れていて、それぞれが激しくぶつかり合う感じだ。ひどく暑い日のいらだち、わずかに抽出されすぎた苦み。それでも、バランスのいい酸味と甘み、不思議と心地いい微妙な酸化臭、ほんのかすかな辛み、それらが稲妻のように走っては一瞬にして消え去り、自分はうっかりまばたきをしていたような感覚に陥る。

「これは混醸のナチュラルワイン……白ブドウを加えた？」私は思わず目をパチパチさせてウェンズデイのほうを見た。

「オバイデとメルワ[*14]を何房か入れただけだ。あんた、すごいな。まあ、飲んだだけで判別できたなんて俺は信じてないけど」

「ハハ、味だけじゃ判断できないよ、当てずっぽうを言ったんだ」私は正直に答えた。「あんたのワインはラウィ・ハージの文章みたいに、その……従順そうな仮面の下にあふれる個性が隠れている。柔らかな中に力のあるワインのことを『ベルベットの手袋の中の鉄拳』なんて表現するけど、僕なら『白いベールの奥のカミソリ』という言葉で、幸福感の後ろに隠された不安を描写するかな……正直……じっくり味わうと、このワインには個性のぶつかり合いを感じる。生と死の間でもがく運命をあざ笑うかのような」

「アハハ、ずいぶん大げさな表現だな。そんな大したものじゃないって」

「最も印象深いのは、ナチュラルワイン独特の柑橘風味だ。ある種、脳天を貫かれるような衝撃がある。ただ、その刺激は稲妻のように一瞬で消え去る」

「稲妻のような刺激、ねえ」ウェンズデイはぶつぶつと私の言葉を繰り返した。

「なんでそんなに味の描写がうまいんだ？」ウェンズデイが私に尋ねる。

「ほかに特別な才能がないからかな。絵も描けない、ワインも作れない、小説も書けない」私は言った。「自分が感じたことをそのまま口に出してるだけだよ」

「シャガールみたいだな。シャガールの目には、空を飛ぶ人が見えた。彼は見たものをそのまま描いただけだ」

「そう。あんたのワインの中には稲妻が走っていて、ピカピカ光ってる。僕はそれを飲んだ」

「ハハハ、そりゃいいや」ウェンズデイはやけに楽しそうだった。

「あ、そうそう」

「何だ？」

「さっきの、一生一世の味っていう話、あれはよかったよ。どうやって思いついた？」私は彼に向けてグラスを傾け、献杯の仕草をした。

「うん、あれか……」ウェンズデイはロダンの『考える人』のような姿勢で言った。「子供の頃、古い映画を見たのを覚えてる。二人の男が車で旅をして、おしゃべりして、カリフォルニアのピノ・ノワールを飲む[*15]。そこに出てくる本の虫みたいな男がそういうことを言ってたんだ。ああ……それから、何年か前にジャン・ジャック・ブロックを訪ねた時、彼も似たようなことを言ってたよ。まあ、俺自身がずっと感じていたことでもある」

「ジャン・ジャック・ブロック！　あのDRCの醸造責任者の？」私は驚いて叫んだ。「彼のワインを飲むことは、どんな時も試練である」[*16]

「もちろん、あの彼だよ」ウェンズデイはのどを湿らせて、また照れくさそうな顔をした。目を輝かせ、詩を朗読するようにゆったりと語りだす。「……一本のワインを味わうたび、その生涯に思いをはせる。ワインも命あるものだと思い至るんだ。ブドウが育ってきた一年に何があったのか、陽光はどんなふうに大地に降り注いだか、霜や雨や雹や日照りの時はどんなブドウが実ったのかと考える」

「今日は雨が降った。俺は考える。土壌にしみこんだ雨水が地中深くの根に吸収され、茎とつるを通ってブドウの実へ運ばれ、最後にワインの一部となる様子を。もし今日が晴天なら、俺は想像する。葉が陽光を吸収して光合成をおこない、二酸化炭素を吸収し、酸素を排出し、養分をブドウの生長の動力として、ワインの味に影響を与える過程を」

「農夫がどんなふうにブドウを世話したか。害虫を防ぎ、枝を切り、実を摘む様子。醸造家はどんな気持ちで、どんな理想を抱いてこのワインの味を生み出したか。年代物のワインなら、このブドウを育てた人はもうこの世にいないかもしれないと想像する……もし自分がワインを作ったなら、最高の状態で飲めるまで生きていられるだろうか？　互いに完璧で最高な状態で巡り会うことはできるのか？」

「いつも考えてる。ブドウとワインは絶えず生長し変化する。ふらふらと人生をもてあそぶ俺みたいにね。今日ブドウを収穫したら、その糖度も酸度も成熟度も、ほかの日に採ったものとは違う。もし俺が今日ワインを開けたら、その味はほかの日に開けたものとは絶対に違うんだ」

「風土にも、ブドウにも、ワインにも、俺たちと同じように命がある。それは絶えず変化し続ける中で複雑さを増し、ある日ピークを迎え、そこからは安定と衰退の道をたどる。その過程の中で、運がよければ、まさに成長と安定と衰退の道をたどっている最中の俺たちと巡り会えるかもしれない」話し終えると、ウェンズデイはテーブルの上の、すでに空になったボトルを手に取り、飲むまねをした。

「美しい話だね。そこまで深い認識をもたらすって、すばらしいよ」私は称賛した。

「ハハ。そうさ。どんなものにも真似できない、世界中でブドウだけに成し遂げられることだ」そう言ってウェンズデイは突然、笑いだした。「今はいてるパンツの綿花が……何年に収穫されたかなんて想像もしない」

「ハハハハ」私も声を上げて笑った。うまい例えだ。ウェンズデイが冗談を言ったりふざけたりするのは、感情が表に出すぎたり、照れくさかったりするのをごまかすためかもしれない。実のところ、その本質は、純粋で、正直で、ひねくれ者で、照れ屋で、場をしらけさせるのが怖い、大きな男の子なのだろう。

「笑えるけどさ、これ割と真剣に考えたこともあるんだよ。一時期はパンツをはくたびに考えてた」ウェンズデイは言った。

「へえ。そういえば、ずっと疑問に思ってたことがある」おふざけは無視することにした。

「疑問って？」

「なぜ僕だったんだ？　辰星會もあんたも、示し合わせたように僕を見つけ出したのは、どうして？」

ウェンズデイはしばらく首をひねって考えていた。「つまらない答えかもしれないけど、それがあんたの運命だったんじゃないのかな。あんたも俺も、この事件の一部。この事件は俺たちの運命をすっかり変えてしまった。ただの本好きだった俺は今こんなふうになってる。あんただって運命からは逃れられない。ブエノスアイレスのトイレであんたを見た時から、ずっとそう思ってる」

「どういう意味だ？　僕が今こうしてるのは、僕が自力で運命を変えたことにはならないか？」

「なあブラザー、違うよ。厳密に言えば、あんたは何人かと出会って、紳士クラブに入って、仕事を変えただけのことだ。それが何だ？」

「何回か拉致もされたぞ」悔しくなって抗議した。

「ハハハ。あれは飲みながら話そうって誘う方法の一つだよ。いいワインを飲ませてやったろ。宇宙人が子供をさらうのとはわけがちがう」

「あの目隠しの袋は臭すぎた。今でも鼻の中ににおいが残ってる」

「分かったよ、コーヒーをご馳走しよう。鼻の中のにおいが消えるように」ウェンズデイは傍らのコーヒーポットを手に取り、残ったかすを捨てると、洗いもせずに新しい粉と水を放り込んで、火にかけて煮出しはじめた。

「コーヒーかすを洗い流さなくていいのか？」私は聞いた。コーヒーポットの水面には褐色のかすが浮いている。

「洗わない。このほうがコーヒーはうまくなる、コーヒーかす占いも正確になるしな」

「《忘却の家》から似たようなコーヒーポットを持ってきたよ。僕のにはフタがついてたけど」

「《忘却の家》？　あの未来の運命を変える《忘却の家》か？」

「どういうことだ？」

「あれ、知らなかったのか。あんたが持ち込んだ品は過去の象徴、持ち出した品は未来の暗示だ。啓蒙の儀式とは、すなわち過去と未来の間の折り返し地点を意味する。だから啓蒙なんだよ」

「知らなかった。辰星會の伝統のプレゼント交換とか、そんなことだと思ってたよ」

「じゃあ、あんたは何を持ってって、何を持ち出した？」ウェンズデイはさして興味もなさそうな口ぶりだった。煮出しているコーヒーの様子を見ながら、時折、土ぼこりで汚れた柄の長いスプーンでかき混ぜている。

「父親の壊れたトゥールビヨンの懐中時計を持っていって、アラジンの魔法のランプみたいなコーヒーポットと交換した」

「へえ、胸のでかい美人の魔神が入ってたか？」

「いいや。白い石と黒い石が一つずつと、破れた麻の小袋が入ってた」私は二つの石の大きさや形状、麻袋の模様、二つの石を手にした時の様子を話して聞かせた。

「コーヒーポットの中の……白と黒の石」ウェンズデイは急に何かを思いだしたように声をひそめた。「それって……ウリムとトンミムか？」

「何だ、それ？」

「千年以上前に失われた、ユダヤ教の聖品だよ。占いに使う。ロクサーヌたちが話してるのを聞いただけだけど、旧約聖書に出てくるらしい。俺も詳しくは知らないが」

「占い？　オセロか何かかと思ってた」私は冗談めかして言った。*17

「違うだろ。オセロは片面ずつ色が違う」ウェンズデイが真顔で答える。

「そんな重要な物が、どうして？」

「辰星會の奴らも、それが《忘却の家》にあることを知らなかったのかもしれないな」ウェンズデイは沸騰したコーヒーポットを火から下ろし、一杯目を自分に、二杯目を私についだ。

「どうしてそれが僕のところに？」

「俺の給料じゃそこまでは答えられないな。あっちに聞いてくれ」ウェンズデイは左手で天を指した。まったく無責任な答えだ。「この千年、《忘却の家》でキッチン用品を選ぶブルジョアジーは辰星會にはいなかったってことさ」

「ハハハハ」私は笑った。どうしてみんな私のことをブルジョアジーと呼ぶのか分からなかったが、ウェンズデイに私をけなす意図がないことは分かっていた。

「まあ、中国囲碁のデカい石って可能性もなくはない」ウェンズデイが目くばせする。「きっとコーヒーポットの重量を増やすために入れたんだ。大事なのは実はコーヒーポットのほうで、あんたが世界的なバリスタになる可能性を示してるのかもしれない」

ウェンズデイのコーヒーはいい香りがしたが、熱すぎた。息を吹きかけてもなかなか冷めない。飲めるようになるまでには、もう少し待つ必要がありそうだ。ウェンズデイはコーヒーをテーブルの上に放置したまま、ひとしきり語ったあと、コーヒーポットの中から立ちのぼる湯気を見つめて、しばらく黙り込んだ。

「俺は人生を遊んでる。人生をかけた遊びを追求してる。あんたは何を追求してるんだ?」突然、ウェンズデイが言った。

「うーん……ジェイソン・ロートシルトが言ってたように、本当の僕は一見ユーモアもウイットもあるけど、冷笑主義的で、世の中の不条理に対する怒りや憎しみを抱えている人間なのかもしれないな。別に大きな野心は持ってないし、大事業を成し遂げたいとも思ってない。ただ、美しく味わい深い生活を送りたいだけだ。飲んだり食べたり、さまざまな美味を追い求める。気概がないといえばそうだけど、これも平凡なブルジョアジーにとっての自己満足の一つの形だ」

「へえ、ますます興味がわいてきた」ウェンズデイはコーヒーのことをすっかり忘れて、自分の作ったワインを私についだ。

「こんな言葉がある」グラスを手に取り、二人で一気に空ける。目を細めて、あの稲妻が走る感覚を味わってから、息を吸って話し始める。「いいワインにうまい料理を合わせ、最高の相手と共に楽しむことは、人生で最も洗練された娯楽の一つだ」

「ああ、知ってるよ。マイケル・ブロードベントの言葉だろ」ウェンズデイは少し酔った顔で尊敬のまなざしを浮かべる。「あのマスター・オブ・ワインは、ワインを飲むという行為を生活と文明のレベルにまで高めてくれた。おかげで俺たちみたいな酒飲みの株も上がったし、もっともらしい言い訳が山ほど手に入った」

「ハハハハ」ウェンズデイのバカ話は聞き流して、うなずきながら話を続けた。「ずっと気づいてなかったけど、実のところ僕の人生は、そういう洗練された娯楽をひたすら追い求めてきただけなのかもしれない」

「そうか……洗練された娯楽か」ウェンズデイは少し黙った。

「そして……それが僕の生き方でもある」私は続けた。

私たちはワインを飲みながら、さまざまな話題について議論した。ロシアの最新の産地のこと、アラスカのネオ・ヴィダルというアイスワインの味、シャトーヌフ・デュ・パプが法律でUFOの飛行を禁止している件について、ジョージ・オーウェルはモスカート・ダスティを愛飲していたか否か、古代ローマのワイン、ファレルヌムの再現の可能性、オーロラ社が作る今年の真空パックのトロッケンベーレンアウスレーゼ、古代中国の麴を使ったワイン作りの技術、吸血鬼とフェテアスカ・ネアグラの関係、ブルゴーニュのファミリーとボルドーのファミリーが銀河系のかなたで起こした戦争、そしてオーパス・ワンとNASAの火星でのブドウ栽培計画。

ウェンズデイは本当に博識で多才な男だ。斜に構えたところがあるし、時に狂気じみた行動もするが、どこで悟ったのかと思うような人生観と、独特で非凡な見解を持っている。オーナーも長老もロクサーヌも、そして顧問と辰星會までも、彼に惹かれるのが分かる気がする。

一万の砲弾が降り注いだ街で、私たちは世界中が酔っ払うまでワインを飲み続けた。

涼しい風が頰をかすめる。私は薄目を開けて座ったまましばらくぼんやりしたあと、ポケットから日本製の二日酔いの薬を取り出した。水がないのでそのまま飲み込む。体を起こし、少ししてから立ち上がってベランダの外へ出た。空の星と月はもう見えなくなっていた。ブドウ畑の一面の緑が果てしなく続く。葉の表面も、青い果実も、実をつけぬまましぼんだ花も、ブドウのつるも、ブドウ棚も露に濡れ、それが朝日を浴びてきらきらと輝いている。新鮮な空気が涼しく心地いい。早起きのミツバチとチョウが飛び回る。そこら中が生気にあふれ、命の輝きに満ちている。ここはまるで別の世界のようだ。昨日の土ぼこりも昨夜の星も、いつの間にかどこかへ消え去っていた。

部屋に戻り、酔っ払ってソファで熟睡しているウェンズデイの手から、起こさないようにそっと空のグラスを抜き取った。毛布らしきものを見つけてかけてやる。ウェンズデイは「ターニャ……そこはダメだってば……」などと、いかがわしい寝言を言いながら眠っている。よだれを垂らし、うっとりと満足そうな笑みを浮かべながら。ペンとメモが見つからなかったので、仕方なく土ぼこりで曇ったガラス窓に伝言を残した。気づいてもらえないと困るので、暗赤色のボールを、窓のメッセージを指すように矢印の形に並べる。ガラスにはこう書いた。「ありがとう。あの銃撃は非常に正確だった」

少なくとも、この数年、私はずっとそう思っていた。

飲み忘れて冷めてしまった昨日のコーヒーに目をやる。灰色に濁った泥水のようなコーヒーの表面に浮いた油分が、虹のように光っている。飲んでみると、重い酸味の中にほのかにアーモンドの風味がある。カップをソーサーの上にひっくり返すと、流れ出たコーヒーが半円状の山のような形を描いた。なんだか3Dのロールシャッハテストのようだ。ソーサーを持ち上げてじっくり見てみたが、特別な意味を読み取ることはできず、ただのコーヒーの残りかすにしか見えなかった。

私はあきらめて立ち上がった。ウェンズデイの定温ワインラックから、赤いラベルのラウィと暗赤色のラベルのラウィ・リゼルヴァを勝手に取り出し、自分の保温バックパックに入れる。それから、持参したが飲まなかった〝C〟をテーブルに置いた。ウェンズデイにはこのワインが何か分かるはずだと信じて。

階下へ下り、いくつかの展示室を通り過ぎた。早朝の展示室の空気はひんやりしている。さまざまな形の古ぼけた醸造設備は、まだ眠りから目覚めていない様子だ。空気はどんよりとよどみ、古い霊魂の気配をあちこちに感じる。あたりはとても静かで、私の足音だけが物悲しく響き渡る。鍵のかかっていない、重い木のドアを開けて博物館を出る。上着のポケットからサングラスを取りだし、明度を調節したあと、無意識に手首の端末でメッセージを確認する。

朝日がまぶしい。歩きだすと、風がブドウの樹を揺らすかすかな音が、体の脇をすり抜けていった。ブドウのつるがひるがえる音がいつまでも続く。風に乗せてブドウの一生の物語を語っているようだ。新しく塗り直したように真っ青な空は、なんだか作り物のようだ。私はバックパックを背負い、どこまでもまっすぐ続く道の果てに向かって歩きだす。また新しい一日が始まる。

（全話完）

原註

＊1　ラテン語で「時は飛ぶ」の意。

＊2　**孔子**：古代中国の哲学者。釈迦、ソクラテス、イエスと共に「四聖」と称される。

＊3　原文は「子在川上曰、『逝者如斯夫、不舎晝夜』」。子は川で言った。「時の流れも同じようなものだ。昼となく夜となく、絶え間なく流れていく」

＊4　ラテン語で「私たちは生まれた時から死に向かって進んでいる」の意。

＊5　この原文の翻訳にはある歌の歌詞を転用した。（中国の歌手、馬頔の『南山南』という曲の歌詞に『時光苟延殘喘、無可奈何』というフレーズがある）

＊6　**シドニー＝ガブリエル・コレット**：フランスの女流作家（一八七三〜一九五四年）。一九四八年にノーベル文学賞の候補となった。

＊7　**デキャンティングナイフ（醒酒刀）**：ソムリエナイフに似た道具。吸気と排気が可能なスクリューを使い、一定の濃度と量の酸素をボトルに注入すると同時に、ボトル内の空気を排出する。ボトルを開けずにデキャンティングする方式。（架空の道具か）

＊8　アマローネは、レチョートという甘口のワインを作る際、忘れられて放置された樽の中で完全に発酵が進んだことで生まれた。甘口のレチョートと区別するために「苦み」という意味のアマローネという名がついた。

＊9　**〝笑い男〟**：士郎正宗の作品「攻殻機動隊」の登場人物。笑い男が使う円形のマークの縁には『キャッチャー・イン・ザ・ライ』の一文が記されている。「I thought what I'd do was, I'd pretend I was one of

ば、誰とも無益なばからしい会話をしなくてすむ」。

「That way I wouldn't have to have any goddamn stupid useless conversations with anybody. そうすれ those deaf-mutes. 僕は耳と目を閉じ、口をつぐんだ人間になろうと考えた」。この文には続きがある。

＊10 それぞれ「イスラエル総保安庁」「イスラエル諜報特務庁」「イスラエル参謀本部諜報局」の略称。イスラエルの諜報体制はこの三機関が担っている。

＊11 FSB：ロシア連邦保安庁。ソ連解体後、KGBの一部の組織を再編して作られた。

＊12 マリオ・プーヅォ：『ゴッドファーザー』シリーズの作者。

＊13 『デニーロ・ゲーム』：レバノンの作家ラウィ・ハージの一作目の長編小説。二十世紀の戦時下のレバノンを描いた、残酷な真実の物語。

＊14 オバイデとメルワ：いずれもレバノン産のブドウ品種。ある研究によると、オバイデはシャルドネに、メルワはセミヨンに近い品種だという。ただ、実際には多くのブドウ品種が親戚関係にあり、いわば一つの家族だといえる。

＊15 ウェンズデイが話しているのは、映画『サイドウェイ』のことだと思われる。この映画の影響で、一時期はピノ・ノワールブームが起きた。ワインにまつわる重要な映画の一つ。

＊16 先生の名言の一つ。醸造家バシリオ・イスキエルドに捧げた言葉。

＊17 オセロ：リバーシとも呼ばれる。十九世紀末にイギリス人が発明したボードゲームの一種。

あとがき　洗練された娯楽

病院で緊急の検査を受けることになった。

この小説を半分ほど書いた頃のことだった。物語の進展が行き詰まり、にっちもさっちも行かなくなって、私は頭を抱えていた。体の調子も悪くなり、医者に診てもらった。私の症状を聞いた医者は多くを語らず、ただ厳しい表情で、なるべく早く精密検査を受けるべきですと私に告げた。それからすぐに検査の手配をしてくれた。

検査の当日、私は病院のロビーに座って三時間も待った。周囲の人はみんなつらそうな顔をしていた。誰もが座ったままテレビに映る無音のニュースを眺めて時間をつぶす中、私だけがノートパソコンを開いて小説を書いていた——私は生活の中で少しでも時間が空けば物語を進展させることに決めていた。たとえどんなに短い時間であってもだ。それは私が自分に課したルールだった。

ロビーの椅子の数は、ちょうど患者と家族がギリギリ座れる程度しかなかったので、私は小説を書きながらも周囲に注意を払い、私より席を必要としていそうなお年寄りや子供に席を譲らなくてはならなかった。その日は一日中、立ったり座ったりしていて、時には立ったまま小説を書き続けた。

窓の外には日差しが照りつけていた。ひどく暑い夏の午前だった。

ついに私の番号が呼ばれ、検査を受けることとなった。自動ドアを通った瞬間、ある考えが頭に浮かんだ。「もし悪い病気だったら、私はこの小説を書き上げることができるだろうか?」帰る道すがら、ずっと考えていた。あの時、なぜ私はそればかり心配していたのだろう。なぜ家族や子供や友人や仕事のことではなく、小説の中に作り上げた「あの世界」のことだけを思ったのだろう。だが、少し見方を変えればすぐに答えは出た。ごくシンプルな理屈だ。この小説は、世界中で唯一、私自身の手で完成させなければならないものだからだ。

ただ、この小説だけは。

この小説を書いている間、私はかつて経験したことのない大きな苦痛と喜びを味わった。私は自分が非常に幸運だと思っている。限られた人生の中で貴重な時間を使い、全身の力を振り絞り、それを余すところなく作品に注ぎ込んで、描きたかった物語を描き、書きたかった小説を完成させることができたのだから。これほど執筆に専心し没頭していると、やがて私の心血や魂が少しずつ文字の中に注入されていくような錯覚を覚える。そのせいで、私の文章は私自身へと変化し、現実の生活の中の私は少しずつ死んでいく。こんなことを言うと家族や友人に申し訳ないが、あの時間の中で、私はずっと、自分はもうこの世には長くいられない気がしていた。それは今までに味わったことのない奇妙な感覚だった。今思い出しても、実に不思議な気分だ。

この感覚を理解できる人がどれだけいるのか私には分からない。だが、作家が長編の作品を書いている時の状況を描写したものは何度も読んだことがある。みんな体力と意欲を維持するために、泳いだり、瞑想したり、ジョギングしたりする。過敏になって気性が荒くなり、家族や友人には普段以上の寛容さを求めるようになる。他人に煩わされないよう（もしくは自分が他人を煩わせないよう）山の中や別荘や小島にこもる人もいる。だが私にはそれができない。私にできるのは、飛行機の中で、カフェで、病院で、あるいは夜中に起き出して、ひたすら書くことだけだ。私は自分の執筆活動を、出口のないトンネル、目的のない放浪、立ち寄る港のない航海のようだと思っている。かすかだが確かな信念を抱いて、ただ前に進むこと、私の物語にも出口や終点のようなものが存在すると信じること。私にはそれしかできないのだ。

小説を書き終えたばかりの頃、私はまるで燃え尽きたように生気を失っていた。二年半もの間、不眠不休でマラソンを続けたように、あるいは二年半続くカーニバルに出場したかのように――気持ちはまだ高ぶっていても、体はすっかり疲れ切っていた。何もしたくないし、どこにも行きたくない。しばらくの間、私は生ける屍のように、半ば無意識のまま生活していた。私はずっと自分のことを「洗練された娯楽」を追い求めるブルジョアジーだと認識している。飲酒、グルメ、旅行、音楽、料理、絵画、デザイン、自転車、執筆、これらはすべて私の「洗練された娯楽」の一部だ。そして執筆（この二文字を口にすると私はいまだに少し赤面してしまう）は私にとって人生の苦楽が高度に濃縮された新鮮な作業なのだ。私はこれまで、これほど長い文章を書いたことも、これほど大きな構想を扱ったことも、ひいては人物を深く描いたことすらなかった。だが、考えてみればおかしな話だが、なぜこの小説を書かねばならないのかと自分を疑ったことも、一度もなかった。

この小説の作風は二人の人物の影響を受けている。一人はジョージ・レイモンド・リチャード・マーティン、もう一人は村上春樹だ。二人の偉大な作家と自分を比べる度胸はない。二人の名を出したのは、私にとって学習と模倣の対象だと説明したいがためだ。ジョージ・R・R・マーティン氏の『氷と炎の歌』からは、いかに世界観と宇宙観を作り上げるかを学んだ。村上春樹氏の初期の作品からは、いかに一つの世界を描写するか、いかにきめ細かなディテールを浮き彫りにし、色鉛筆と絵筆でその世界に色を塗るかを学んだ。

最後に、ありきたりではあるが、どうしてもこの場を借りて謝辞を述べさせていただきたい。神と天に感謝する。私のささやかなアイディアからこの長編小説を書かせてくれたことに。こんなに苦しくて楽しい「洗練された娯楽」を享受させてくれたことに。

ずっと私を支えてくれた母親と、家族と、同僚たちと、友人たちに感謝する。あなたたちがいなければ、この本を完成させることは困難だっただろう。

図に乗った私に冷や水を浴びせてくれた友人たちに感謝する。あなたたちがいなければ、このような形で本書を完成させることはできなかった。

楊子葆《ヤン・ズーバオ》氏に解説を書いていただくというこの上ない光栄に、特に感謝を申し上げる。

「この世界の中で、こんな小説は読んだことがない」「これは一種の使命のようなものだ。君は必ずこの作品を完成させるべきだよ」「この本はきっと大きな反響と賛否両論を呼ぶだろうね」「外国語版が出版されることを期待しているよ」私を励ましてくれた先輩と友人たちに感謝する。あなたたちの言葉が、創作に行き詰まったときの私を支えてくれた。

バイオテクノロジーに関する情報を提供してくださった任志鴻《レン・ジーホン》博士と陳昱蓉《チエン・ユーロン》博士に感謝する。お二方が提供してくださった専門家としての意見と情報は貴重な宝となった。すばらしい専門家と友人たちの助けがあってもなお、この作品には至らぬ点があるが、それは完全に私の責任であって、彼らの責任ではない。同様に、本書の中で私はさまざまな観点を示したが、それは彼らが私の描写や観点に同意や合意をしたことを意味しない。

そして読者各位に私は言いたい。ありがとう、あなたたちに心から感謝します！　執筆の本質は利己的なものであり、作者は永遠にわがままだということは分かっている。それでも、こんなに自分本位な小説を読んでくれたことに感謝する。そして、さまざまな感情があふれるあまり、とりとめのないあとがきを読ませてしまったことを実に申し訳なく思っている。

二〇一六年三月二十六日　台北の自宅にて

付章　二つの石

一九六九年十月十二日
ルクセンブルク　ホテル・ル・ロイヤル

『聖書』には、ウリムとトンミムに関する記述が七カ所ある。ウリムは光明、トンミムは完全無欠を意味する。ウリムとトンミムに触れた最も早い記述は『出エジプト記』にある。「それらは、アロンがエホバの前に出る時、心臓の所になければならない。アロンはいつも、イスラエル人のために用いる判断の道具を心臓の所に持ってエホバの前に出るのである」そして最後の記述は『ネヘミヤ記』の「ウリムとトンミムを使える祭司が立てられるまでは極めて聖なるものを食べてはならない、と言った」だ。『聖書』の中で、この二つの話の間には千年以上の隔たりがある。一部の学者によると、モーセが紅海を渡ってから千百年後よりあとには、ウリムとトンミムを判断の道具として使った者は誰もいないと推定される。

パウロ・コエーリョの小説『アルケミスト　夢を旅した少年』[*1]の中で、セイラムの王[*2]と名乗る老人が、主人公のサンチャゴに白と黒の二つの石を渡し、これはウリムとトンミムだと告げる。二つの石は判断に使うもので、黒い石は「はい」白い石は「いいえ」を表す。老人は胸元に華やかな金色の胸当てをつけていた。サンチャゴの手に渡った時、石は長い眠りについていた。

アメリカのイェール大学のエンブレムには、ウリムとトンミムの名がヘブライ語で記され、その下にラテン語で「光と真実（Lux et Veritas）」と書かれている。

アラン・オリヴィエには繰り返し見る夢があった。胸に金の板を下げた老人が出てくる夢だ。老人は丘のブドウ畑にある岩に腰掛けていて、背後には雪が積もった山脈が見える。空気は少し冷たいが、天気は春めいていて、地面には青々と草が茂り、ブドウも発芽を始めているようだ。光の具合から見て、時間は恐らく早朝だろう。丘のそばには川の流れがきらめき、空気中にはクローブのような香りが漂う。遠くからかすかに小鳥のさえずりが聞こえる。

老人はとても年を取っている。八百歳か、千歳くらいか？　白いひげに白髪、アジア人のような顔つきなのだが、アランははっきりと顔を見たことがない。一部の東洋人いわく、歳月と老いは人の顔に、ある種の空気を作り上げる。その空気は顔の前を煙霧のように漂い、他人からはその容貌が見えづらくなる。これはイタリア人やスペイン人の考えとは相反するものだ。彼らは年を取るごとに顔の作りがはっきりすると言う。まるで歳月の女神が顔を彫り込んだかのように。

老人は白地に金色の花模様が刺繍された麻のガウンをまとい、胸元に宝石をはめ込んだ金の胸当てをつけている。時折、手振りを交えながら、アランには聞き取れない言葉を話し、恐らく何か重要なフレーズを何度も繰り返している。老人は疲労困憊しているようにも見えるが、その目の奥には強い意志が透けて見える。

夢はいつも同じ場面だった。老人が話し、アランがそれを聞いている。老人が立ち上がることはないし、アランが口を開くこともない。これが夢であることに気づいているからだろうか、夢の中のアランは少し退屈して、急斜面のブドウ畑と湾曲する川の流れを見つめながら、ここは一体どこなのだろうと考えたりしている。老人の目を盗んで、こっそりあくびをすることもある。

夢の結末がどうなったか、アランはいつも覚えていない。唐突に目を開け、それから徐々に意識がはっきりしてくる。目覚めるたびに、次こそは老人の顔を見て、夢の結末を覚えておこうと誓う。

だが、成功したことはなかった。ただの一度も。

初めてその夢を見たのは、アランが大学生の頃だった。アランはパリのソルボンヌ大学の学生で、同校にはヨーロッパで有名なフラタニティZ27があった。欧米の学校の多くに似たようなエリートクラブ的な社交組織があるが、Z27ほど謎に包まれた会はあまりない。噂によると、Z27の名の由来は彼らが崇拝するギリシャの宇宙神ゼウスであり、27というのは創立時の会員の数だという。

Z27には毎年十五人のみ新たに加入が許される。存命の会員数は常に八百人前後になる。加入後の会員は、会費などを納める必要はなく、手厚い奨学金を受け取れる。すべての支出は会員が設立した財団より支払われる。

Ｚ27の会員たちは、互いに秘密を守り、忠誠を誓い、助け合う。新たに加入した会員はＺ27におけるもっとも貴重な資産――世界中のすべての会員の協力を得ることができる。在学中の会員を管理するリーダーは〈黒い頭〉と呼ばれ、すべての会員を管理する会長は〈白い頭〉と呼ばれる。Ｚ27の〈白い頭〉の権力は絶大で、八百人の会員に対し、いつどこにいても、自分や家庭や国家や民族を顧みずＺ27に尽くすよう命じることができる。すべての会員は一切の代価を惜しまず、他の会員や自分のために尽力し、さまざまな手段を使って国家の権力を手に入れる。また、すべての会員はＺ27の一員であることを認めてはならない。もし同じ室内にいる誰かがＺ27について話していたら、秘密が漏れるのを防ぐため、会員は直ちにその場を離れなくてはならない。

大学三年の時、アランはこのフラタニティの会員になった。ある春の日の真夜中、友人と酒を飲み、「性的に興奮した」ガールフレンドを追い返して宿舎に戻ると、濃い青のシルクのジャケットを着て牛のお面をかぶったミノタウロスのようなやつが、明かりもつけずに部屋の真ん中でアランを待っていた。ミノタウロスはたったひと言、英語で「Ｚ27、イエス、オア、ノー？」と言った。

アランの家はオーストリア・ハンガリー帝国の貴族の血統だった。アランはイギリスのボーディングスクールで学び、優れた教育を受けていた。高校時代はサッカー部の部長を務め、戦って勝利を得ることに慣れていた。さらに重要なことは、彼の家族が代々、社会に対して少なくない影響力を持っていた点だ――これらはすべて、Z27への入会に有利な条件だった。アランはいつかZ27が自分の所へ来るだろうと思っていた。だから、ミノタウロスが現れた時にはためらいなく「イエス」と答え、「そいつ」と握手と抱擁を交わした。

アランがZ27に入ったその夜、白いガウンの老人が初めて夢に現れた。

Z27に加入して以来、アランは繰り返しその夢を見るようになった。初めは大して気にとめていなかったが、回数を重ねるごとに、この夢は何か重要な暗示ではないかと思い始めた。その考えは徐々に彼の思考空間を占領し、知らず知らずのうちに夢のことで頭がいっぱいになっていった。常に神経が張り詰め、集中はできるがリラックスできなくなった。姿の見えない大きな手に常に体を押さえつけられているようだった。アランは自分が鋭く敏感になった一方で、細く削りすぎた鉛筆の芯のようにもろくなったと感じた。このことは彼の行動や性格に大きな影響を及ぼした。学業もその他の競争も順調ではあったが、精神的にはボロボロになり、性生活までもが甚大な影響を受けた。

学内にいるZ27の〈黒い頭〉に相談したこともある。だが〈黒い頭〉はアランの話を一笑に付し、真顔でこう言った。「人生には成し遂げねばならないもっと重要なことがある。しっかりしろ。そんなわけの分からないことに振り回されるな」

それ以来、アランはこの件を誰にも話さないことに決めた。ボーディングスクールで学ぶ二人の弟にも、エールフランスのキャビンアテンダントを務めるガールフレンドにも、固い絆で結ばれた悪友たちにも、すでに引退した裁判官の父親にも。

大学を卒業後、アランはフランス外務省に入った。彼の独自の視点と的確な行動は国家の官僚システムの中で抜擢《ばってき》の対象となり、普通の人なら数年かかってようやく得られるようなキャリアをあっという間に積み上げていった。扱った中にはヨーロッパ共同体の統合に関する重大な議題もあった。アランはフランス政界の明日を担う期待の星として、同輩たちの羨望の的となった。

表面的には、アランの人生は順風満帆だった。だが、彼自身はますますあの夢に苦しめられるようになっていた。薬、心理療法、催眠療法、宗教による救済、呪術、針灸などありとあらゆる方法を試したが、どれひとつ効果はなかった。夢は、まるで知性を持っているかのように、時には午後のうたた寝といった時間に不意を狙って現れ、アランの生活に入り込んでいった。

三十歳になった時、アランは決心した。夢の中の老人が何度も繰り返す言葉を暗記して、その意味を探ることにしたのだ。枕元に紙とペン、そして最新式のソニーのレコーダーを用意した。どこへ行く時も必ずそれらを持っていき、目覚めるたびに暗記したフレーズを録音して書き留めた。

一九六九年九月、アランの〈フレーズ収集プロジェクト〉はついに大詰めを迎えた。ほとんどの言葉を記録することができたのだ。この重要な年に、全世界で社会的に大きな波が起きていた。日本の学生は授業をボイコットして学校に立てこもり、晩夏のような青春を好き勝手に打ち捨てた。フランス人はサロンでヌーヴェルヴァーグと映画に関する談義に明け暮れた。ジャン゠リュック・ゴダール、フランソワ・トリュフォー、クロード・ルルーシュ、そしてアランと同名のアラン・レネといった映画監督たちが映画スターと同じように注目された。アメリカ人は月面に着陸したが、ベトナム戦争は泥沼化していた。ニクソンが「我々は全人類の平和を求めてここへ来た」と記した銘板を月面に残したのと同じ頃、モンサント社の協力のもと、ベトナムには大量の爆弾が落とされ、「枯葉剤」がまかれた。ウッドストック・フェスティバルのロックとパンク、黒人の公民権運動、大麻と反戦運動。これらは東西冷戦の緊迫した空気の中で巨大な力を生み、世界は新旧の時代のはざまで狂乱と興奮の渦に巻き込まれていった。一九六九年とは、百年に一度のドラマチックな一年だった。

　夢の中で聞いた言葉はこういうものだった。「KAH ET SHNEI HA'AVANIM SHE MITAHAT LA EVEN HAGDOLA, SIM OTAN BE MEIHAL, VE TAUI OTAN LA HEDER.」すべてのフレーズがそろうと、なぜかアランはこの言葉を、まるで自分の母語のように、すらすらと正しい発音で言えるようになった。

　アランは外務省で知り合った各国の使節に言葉の意味を尋ねた。ロシアから南アフリカ、イランから日本。何週間もの時間を費やし、何度も国際電話をかけた。世界語であるエスペラント語[*3]のような人工言語[*4]の可能性も疑った。そしてついに、ローマのフィウミチーノ空港の近くにあるバーで再会した旧友によって、言葉の意味が明らかになった。

　旧友はイスラエルの砂漠灌漑システム企業で働くエンジニアで、イスラエルの農場建設における灌漑システムを専門的に手がけると同時に、技術者として他国の農業の拡大を支援していた。彼にはもう一つの顔があることをアランは密かに知っていたが、長い間、それを彼に問うたことはなかった。アランには分かっていた。知らないほうがいいこともある。尋ねた瞬間に友人を失うかもしれない。時に人生とはそういうものなのだ。

アランがバーに着いた時、エンジニアの友人は先に来ていた。テーブルには、脚が赤く、細長い高足のグラスが二つ置かれている。友人は自分のグラスにワインをつぎ、あまりおいしそうには見えないイタリアのチーズと赤黒いジャーキーを食べていた。エンジニアの友人は丸刈りで、いつもむさ苦しいひげを生やし、茶色い眼鏡の奥には情熱的な瞳が覗く。エンジニアなのに営業マンのように弁が立つ。ファスナーつきのニットジャケットを着ているが、肘あての部分がほつれて糸が出ている。かなり着古した服のようだ。

「イスラエルの客からもらったワインだ。飲んでみろよ」エンジニアはアランの姿を見るとすぐにワインをついでくれた。

「イスラエル産のワイン？　初めて聞いたな」アランは席に着くと、挨拶もしないうちにグラスのワインをひと口飲んだ。

しばらく歩いて来たせいだろうか、アランには、ドライでアルコール度数が高く、日ざしをたっぷり浴びているがストラクチャーと酸味が弱いワインだと感じた。アランは学生時代からほとんどビールとコニャックしか飲まなかった。質のいいワインを飲む機会は多々あったものの、白ワインは爽やかで酸味のあるジュース、赤ワインは酸っぱくて渋い飲み物としか感じられなかった。高いワインを飲めば、自分が人より秀でているかのような優越感を多少は味わえるが、特にワインが好きなわけではなく、愛好家とは言えなかった。

「有名なロートシルト家がイスラエルで多額の資金を使ってブドウを植えた。ボルドーのシャトー・ラフィットから持ってきた苗だ。ハハ、だからこのワインは……ある意味……シャトー・ラフィット・ロートシルトのワインってことになる」エンジニアは得意気に笑った。

「イスラエル人は酒を飲めないんじゃないのか?」アランは手の中のグラスを見つめながら興味深げに聞いた。

「いや、実は飲めるんだよ。伝統的なユダヤの家庭では、金曜日のキッドゥーシュの儀式の時に少しだけワインを飲む」エンジニアが首を振りながら言った。「ただし、俺たちが飲むワインはコーシャにのっとったものでなくてはならない」

「コーシャ? それは?」

「コーシャはヘブライ語で適正とか適合を意味する言葉だよ。英語の辞書にも載ってる。ユダヤ人は、すべての食べ物に『敬虔な信仰』が内包されていて、食べ物に含まれる『神の力』こそが肉体を作る源になると考えている。コーシャに基づくワインなら、厳格に規律を守るユダヤ教徒でも飲むことができるんだ」

「なるほどね」アランは言った。

「話を戻すけど、このワインはどう?」エンジニアが言った。

「うん、いつも飲んでるボルドーとはやっぱり違うね。アルコール度数が高くて、濃厚でおいしいと思う。ただ、どういうわけか、飲み慣れてないからかな、これといった特徴が見つからない感じがした」

「ハハ、エリート外交官は普段からいいワインを飲んでるからな。派手好きで厚化粧のボルドーワインに慣れてしまってるから、うちの田舎娘なんて眼中にないか」エンジニアは納得がいかないという顔をした。

ひとしきり雑談を交わすうちに、ベトナム戦争の戦局と米ソの対立に話が及んだ。アランは外交官としての本分を守り、意見を述べたり情報を漏らしたりはせず、当たり障りのない見解を述べるにとどめた。エンジニアはアランから面白い情報は引き出せそうにないとみると、諦めたように話題を変えた。このタイミングで、アランは例の言葉について切り出した。言い慣れない様子を装って、時々つっかえながら、あの言葉を言ってみせた。

「ちょっと変なところもあるけど、間違いない。それはヘブライ語だ」エンジニアはうなずき、唇を突き出した。「正確に言うと、現代ヘブライ語に近い言葉、かな」

「どういう意味だ？」

「俺は今の言葉の大部分を聞き取れる。でも古代ヘブライ語も一部混じってるから、その部分はお手上げだ」

「つまり……この言葉の意味が分かるんだな？」アランは興奮を抑えきれず、つい声が大きくなった。

「ああ、分かるところだけ訳してやるよ」エンジニアが言った。

丸刈りのエンジニアはアランに何度か例の言葉を言わせた。頭をひねってしばし考え、バーの店員に紙とペンをもらって何かを書き留めた。「語順を整えて、推測も混じってるけど、だいたいこんな意味だと思う。見つけ出す……ブドウ畑の中……この岩の下の……『ウリムとトンミム』、容器の中に入れよ。そしてそれを運ぶのだ……あの部屋に」*5

「ウリムとトンミム？　容器？　部屋？　何のことだ？」言葉の意味はアランが想像していたのとはまるで違っていた。謎が解けた途端、さらなる謎が生まれた。アランは落胆を隠しきれず、声を低くした。

「悪いな、俺にも分からないよ。言葉通り訳しただけだから。この言葉、どこで聞いた？」

「ある老人の言葉だ。謎の指令みたいなものかな」この「模範解答」を、アランはずっと前から用意してあった。

「その指令に従わなきゃいけないのか？」

「だろうな、たぶん」

「で、そのブドウ畑がどこか分かるのか？」エンジニアは熱心に聞いた。「まずブドウ畑を見つけて、それで初めて『ウリムとトンミム』が見つかる気がする。『容器』や『部屋』はそのあとだ」

「ああ、まずブドウ畑を探さないと」アランは自分に言い聞かせるように言った。グラスの中のワインの色を見て、諦めたように言った。「いつでも知りたいことを調べられて、自動的に答えが出てくる、頭脳を持った万能な腕時計みたいな物があればいいのに」

「それを三回なでたら精霊が現れて、三つの願いを叶えてくれたらもっといいのにな」エンジニアは冗談めかして小声で言った。「アメリカの国防高等研究計画局が、そんな技術を研究してるって聞いたぞ」

「ハハ。それより本題に戻ろう。実際のところ、どうすればいいと思う？」アランが言った。

「ブドウ畑の専門家の知り合いがいる。ちょうど今『ヨーロッパワイン地図』という本を書いているところだ。自らヨーロッパ中のブドウ畑を飛び回ってるし、全世界の産地の歴史の移り変わりにも詳しいよ。彼に聞いてみるといい」

エンジニアの友人は電話でアランの話を聞くと、エディンバラ大学の研究室に見学に来ないかと遠慮がちに誘った。「うちの研究室にはさまざまな写真やサンプルがある。頭の中の風景だけを頼りにそのブドウ畑を見つけたいなら、エディンバラへ来るのが最も簡単な方法だと思う」

ブドウ畑の専門家はエディンバラ大学の研究室で、アランに、太陽の方向、川の流れる方向、ブドウ畑の向き、山の高さ、ブドウ棚の枝の形状などを事細かに質問した。それから数枚の写真を見せて、株仕立て[*6]、垣根仕立て、大木仕立て[*7]、棒仕立て[*8]といったブドウ棚の形状の差異を詳しく説明してくれた。まるでブドウ栽培の講義を受けているようだった。

その後、専門家はまた別の写真を何枚もアランに見せ、片岩、石灰岩、粘土、玄武岩、粘板岩、黒色粘板岩、礫石、砂地、片麻岩の違いを語り、ブドウ栽培への影響について説明した。粘板岩を見せて確認させたあと、箱の中からマジックのように青色粘板岩、赤色粘板岩、灰色粘板岩、黒色粘板岩、混合赤色粘板岩を取り出し、何度も確認させた。まるで地質学の講義を受けているようだった。

「河川は温度を調節し熱を蓄える。川面に反射する光がブドウ樹の温度を上げる。多くの一流のブドウ農園が川のほとりの斜面に作られているのはそのためだ。ローヌ川もドゥエロ川もライン川もそうだ」専門家は分厚いレンズの入ったべっ甲の眼鏡を押し上げ、冷ややかにそう締めくくった。「君が描写したのは、傾斜のきつい丘、比較的寒い地方、東西に湾曲する川の流れ、川の北岸にある南向きの斜面、青色粘板岩に覆われた地質。私が思うに、恐らく西ドイツのモーゼル・ザール・ルーヴァだろう。あそこは世界で最も古いワイン産地の一つであるだけでなく、世界で最も斜面の急なブドウ畑、ブレマー・カルモントと、世界で最も高貴な畑の一つとされるベルンカステラー・ドクトールもある。私の推測では……その湾曲した河川はモーゼル川の中流だろう」

言い終えると、専門家は後ろの棚から、大判のモーゼル川の地図を取り出して机の上に広げた。川と丘の等高線は密集していて、かなりの急斜面であることが見て取れる。モーゼル川はミミズのようにくねくねと湾曲していて、独特の雰囲気がある。確かに、夢の中で見た曲がりくねった川によく似ている。

「僕の話だけで、本当にどこか分かるんですか」アランは信じられないという顔で言った。

「もちろんだ。君の描写が間違っていなければの話だが」専門家は口角を上げ、得意気な顔で、自信たっぷりに答えた。「こんなに独特の風土は、全世界を探してもほかにない」

「どんなワインを作ってるんです?」アランは質問を変え、別の方向から情報を得ようと試みた。

「その畑で作っているのは主にリースリングという白ワイン用のブドウだよ。糖度によって等級や種類が異なる」そう言うと専門家は立ち上がり、ワイン棚から細長い緑色のボトルを取り出して机に置いた。ボトルの表面にはすぐさま汗をかいたように水滴が浮かぶ。

「とても飲みやすいワインだよ、試してみて」専門家はワインを開け、アランに一杯、そして自分にも一杯ついだ。

アランはグラスを持ち上げてしばらくじっと見ていた。ワインは美しい黄金色をしている。

透き通った液体の中にかすかに気泡が浮かぶ。グラスを通して見ると、まるで精巧な工芸品のようだ。

「飲んでごらん。嚙まれないから心配するな」専門家は自分のグラスを取ってひと口飲んだ。「こういう年数を経たリースリングはちょっと変わった石油香がするんだ。飲み慣れるとアイラ島のウイスキーの泥炭の香りにも似てる気がする――人をとりこにする、いわゆる『くせになる味』だ」*9

アランはほんの少し口に含み、飲み込んでから、またひと口飲んだ。甘くて酸っぱくて、かすかに鉱石のような苦味がある。火打ち石やガソリンの味もわずかに感じる。少し変わっているが飲み口はさわやかで、間違いなくうまい。もし白ワインがすべてこんな感じなら、ワインを好きになってしまいそうだ、とアランは思った。

「西ドイツ当局は数年内にワインに関する基本法令を発令する準備をしている。ビール純粋令*10みたいなものだ。そうなれば、ドイツ人がワインのあれこれを数値化したり規範化したりし始めるのは想像に難くない。まるでティーガーやUボートを作るみたいにね」専門家は言った。「まじめで厳格なドイツ人が製造したリースリングは再び復興し、ドイツは新たにリースリングの重要な産地になるだろう」

目的が明確になってしまえば話は早い。エディンバラから戻ると、アランはZ27の会員数名に電話をかけ、コネクションを利用した。西ドイツ軍がアランのために最新のBO－105ヘリコプターを用意した。ヘリの操縦士はいかめしい顔のドイツ人で、見るからに今回の任務に納得していない様子だったが、それでもアランの指示に忠実に従った。彼らはコブレンツ付近の軍用ヘリポートから飛び立った。操縦士はライン川とモーゼル川の交わる「ドイツの角」から、モーゼル川、ザール川、ルーヴァ川の三本の川の流域にあるすべての産地を巡り、オランダ、ベルギー、ルクセンブルクの国境付近まで飛んだ。アランは持参したライカM4で何枚も写真を撮った。表向きは地形調査の仕事のように見えただろう。

ドイツの畑は整然と区画が整備されていた。上空から見ると区画ごとに色が違っていて、何らかの意味が隠されたパズルのようだ。森林と河川は濃い緑色で、大地に点在するオレンジ色の屋根に白壁の家屋の集落を、灰色の道路がつないでいる。

何度も夢に見て、すっかり地形を覚えていたため、その場所を特定するのに時間はかからなかった。夢の場所はモーゼル川中流のピースポルトという村の近くの、静かな農村地区だった。アランはヘリコプターを降りるとすぐに車を飛ばしてそこへ向かった。《フィガロ》誌の記者に変身して、だ。アランはドイツ農業省だか財務部門だかが発行した検査証を持っていて、西ドイツのどんな産地のどこのブドウ園にも自由に立ち入ることができた。

アランは記憶だけを頼りに、道路脇の丘の上の、老人が座っていたあの岩に難なくたどり着いた。息を切らせて六十度近い傾斜を登り、近くでブドウ畑を見回っていた農夫に挨拶をすると、老人が座っていた岩の上でタバコを吸った。ブドウ畑は収穫が間近だった。アランには、周囲のブドウの樹が懸命に太陽の光を吸収しているように感じられた。石と川に蓄積された熱が、ブドウの果実をゆっくりと成熟させていく。

タバコを吸い終えると、アランは吸い殻を持ってきた灰皿に入れた。腰をかがめ、岩の下を探すと、古い麻袋を見つけた。袋には老人が着ていた服に似た花模様が刺繍され、中には黒と白の石が一つずつ入っていた。

「これがウリムとトンミムか」アランは首筋にぞくぞくするような感じを覚えた。「この二つの石は、僕が生まれる前からここでじっと僕を待っていたのかもしれない」

満足したアランは車で村へ戻り、高級なリースリングのワインを記念に何本か買った。国境を越えて、予約してあったルクセンブルクの高級ホテルに着くと、現在のZ27の〈白い頭〉――イングリッシュマンとあだ名されるジョセフ・デュマースが、部屋のベランダでアランを待っていた。

〈白い頭〉の会長は（実際、彼は白髪だった）ベランダで悠々と自分が持ってきた年代物のコニャックを飲み、見るからにジューシーなガリシア牛のステーキを食べ、まるで自分の部屋のように気ままにふるまっていた。傍らにはギリシャ彫刻のような美少年のアシスタントが二人、それぞれひと束の書類を手に、姿勢よく立っている。会長はどこの政府にも属していないが、そのコネクションは北大西洋条約機構とワルシャワ条約機構の加盟各国に及ぶ。冷戦時代の陰の調整役として重要な役割を果たし、フランスの外交部門の上層部が密かに関係を持つべき対象の一人とされていた。

二人のアシスタントが部屋を出ると、会長はアランに、エジプトで始まった歴史ある謎の名門クラブの話をした。そして、今日は君を特別に招待するために会いに来た、それは君が長期間の偵察と試験をクリアしたという意味だ、と言った。会長は何度も、これはZ27の会長としての命令ではなく、入会するか否かはあくまでもアランの意志を尊重することを強調した。さらに、入会を希望するなら直ちに家へ帰って準備するように伝えた。自分の人生にとって意義を持つ重要な品を持って、次の金曜日にシャンパーニュ地方のランスへ来るようにと。

会長の話を聞きながら、アランは無意識にポケットの中のウリムとトンミムを触っていた。二つの石はただ静かにポケットの中にあるだけで、何も告げなかった。なのに、なぜかアランには、申し出に応じなくてはいけないことが分かった。そしてなぜか、あの部屋がその団体にあることも分かった。

駐車場で会長を見送ったアランは部屋に戻った。ルクセンブルクの旧市街の通りは静まりかえっていて、薄暗い街灯のせいで晩秋の夜がより寒々しく見えた。アランが腕時計を見ると、ちょうど深夜〇時を回ったところだった。日付は一九六九年十月十二日。思い返してみると、大学時代にあの団体に入会した日から、今日その団体に入ることを決めるまでの十二年と十六日の間に、計七百八十二回、ひと月に平均五回から六回もあの夢を見たことになる。十二年間も夢を見続けたのに、二つの石を見つけるのにはひと月もかからなかった。夢の世界を離れてから、現実世界ではあらゆる出来事が、まるで奇跡のように、不思議なほどの速度で進展していった。

「すべては決められていた。僕はただ未知なる力に操られているにすぎない」机に置かれた黒と白の二つの石を見つめながら、アランは少し悲しい気分になった。「ウリムとトンミムを見つけることは僕の生涯の任務の一部なんだ。『容器』を見つけ、『あの部屋』に置くことも。僕はただの運び屋。それが宿命なんだ」

その夜、ホテルでアランはまたあの夢を見た。夢の中の季節は夏になっていて、少し暑かった。周囲の山や川の様子も少し違っていて、緑があふれていた。老人はやはり同じ姿勢で同じ岩に座っていたが、今日は目を細めて微笑みながらアランを見つめていた。老人は何も言わなかった。はるか西南の大西洋から吹く海風も、何も言わずにただ山間を静かに吹き抜けていく。

それ以来、アランはあの夢を見ていない。ただの一度も。

原註

*1 『アルケミスト 夢を旅した少年』：原題 *O Alquimista*。中国語の書名は『牧羊少年的奇幻之旅（羊飼いの少年的な幻想の旅）』。

*2 セイラムの王：名をメルキゼデックという。その意味は「王は正義」へブライ語聖書の中では、アブラハムにパンとブドウ酒を与えたとされる。

*3 エスペラント：ポーランドの医師ラザーロ・ルドヴィゴ・ザメンホフが一八八七年に創案した言語。意思疎通を目的とした国際補助言語として作られた。統計によると、全世界で約数万人がエスペラントを母語としており、流暢に話せる人は二百万人あまりいるという。

*4 人工言語：ConLang ともいう。特定の目的や用途、特定の使用者群のために人為的に作られた言語を指す。エスペラントは最も有名な人工言語の一つ。このほか、ファンタジー小説内で異なる種族や生物種が使用する言語も人工言語に属する。『指輪物語 ロード・オブ・ザ・リング』の作者J.R.R.トールキンが考案した十数種の言語や、『氷と炎の歌』の作者G.R.R.マーティンが考案したドスラク語、『スタートレック』のクリンゴン語などがある。

*5 英語原文は「Take the two stones under this big stone. Put them into a container and bring it to the room」。ヘブライ語原文は「קח את שתי האבנים שמתחת לאבן הגדולה. שים אותן כמיבל, ותביא אותן לחדר」。

＊6　株仕立て：Goblet または Bush training。比較的暑く、乾燥して日差しの強い地方で用いられる整枝方法。フランスの南ローヌ地方、オーストラリアのバロッサ・バレーなどでよく見られる。

＊7　大木仕立て：Big vins。一種の総称であり、異なる類型もある。低い密度での栽培地域でよく見られる。土壌の肥沃さとブドウ樹の活力のバランスを取り、同時に日照を十分に利用することができる。

＊8　棒仕立て：ブドウの株ごとに一本の支柱を取りつける方法。地上から離れた高い位置につるがあるため、防寒と同時に、陽光と空気の流れを効果的に取り入れることができる。

＊9　嫌いな人は嫌いだが、好きな人はとことん好きになってしまうような、個性的な風味のこと。

＊10　ビール純粋令：Reinheitsgebot。バイエルン公国のヴィルヘルム四世が一五一六年に制定した法令。ビールは麦芽、水、ホップのみを原料とするよう定めた。人類史上最古の食品に関する法令の一つ。一九九三年に改正され、酵母やその他の穀物なども原料として認められた。

付録　登場人物紹介

（二〇五四年一月を基準とする）

私　二〇一九年生まれ（35歳）

英国ブリストル出身。高校卒業後、米国カリフォルニア州ロサンゼルスに近いサンタ・リタ・ヒルズに移住。カリフォルニア大学デービス校でバイオテクノロジーを学んだのち、英国に戻って遺伝子工学の修士号を取得、卒業後はロンドンのバイオ研究機関で働く。その後、研究機関がモンテスキュー・グループに買収される。品があってユーモアにあふれた性格。保守的で伝統を重んじる反面、頑固で曲がったことが嫌い。《忘却の家》に残した物は家伝のトゥールビヨンの懐中時計。持ち出した物はコーヒーポットに入ったウリムとトンミム。

長老　一九八八年生まれ（66歳）

ジャコモ・ポゼッコ。ピエモンテ出身。「長老」と呼ばれる、イタリアワイン業界のドン。かつては国会議員を務めた。イタリアを代表するワイン一族の長であり、イタリアワイン協会のトップ。典型的な親分肌で、聡明で豪快な人柄。人当たりがよく、才能のある若者を引き立て、面倒を見ることを好む。

顧問　一九九五年生まれ（59歳）

ジョン・スタンリー・フュッセン。ワシントン出身。ニューイングランド・マサチューセッツ州のフュッセン家の一員。ハーバード大学ＭＢＡ。典型的なアメリカ北部人の気質を持つ。国連食糧農業機関（ＦＡＯ）を退職後、モンテスキューのコンサルタントとなり、「顧問」と呼ばれる。頭の切れる策略家。自信家で気が強く、人を動かすのが得意。ピーター・ブルの偽名でイーサン・ブランドンと接触した可能性がある。

先生　二〇一一年生まれ（43歳）

ティム・クリスチャン・エドワード・ベイカー。イングランド・ヨーク郡出身。二〇三七年に英国ワイン協会の支援のもと、二十六歳で「マスター・ソムリエ」資格を、また三十歳で「マスター・オブ・ワイン」の資格を取得した。世界史上最も影響力のあるワイン評論家であり、当代ワイン産業で唯一無二の帝王として、世界のあらゆるワインの価格と販売量に影響を与える。現代社会に現れた、ディオニュソスとバッカスの化身と称される。《忘却の家》に残した物は一九四五年のペトリュス、持ち出した物はパリのスノードーム。

ショートヘアの女　二〇二五年生まれ（29歳）

ロンドン人。フランスで数年を過ごしたため、フランス語が話せる。こだわりの強い性格。いつも赤いビー玉のペンダントを身につけている。ティム・ベイカー・グループの職員。裕福な家庭に育った影響で、ワインと美食をこよなく愛する。

ウェンズデイ　二〇〇九年生まれ（45歳）

トム・シェフィールド。イギリス・バース出身。厳格な家庭で育ち、幼少期から書物に親しんだため、博学で見識に富む。ユーモアはあるがシャイな性格。恋人のロクサーヌ・カラニの助けにより逃亡後、人生を悟り、エンジニアから、さまざまな人物に化けながら世の中をもてあそぶ国際逃亡犯となった。

ウェンズデイの恋人　二〇一五年生まれ（39歳）

ロクサーヌ・カラニ。ジェイソン・ロートシルトの娘。幼い頃、母親と共に、アルゼンチンのブエノスアイレスからアメリカ・カリフォルニア州へ移民としてやってきた。好奇心旺盛で、さっぱりした性格。スポーツ・ダンス・アート・星占い・タロットカードなどを好む。

老オーナー　一九七八年生まれ（76歳）

リヒャルト・ロートシルト。シャトー・ラフィット・ロートシルトのオーナーで、ロートシルト家の当主。伝統的価値観を守る典型的なユダヤの商売人。頭の回転が速く、感情を表に出さない。計算高く、決断の機を逃さない。ワシ鼻でつり目、痩せ型で小柄。持病のため体調はかんばしくない。

オーナー　一九九六年生まれ（58歳）

ジェイソン・ロートシルト。シャトー・ムートン・ロートシルトのオーナーで、リヒャルト・ロートシルトの従兄弟。リヒャルトの跡を継いでロートシルト家の当主となる。明るい性格だが、行動は保守的。髪が薄くなりかけているため少々老けて見える。質がよくデザイン性の高い服を好み、一見すると多国籍企業のCEOのような風貌。

総長　一九六九年生まれ（85歳）

ゴードン・M・ブラウン。冷戦時代のロンドン郊外で、イングランドの貴族の家系に生まれる。背が高く、目つきは鋭く力がある。伝統的なアングロサクソンのエリート。保守党の財務部長と院内幹事を歴任し、引退後、欧州辰星會の総長となる。《忘却の家》に残した物はディケンズ全集の初版本、持ち出した物は錆びた金づちとノミ。

天才　二〇一三年生まれ（41歳）

イーサン・ブランドン。知能が極めて高く、数学と分子生物学に精通している。十六歳の時、新たなバイオ技術を発明したことで名が知られ、世紀の天才と称される。快感と新鮮な感動を追求する。ハーバード大学の研究所にいた頃、モンテスキューのウイルス改造に協力するようになる。飛行中の機内から忽然と姿を消し、行方不明となった。

伯爵　二〇〇二年生まれ（52歳）

イグナシオ・アギラール・デ・ボーモン。ボーモン家レリン伯の私生児。十六歳で軍事学校に入って職業軍人となり、戦功を挙げてスペイン民族の英雄となった。二十五歳でレリン伯の正式な養子となり、父方の姓であるボーモンに改姓する。三十五歳で大佐を退役。ボーモン家の資産と伯爵の称号を継承、レリン伯となった。《忘却の家》に残した物は金の装飾を施した拳銃Ｐ08。持ち出した物はフランス王室のサーベル。

アンドリュー　一九九九年生まれ（44歳で没）

アンドリュー・Ｊ・アダムス。アメリカ・ミシガン州出身。カリフォルニア大学デービス校のブドウ栽培・醸造学修士、エディンバラ大学の生物化学博士、現在はエムジェント社の研究室副主任。スタンフォード大学の教授も兼任する。趣味はランニングとフィットネスと文章を書くこと。頭がよくてユーモアがあり、人とのコミュニケーションや交渉ごとに長けている。三十二歳で結婚し、娘が一人いる。のちにパリで、著名な醸造コンサルタントのソフィ・オコナーと共に交通事故で命を落とす。

ソフィ　二〇〇四年生まれ（39歳で没）

ソフィ・オコナー。ニューヨーク郊外で生まれ、親一人子一人の家庭で育つ。容姿端麗、情熱的で率直な性格だが、短絡的で非情な面もある。幼い頃から負けず嫌いで、成功願望が強い。

常に代償をいとわず自らを武装する。成功のためなら手段を選ばない。ミシェル・ロラン社で最も優秀な空飛ぶ醸造コンサルタントの一人。のちにパリで、スタンフォード大教授のアンドリュー・アダムスと共に交通事故で命を落とす。

ジャン・ジャック　一九九二年生まれ（62歳）

ジャン・ジャック・ブロック。フランス・ブルゴーニュ出身。DRC（ドメーヌ・ド・ラ・ロマネ・コンティ）の醸造責任者。父は著名な醸造家ジュール・ブロック。父子二代でDRCにてワイン醸造を手がける。《タイム》誌の〈世界で最も重要な百人〉の一人に選ばれた。ジャン・ジャックは父親の業績を超えたと評価するワイン評論家も多い。彼の作るワインは奥行きと深みがあり、精神に訴えかける。「私にとって、彼のワインは一種の試練だ。飲むたびに自分自身が試される」先生はジャン・ジャックの作品を、このように意味深長な言葉で評価している。

アラン　一九三六年生まれ（不詳）

アラン・オリヴィエ。戦前のパリ八区に生まれる。一家はオーストリア・ハンガリー帝国の貴族の末裔で、父親は引退した裁判官。大学三年の時、秘密の組織Z27に加入する。卒業後はフランス外務省に入る。その後、辰星會に入会した。短期間、フランス副総理を務めたのちに退職。ヨーロッパ共同体の統合に多大なる貢献をした。複雑な情勢の中で正確な判断を下すことに長けていて、参謀としての才を発揮した。《忘却の家》に残した物はウリムとトンミムを入れたコーヒーポット、持ち出した物は中東で出土した小さな黄金の彫像。

解説　既成概念を覆すＳＦ小説

前台湾文化部次長、前台湾駐フランス代表、現駐アイルランド代表　楊子葆《ヤン・ズーバオ》

本書は非常に面白いワインＳＦ小説だ。詰め込まれたさまざまな要素は、ダン・ブラウンの作風、あるいは『ダ・ヴィンチ・コード』で人気が爆発する前のダン・ブラウンを思い起こさせた。だが私は著者を〝台湾のダン・ブラウン〟と呼ぶつもりはない。この小説の初稿を読んだ時、架空の舞台の中にあふれ出るワインの歴史、地理、風土、人文知識、哲学の中にも、そして魅力的なストーリーとミステリアスでスリリングな展開の中にも、台湾の風味を少しも感じることができなかったからだ。私は著者と面識があり、著者が台湾人であることも知っている。ぼんやりした頭で、今読んだのは翻訳小説だろうかと、つい疑ってしまった。行間に見え隠れする情報は、著者はフランス人か、スペイン人か、ポルトガル人か、あるいはラテンアメリカ人か、アメリカ人かと錯覚させる。とても台湾人が書いたとは思えない。彼が台湾人だと分かっていてもだ。これは非常に特殊で得がたい体験だった。

批判しているつもりはない。少なくとも私は「台湾人が書いたとは思えない」という言葉は、既成概念を覆すＳＦ小説にとっては特別な賛辞に当たると考えている。

私は心から称賛したい。これは成熟したテクニックでワインに関する見聞と見識と知見を整

理した小説だ。少し重いが「優れた口蓋を持っている（with a good palate）」。あらゆる専門的な集団がそうであるように、ワイン界隈にも一般の人にはなじみの薄い言い回しがある。例えば、ワインの味に敏感な人に対して「彼は優れた口蓋を持っている（He has a good palate.）」と言ったりする。

palateを「味蕾」と訳す人もいるが、「味蕾」の英訳はtaste budsだ。palateは「口蓋」あるいは「上あご」とするのが正しい。人類やその他の哺乳動物の口腔の上部と、上唇に並ぶ歯はつながっている。唇と歯から内側に伸びる硬い組織が「硬口蓋（hard palate）」であり、さらにその奥へと続く部分を「軟口蓋（soft palate）」という。硬口蓋と軟口蓋は横隔膜のように口腔と鼻腔を仕切っている。専門家によると、「口蓋」は高度に進化した動物が持つ特徴だという。ワニ類を除き、大多数の四足歩行のその他の動物の口腔と鼻腔は、人類のように完全には分かれていないからだ。

私たち高度に進化した人類には「口蓋」がある。生理学的に言うと、硬口蓋は味覚や嗅覚に関連する細胞を持たない。軟口蓋に味蕾はあるが、ごくわずかだ。味覚を感じる細胞は主に舌の上の味蕾で、嗅覚は鼻腔の粘膜の受容体に集中している。両者は「口蓋」によって、上下二つの異なる空間に明確に隔てられている。だが、そうであるからこそ、「優れた口蓋」という言葉で風味に対する敏感さを形容するのは、逆に理にかなっているとも言えるのだ。単に優れた味覚とするだけでは不十分だ。優れた嗅覚でも足りない。優れた嗅覚と味覚を合わせ持っていると言うのは少し冗長だ。その中間の「優れた口蓋」という言葉で「味が分かる」ことを形容するのが、おおむね妥当な表現だと言えるだろう。

「味が分かる」とはどういうことだろうか？　アメリカのワイン評論家マット・クレイマー氏は《ワイン・スペクテーター》誌二〇一二年四月号に寄稿した文章でこう問いかけた。「Do you have a good palate?――あなたはワインの味が分かりますか？」

クレイマー氏によると、大部分の人、特にワイン界隈のいわゆる専門家は、相手が「優れた口蓋」を持っているか否かを判断する際に、自分と同じ基準を持っているかどうかを見る傾向があるという――もし相手の好きなワインが自分と同じなら、ワインの味を分かっている、というわけだ。つまるところ、味のよしあしよりも「共感」を求めているのだ。

あるいは漫画に登場する特殊なキャラクターのように、ワインの香りや味の細かい違いを正確に見極め、「アロマホイール」の指標と対照できるのが「味が分かる」ということなのか。香りはエーデルワイスかスミレ、味はレッドチェリーかクロスグリ。ブラインド・テイスティングでは、ワインのブドウ品種、混醸の割合、産地、生産年、ワイナリーまでを正確に当ててみせる。

だが、人工知能が勢いを増す今の時代、これらの情報を識別し、分類し、分析し、整理し、結論を導き出すのは人間よりもロボットが得意とするところで、すなわち「味が分かる」とは言えない。

人間にはもっと別の能力がある。フランスを思いだしてほしい。十九世紀フランスの詩人、小説家、劇作家、文芸評論家であるテオフィル・ゴーティエ（一八一一～一八七二年）の叫びを。フランス語の原文は示さないが、一部を訳してみる。

「いけない、愚か者よ。血迷うな、ばかげたまねをするな。

本はゼリーや甘いスープではない。
小説は縫い目のない靴ではない。
十四行の詩は連続圧縮注射器ではない。
芝居は鉄道ではない。
あらゆる物事は文明化されるべきだ。進歩の道筋の上で人は前に進める」

もっと「新しい」引用なら、二〇一八年フランスの高校入試で出題された哲学の問題はどうだろう。「文化は私たちにより豊かな人間性をもたらすか否か」

クレイマー氏が文章の最後に書いたように、「味が分かる」とはすなわち「洞察力がある」ことを意味する。クレイマー氏は自分と読者に問いかける。「洞察力のある友人と一緒にワインを味わい、その感想を聞いたあと、もう一度同じワインを飲むと、まったく新しい味わいが生まれる、そんな経験が何回ありますか？　私には何度もあります……」

この魅力的なワイン小説はどうだろう。言っておきたいのは、誰が書いたかは重要ではないということだ。台湾人？　フランス人、スペイン人、ポルトガル人、ラテンアメリカ人、アメリカ人？　ダン・ブラウンに似ているかどうかも本質的な問題ではない。「優れた口蓋」すらさほど重要ではない。肝心なのは、作品の優れた味わいが読者に何をもたらすか、人間というものについてのどんな洞察を見せてくれるか、それだけだ。

この小説を最初から最後まで何度もめくる中で、最も印象深かったのは、混乱が収束したあとの教授の言葉だった。

「ブドウの樹は毎年生まれ変わる。新たな年の気象条件の中で、新たな枝葉を伸ばし、新たな実を結び、冬が来ると眠りにつく。その年に作られたワインは、今生の味だ」

「ワインを飲む時、人はブドウの生命の一部を体験し、一生に一度の味を味わっている」

「ブドウの命は循環する。一年の周期で生から死までを繰り返す。ワインのヴィンテージとは、永遠の循環の中で君と再び出会うための過程なのだ」

面白い小説における味わいとは何だろうか？　それはすなわち、私がしつこく語ろうとしている「優れた味わい」を意味する。

共感を求める必要がどこにある？　本を読んだら、好きか嫌いか、得るものがあるかないか、もう一度読みたいか否か、思うことはそれだけだ。人が水を飲むように、ただそれだけの、ごく当たり前のことなのだ。

この小説の面白さを十分に享受した私は、深い印象を残したこの言葉と、それを詳細に描写する物語も謎もすっかり暗記してしまった。先ほど引用した、ゴーティエが一八三五年に出版した小説『モーパン嬢』の訴えを暗記してしまったのと同様に。そして、韓国出身のマスター・オブ・ワインであるジーニー・チョ・リー氏が言う「アジアの味覚（Asian palate）」の意味について思考しながら、少しでも「より豊かな人間性」を得ようと試みる。

著者について

邱挺峰は一九六九年、台北市生まれ。イギリスのリーズ大学で修士号を取得後、国際広告代理店、多国籍企業、コンサルティング会社などに勤務。現在は設計士として、国際的な建築設計プロジェクトに関わっている。

旅行や美食を愛好し、とりわけワインについての造詣が深く、仕事のかたわら世界中の主要なワイン産地やワイナリー、レストランを訪れ、フードライター／トラベルライターとして多数の雑誌等に寄稿してきた。

本書『拡散　大消滅２０４３』は、二〇一八年に台湾で刊行されたデビュー長編『擴散：失控的ＤＮＡ』の全訳である。

本書は文春文庫のために訳し下ろしたものです。
ＤＴＰ制作・言語社

文春文庫

拡《かく》散《さん》　下
大消滅《だいしょうめつ》2043

定価はカバーに
表示してあります

2022年10月10日　第1刷

著　者　邱挺峰《きゅうていほう》
訳　者　藤原《ふじわら》由希《ゆき》
発行者　大沼貴之
発行所　株式会社　文藝春秋

東京都千代田区紀尾井町 3-23　〒102-8008
TEL　03・3265・1211㈹
文藝春秋ホームページ　http://www.bunshun.co.jp
落丁、乱丁本は、お手数ですが小社製作部宛お送り下さい。送料小社負担でお取替致します。

印刷製本・大日本印刷
Printed in Japan
ISBN978-4-16-791951-1

（　）内は解説者。品切の節はご容赦下さい。

石井好子・水森亜土
料理の絵本　完全版
シャンソン歌手にして名エッセイストの石井好子さんの絶品レシピに、老若男女の心をわしづかみにする亜土ちゃんのキュートなイラスト。卵、ご飯、サラダ、ポテトで、さあ作りましょう！
い-10-3

石井好子
パリ仕込みお料理ノート
とろとろのチーズトーストにじっくり煮込んだシチュー……パリで「食いしん坊」に目覚めた著者の、世界中の音楽の友人と、忘れがたいお料理に関する美味しいエッセイ。（朝吹真理子）
い-10-4

海老沢泰久
美味礼讃
彼以前は西洋料理だった。彼がほんもののフランス料理をもたらした。その男、辻静雄の半生を描く伝記小説——世界的な料理研究家辻静雄は平成五年惜しまれて逝った。（向井　敏）
え-4-4

小倉明彦
実況・料理生物学
「焼豚には前と後ろがある」「牛乳はなぜ白い？」など食べ物に対する疑問を科学的に説明するだけでなく、実際に学生と一緒に料理をして学ぶ、阪大の名物講義をまとめた面白科学本。
お-70-1

姜　尚美
何度でも食べたい。あんこの本
京都、大阪、東京……各地で愛されるあんこ菓子と、それを支える職人達の物語。名店ガイドとしても必携。7年半分の「あんこ日記」も収録し、東アジアあんこ旅も開始！（横尾忠則）
か-76-1

季刊「新そば」編
そばと私
半世紀以上の歴史を誇る「新そば」に掲載された「そば随筆」の中から67編を集める。秋山徳蔵、赤塚不二夫、永井龍男、若尾文子など、日本を代表する人々のそば愛香る決定版。
き-43-1

里見真三
すきやばし次郎　旬を握る
前代未聞！　パリの一流紙が「世界のレストラン十傑」に挙げた江戸前握りの名店の仕事をカラー写真を駆使して徹底追究。本邦初公開の近海本マグロ断面をはじめ、思わず唸らされる。
さ-35-1

（　）内は解説者。品切の節はご容赦下さい。

ロードサイド・クロス（上下）
ジェフリー・ディーヴァー（池田真紀子 訳）
ネットいじめの加害者たちが次々に命を狙われる。犯人はいじめに苦しめられた少年なのか？　ダンス捜査官は巧緻な完全犯罪計画に挑む。キャサリン・ダンス・シリーズ第二弾。
テ-11-25

シャドウ・ストーカー（上下）
ジェフリー・ディーヴァー（池田真紀子 訳）
女性歌手の周囲で連続する殺人。休暇中のキャサリン・ダンスは友人のために捜査を開始する。果たして犯人はストーカーなのか。リンカーン・ライムも登場する第三作。（佐竹 裕）
テ-11-31

煽動者（上下）
ジェフリー・ディーヴァー（池田真紀子 訳）
尋問の末に殺人犯を取り逃したダンス捜査官。責任を負って左遷された先で、パニックを煽動して無差別殺人を犯す犯人と対決する。シリーズ最大の驚きを仕掛けた傑作。（川出正樹）
テ-11-39

クリスマス・プレゼント
ジェフリー・ディーヴァー（池田真紀子 他訳）
ストーカーに悩むモデル、危ない大金を手にした警察、未亡人と詐欺師の騙しあいなど、ディーヴァー度が凝縮された十六篇。あの〈ライム・シリーズ〉も短篇で読める！（三橋 曉）
テ-11-8

ポーカー・レッスン
ジェフリー・ディーヴァー（池田真紀子 訳）
ドンデン返し16連発！　現代最高のミステリ作家が、ありとあらゆる手口で読者を騙す極上の短編が詰まった第二作品集。リンカーン・ライムが登場する「ロカールの原理」も収録。
テ-11-24

限界点（上下）
ジェフリー・ディーヴァー（土屋 晃 訳）
凄腕の殺し屋から標的を守るのが私のミッションだ。巧妙な計画で襲い来る敵の裏をかき、反撃せよ。警護のプロVS殺しのプロ。ドンデン返しの魔術師が送り出す究極のサスペンス。
テ-11-35

（　）内は解説者。品切の節はご容赦下さい。

その女アレックス
ピエール・ルメートル（橘　明美　訳）
監禁され、死を目前にした女アレックス——彼女が秘める壮絶な計画とは？　「このミス」1位ほか全ミステリランキングを制覇した究極のサスペンス。あなたの予測はすべて裏切られる。
ル-6-1

死のドレスを花婿に
ピエール・ルメートル（吉田恒雄　訳）
狂気に駆られて逃亡するソフィー。かつて幸福だった聡明な女は、なぜ全てを失ったのか。悪夢の果てに明らかになる戦慄の悪意！　『その女アレックス』の原点たる傑作。（千街晶之）
ル-6-2

悲しみのイレーヌ
ピエール・ルメートル（橘　明美　訳）
凄惨な連続殺人の捜査を開始したヴェルーヴェン警部は、やがて恐るべき共通点に気づく——『その女アレックス』の刑事たちを巻き込む最悪の犯罪計画とは。鬼才のデビュー作。（杉江松恋）
ル-6-3

傷だらけのカミーユ
ピエール・ルメートル（橘　明美　訳）
カミーユ警部の恋人が強盗に襲われ、重傷を負った。執拗に彼女の命を狙う強盗をカミーユは単身追う。『悲しみのイレーヌ』『その女アレックス』に続く三部作完結編。（池上冬樹）
ル-6-4

わが母なるロージー
ピエール・ルメートル（橘　明美　訳）
『その女アレックス』のカミーユ警部、ただ一度の復活。パリで爆発事件が発生。名乗り出た犯人はまだ爆弾が仕掛けてあるという。真の動機が明らかになるラスト1ページ！（吉野　仁）
ル-6-5

監禁面接
ピエール・ルメートル（橘　明美　訳）
失業中の57歳・アランがついに再就職の最終試験に残る。だがその内容は異様なものだった——。どんづまり人生の一発逆転はなるか？　ノンストップ再就職サスペンス！（諸田玲子）
ル-6-6

２０２０年・米朝核戦争
ジェフリー・ルイス（土方奈美　訳）
北朝鮮が韓国の民間機を撃墜。この悲劇がアメリカと北朝鮮の核戦争を引き起こすまで。トランプ大統領、金委員長ら各国中枢の動きを安全保障の専門家が綿密に描いた悪夢のシナリオ。
ル-7-1

（　）内は解説者。品切の節はご容赦下さい。

鹿島　茂
「レ・ミゼラブル」百六景
一九世紀の美麗な木版画二三〇葉を一〇六のシーンに分けて、骨太なストーリーラインと微に入り細を穿った解説で、古典名作の全貌をあざやかに甦らす。関連地図付き。

か-15-7

ロバート・ジェームズ・ウォラー（村松　潔　訳）
マディソン郡の橋
アイオワの小さな村を訪れ、橋を撮っていた写真家と、ふとしたことで知り合った村の人妻。束の間の恋が、別離ののちも二人の人生を支配する。静かな感動の輪が広がり、ベストセラーに。

ウ-9-1

P・G・ウッドハウス（岩永正勝・小山太一　編訳）
ジーヴズの事件簿
才智縦横の巻
二十世紀初頭のロンドン。気はよくも少しおつむのゆるい金持ち青年バーティに、嫌みなほど有能な黒髪の執事がいた。どんな難題もそつなく解決する彼の名は、ジーヴズ。傑作短編集。
ウ-22-1

P・G・ウッドハウス（岩永正勝・小山太一　編訳）
ジーヴズの事件簿
大胆不敵の巻
ちょっぴり腹黒な有能執事ジーヴズの活躍するユーモア小説傑作集第二弾。村の牧師の長説教レースから親友の実らぬ恋の相談まで、ご主人バーティが抱えるトラブルを見事に解決！
ウ-22-2

P・G・ウッドハウス（岩永正勝・小山太一　編訳）
ドローンズ・クラブの英傑伝
無敵の従僕ジーヴズのご主人も会員で、イギリスのお気楽な紳士が集うドローンズ・クラブで日々メンバーが引き起こす騒動はいかに収まるか？　世界一のユーモア作家の傑作選。

ウ-22-3

P・G・ウッドハウス（岩永正勝・小山太一　編訳）
エムズワース卿の受難録
綿菓子のような頭脳のエムズワース伯爵の領地に、本日も凶悪な騒動が勃発。不肖の息子・超頑固な庭師・妹たちとその娘達に、老いた卿には心の休まる暇がない！　ユーモア小説短編集！

ウ-22-4

クレア・キップス（梨木香歩　訳）
ある小さなスズメの記録
人を慰め、愛し、叱った、誇り高きクラレンスの生涯
第二次世界大戦中のイギリスで老ピアニストが出会ったのは、一羽の傷ついた小雀だった。愛情を込めて育てられた雀クラレンスとキップス夫人の十二年間の奇跡の実話。（小川洋子）
キ-16-1

（　）内は解説者。品切の節はご容赦下さい。

ラドヤード・キプリング（金原瑞人　監訳・井上　里　訳）
ジャングル・ブック
ジャングルでオオカミに育てられた人間の子供モーグリ。動物たちと時に友情を育み、時に対決し、冒険をしながら成長し、人間社会に戻るまでの姿を描く名作の新訳。（金原瑞人）
キ-17-1

サン＝テグジュペリ（倉橋由美子　訳）
星の王子さま
「ねえ、お願い…羊の絵を描いて」不時着した砂漠で私に声をかけてきたのは別の星からやってきた王子さまだった。世界中を魅了する名作が美しい装丁で甦る。（古屋美登里・小川　糸）
サ-9-1

ロバート・シャパード　ジェームズ・トーマス　編　村上春樹・小川高義　訳
Sudden Fiction　超短編小説70
ヘミングウェイ、テネシー・ウィリアムズからレイモンド・カーヴァーまで、選りすぐりのアメリカン・ショート・ストーリーが七十篇。短編小説の醍醐味が詰まった貴重な一冊です。
シ-4-1

パトリック・ジュースキント（池内　紀　訳）
香水　ある人殺しの物語
十八世紀パリ。次々と少女を殺してその芳香をわがものとし、あらゆる人を陶然とさせる香水を創り出した〝匂いの魔術師〟グルヌイユの一代記。世界的ミリオンセラーとなった大奇譚。
シ-16-1

アンネ・フランク（深町眞理子　訳）
アンネの日記　増補新訂版
オリジナル、発表用の二つの日記に父親が削った部分を再現した〝完全版〟に、一九九八年に新たに発見された親への思いを綴った五ページを追加。アンネをより身近に感じる〝決定版〟。
フ-1-4

L・M・モンゴメリ（松本侑子　訳）
赤毛のアン
アンはプリンス・エドワード島の初老の兄妹マシューとマリラに引きとられ幸せに育つ。作中の英文学と聖書、アーサー王伝説、イエスの聖杯探索を解説。日本初の全文訳、大人の文学。
モ-4-1

L・M・モンゴメリ（松本侑子　訳）
アンの青春
アン16歳、美しい島で教師に。ギルバートの片恋、ダイアナの婚約。移民の国カナダにおける登場人物の民族（スコットランド系とアイルランド系）を解説。ケルト族の文学、初の全文訳。
モ-4-2

（　）内は解説者。品切の節はご容赦下さい。

ティム・オブライエン
村上春樹 訳
ニュークリア・エイジ

ヴェトナム戦争、テロル、反戦運動……我々は何を失い、何を得たのか？　六〇年代の夢と挫折を背負いつつ、核の時代の生を問う、いま最も注目される作家のパワフルな傑作長篇小説。

む-5-30

ティム・オブライエン
村上春樹 訳
本当の戦争の話をしよう

人を殺すということ、失った戦友、帰還の後の日々――ヴェトナム戦争で若者が見たものとは？　胸の内に「戦争」を抱えたすべての人に贈る真実の物語。鮮烈な短篇作品二十二篇収録。

む-5-31

マイケル・ギルモア
村上春樹 訳
心臓を貫かれて（上下）

みずから望んで銃殺刑に処せられた殺人犯の実弟が、兄と父、母の血ぬられた歴史、残酷な秘密を探り、哀しくも濃密な血の絆を語り尽くす。衝撃と鮮烈な感動を呼ぶノンフィクション。

む-5-32

グレイス・ペイリー
村上春樹 訳
最後の瞬間のすごく大きな変化

村上春樹訳で贈る、アメリカ文学の「伝説」、NY・ブロンクス生れ、白髪豊かなグレイスおばあちゃんの傑作短篇集。タフでシャープで温かい、「びりびりと病みつきになる」十七篇。

む-5-34

グレイス・ペイリー
村上春樹 訳
人生のちょっとした煩《わずら》い

アメリカ文学のカリスマにして、伝説の女性作家と村上春樹のコラボレーション第二弾。タフでシャープで、しかも温かく、滋味豊かな十篇。巻末にエッセイと、村上による詳細な解題付き。

む-5-35

グレイス・ペイリー
村上春樹 訳
その日の後刻に

生涯に三冊の作品集を残したグレイス・ペイリーの村上春樹訳による最終作品集。人生の精緻なモザイクのような十七の短篇に、エッセイ、ロングインタビュー、訳者あとがき付き。

む-5-38

トルーマン・カポーティ
村上春樹 訳
誕生日の子どもたち

悪意の存在を知らず、傷つけ傷つくことから遠く隔たっていた世界。イノセント・ストーリーズ――カポーティの零した宝石のような逸品六篇を村上春樹が選り、心をこめて訳出しました。

む-5-37

（　）内は解説者。品切の節はご容赦下さい。

英『エコノミスト』編集部（東江一紀・峯村利哉 訳）
2050年の世界
英『エコノミスト』誌は予測する
バブルは再来するか、エイズは克服できるか、SNSの爆発的な発展の行方は……グローバルエリート必読の「エコノミスト」誌が、20のジャンルで人類の未来を予測！　（船橋洋一）
エ-9-1

ロバート・キャパ（川添浩史・井上清一 訳）
ちょっとピンぼけ
二十年間に数多くの戦火をくぐり、戦争の残虐を憎みつづけ写しつづけた報道写真家が、第二次世界大戦の従軍を中心に、あるときは恋をも語った、人間味あふれる感動のドキュメント。
キ-1-1

ロレッタ・ナポリオーニ（村井章子 訳）
「イスラム国」はよみがえる
「イスラム国」は空爆の瓦礫から甦る！　テロ組織のファイナンスという独自の視点から「国家建設」というISの本質を見抜いた著者が、その実験の結末までを新章で緊急書下ろし。（池上 彰）
ナ-3-1

ピーター・ナヴァロ（赤根洋子 訳）
米中もし戦わば
戦争の地政学
米国と中国が戦争に至る確率は七〇％以上——。米中貿易戦争を仕掛けた異色の大統領補佐官が説く、アジアの未来。トランプの対中戦略は、全てこの本から読み取れる。　（飯田将史）
ナ-4-1

ダライ・ラマ（山際素男 訳）
ダライ・ラマ自伝
ノーベル平和賞を受賞したチベットの指導者、第十四世ダライ・ラマが、観音菩薩の生れ変わりとしての生い立ちや、亡命生活などの波乱の半生を通して語る、たぐい稀な世界観と人間観。
ラ-6-1

マイケル・ルイス（東江一紀 訳）
世紀の空売《からう》り
世界経済の破綻に賭けた男たち
世界中が、好況に酔っていた2000年代半ば、そのまやかしを見抜き、世界経済のシステム自体が破綻する方に賭けた男達がいた。世界同時金融危機の実相を描く痛快NF。　（藤沢数希）
ル-5-1

マイケル・ルイス（渡会圭子・東江一紀 訳）
フラッシュ・ボーイズ
10億分の1秒の男たち
何故か株を買おうとすると値段が逃げ水のようにあがってしまう…。その陰には巨大詐欺と投資家を出し抜く超高速取引業者〝フラッシュ・ボーイズ〟の姿があった。　（阿部重夫）
ル-5-3

（　）内は解説者。品切の節はご容赦下さい。

完全なる証明
マーシャ・ガッセン（青木 薫 訳）
難問ポアンカレ予想を証明したものの、名誉も賞金も拒絶して森の奥へと消えたロシアの数学者ペレルマン。旧ソ連で、同じ数学エリート教育をうけた著者が素顔を明かす。（福岡伸一）
S-9-1

その科学が成功を決める
リチャード・ワイズマン（木村博江 訳）
100万ドルを拒否した天才数学者
ポジティブシンキング、イメージトレーニングなど巷に溢れる自己啓発メソッドは逆効果!? 科学的な実証を元にその真偽を検証。本当に役立つ方法を紹介した常識を覆す衝撃の書。
S-10-1

選択の科学
シーナ・アイエンガー（櫻井祐子 訳）
コロンビア大学ビジネススクール特別講義
社長は平社員よりなぜ長生きなのか。その秘密は自己裁量権にあった。二十年以上の実験と研究で選択の力を証明。NHK白熱教室で話題になった盲目の女性教授の研究。（養老孟司）
S-13-1

錯覚の科学
クリストファー・チャブリス　ダニエル・シモンズ（木村博江 訳）
「えひめ丸」を沈没させた潜水艦艦長は、なぜ〝見た〟はずの船を見落としたのか？ 日常の錯覚が引き起こす記憶のウソや認知の歪みをハーバード大の俊才が徹底検証する。（成毛 眞）
S-14-1

理系の子
ジュディ・ダットン（横山啓明 訳）
高校生科学オリンピックの青春
世界の理系少年少女が集まる科学のオリンピック、国際学生科学フェア。そこに参加するのはどんな子供たちなのか？ 感動の一冊。巻末に日本の「理系の子」と成毛眞氏の対談を収録。
S-15-1

世にも奇妙な人体実験の歴史
トレヴァー・ノートン（赤根洋子 訳）
性病、寄生虫、コレラ、ペスト、毒ガス、放射線……人類への脅威を克服するための医学の発展の裏で、科学者たちは己の肉体を犠牲に、勇敢すぎる人体実験を行い続けた。（仲野 徹）
S-19-1

宇宙が始まる前には何があったのか？
ローレンス・クラウス（青木 薫 訳）
エネルギーのない無から私たちをめぐる宇宙は生まれた。宇宙物理学の知見が明らかにした驚くべき宇宙誕生のメカニズム。最新の宇宙像を平易に語るスリリングな一冊。（井手真也）
S-20-1

（　）内は解説者。品切の節はご容赦下さい。

ペット・セマタリー（上下）
スティーヴン・キング（深町眞理子 訳）
競争社会を逃れてメイン州の田舎に越してきた医師一家を襲う怪異。モダン・ホラーの第一人者が〝死者のよみがえり〟のテーマに真っ向から挑んだ、恐ろしくも哀切な家族愛の物語。
キ-2-4

IT（全四冊）
スティーヴン・キング（小尾芙佐 訳）
少年の日に体験したあの恐怖の正体は何だったのか？　二十七年後、薄れた記憶の彼方に引き寄せられるように故郷の町に戻り、IT（それ）と対決せんとする七人を待ち受けるものは？
キ-2-8

シャイニング（上下）
スティーヴン・キング（深町眞理子 訳）
コロラド山中の美しいリゾート・ホテルに、作家とその家族がひと冬の管理人として住み込んだ――。S・キューブリックによる映画化作品も有名な「幽霊屋敷」ものの金字塔。（桜庭一樹）
キ-2-31

夜がはじまるとき
スティーヴン・キング（白石 朗 他訳）
医者のもとを訪れた患者が語る鬼気迫る怪異譚「N」、猫を殺せと依頼された殺し屋を襲う恐怖の物語「魔性の猫」など全六篇収録。巨匠の贈る感涙、恐怖、昂奮をご堪能あれ。（coco）
キ-2-35

リーシーの物語（上下）
スティーヴン・キング（白石 朗 訳）
夫の死後、悲しみに暮れるリーシー。夫の過去に秘められたあまりに痛ましい出来事とは？　永遠の愛と悲しみからの再生を描いて、著者キングが自作の中でもっとも愛するという傑作。
キ-2-44

ジョイランド
スティーヴン・キング（土屋 晃 訳）
恋人に振られた夏を遊園地でのバイトで過ごす僕。生涯の友人にも出会えた僕は、やがて過去に幽霊屋敷で殺人を犯した連続殺人鬼が近くに潜んでいることを知る。巨匠の青春ミステリー。
キ-2-48

11/22/63（全三冊）
スティーヴン・キング（白石 朗 訳）
ケネディ大統領暗殺を阻止するために僕はタイムトンネルを抜けた…巨匠がありったけの物語を詰めこんで、「このミス」他国内ミステリーランキングを制覇した畢生の傑作。（大森 望）
キ-2-49

文春文庫　ジェフリー・ディーヴァーの本

（　）内は解説者。品切の節はご容赦下さい。

青い虚空
ジェフリー・ディーヴァー（土屋　晃　訳）
護身術のホームページで有名な女性が惨殺された。やがて捜査線上に〝フェイト〟というハッカーの名が浮上。電脳犯罪担当刑事と元ハッカーのコンビがサイバースペースに容疑者を追う。
テ-11-2

ボーン・コレクター
ジェフリー・ディーヴァー（池田真紀子　訳）（上下）
首から下が麻痺した元NY市警科学捜査部長リンカーン・ライム。彼の目、鼻、耳、手足となる女性警察官サックス。二人が追うのは稀代の連続殺人鬼ボーン・コレクター。シリーズ第一弾。
テ-11-3

コフィン・ダンサー
ジェフリー・ディーヴァー（池田真紀子　訳）（上下）
武器密売裁判の重要証人が航空機事故で死亡、NY市警は殺し屋〝ダンサー〟の仕業と断定。追跡に協力を依頼されたライムは、かつて部下を殺された怨みを胸に、智力を振り絞って対決する。
テ-11-5

エンプティー・チェア
ジェフリー・ディーヴァー（池田真紀子　訳）（上下）
連続女性誘拐犯は精神を病んだ〝昆虫少年〟なのか。自ら逮捕した少年の無実を証明するため少年と逃走するサックスをライムが追跡する。師弟の頭脳対決に息をのむ、シリーズ第三弾。
テ-11-9

石の猿
ジェフリー・ディーヴァー（池田真紀子　訳）（上下）
沈没した密航船からNYに逃げ込んだ十人の難民。彼らを狙う殺人者を追え！　正体も所在もまったく不明の殺人者を捕らえるべくライムが動き出す。好評シリーズ第四弾。（香山二三郎）
テ-11-11

魔術師《イリュージョニスト》
ジェフリー・ディーヴァー（池田真紀子　訳）（上下）
封鎖された殺人事件の現場から、犯人が消えた!?　ライムとサックスは、イリュージョニスト見習いの女性に協力を依頼する。シリーズ最高のどんでん返し度を誇る傑作。（法月綸太郎）
テ-11-13

12番目のカード
ジェフリー・ディーヴァー（池田真紀子　訳）（上下）
単純な強姦未遂事件は、米国憲法成立の根底を揺るがす百四十年前の陰謀に結びついていた――現場に残された一枚のタロットカードの意味とは？　好評シリーズ第六弾。（村上貴史）
テ-11-15

（　）内は解説者。品切の節はご容赦下さい。

ウォッチメイカー

ジェフリー・ディーヴァー（池田真紀子 訳）（上下）

残忍な殺人現場に残されたアンティーク時計。被害者候補はあと八人…尋問の天才ダンスとともに、ライムは犯人阻止に奔走する。二〇〇七年のミステリ各賞に輝いた傑作！（児玉　清）

テ-11-17

ソウル・コレクター

ジェフリー・ディーヴァー（池田真紀子 訳）（上下）

そいつは電子データを操り、証拠を捏造し、無実の人物を殺人犯に陥れる。史上最も卑劣な犯人にライムとサックスが挑む！　データ社会がもたらす闇と戦慄を描く傑作。（対談・児玉　清）

テ-11-22

バーニング・ワイヤー

ジェフリー・ディーヴァー（池田真紀子 訳）（上下）

人質はニューヨーク！　電力網を操作して殺人を繰り返す凶悪犯を追うリンカーン・ライム。だが天才犯罪者ウォッチメイカーの影が…シリーズ最大スケールで贈る第九弾。（杉江松恋）

テ-11-29

ゴースト・スナイパー

ジェフリー・ディーヴァー（池田真紀子 訳）（上下）

政府に雇われた狙撃手が無実の男を暗殺した。その策謀を暴くべく、秘密裏に捜査を始めたライムたち。だが暗殺者による隠蔽工作が進み、証人は次々と消されていく……。（青井邦夫）

テ-11-33

スキン・コレクター

ジェフリー・ディーヴァー（池田真紀子 訳）（上下）

毒の刺青で被害者を殺す殺人者は、ボーン・コレクターの模倣犯か。ＮＹの地下で凶行を繰り返す犯人。名探偵ライムは壮大な完全犯罪計画を暴けるか？「このミス」1位。（千街晶之）

テ-11-37

スティール・キス

ジェフリー・ディーヴァー（池田真紀子 訳）（上下）

ＮＹでエスカレーターが誤作動を起こし、通行人が巻き込まれて死亡する事件が発生。四肢麻痺の名探偵ライムは真相究明に乗り出すが…。現代の便利さに潜む危険な罠とは？（中山七里）

テ-11-41

スリーピング・ドール

ジェフリー・ディーヴァー（池田真紀子 訳）（上下）

怜悧なカルト指導者が脱獄に成功。美貌の捜査官、キャサリン・ダンスの必死の追跡は続く。鍵を握るのは一家惨殺事件でただ一人、難を逃れた少女。彼女はその夜、何を見たのか。（池上冬樹）

テ-11-19